魅丽文化
心晴坊
女性新阅读

阅读越美丽

开卷好心情

“影帝”的公主

The winner of the princess

（下）

笑佳人 著

江苏凤凰文艺出版社
JIANGSU PHOENIX LITERATURE AND ART PUBLISHING, LTD

第十一章 /001
明小姐，我要正式追求你

第十二章 /036
我想跟你恋爱

目录

CONTENTS

第十三章 /067
心动不已

第十四章 /104
今夜的你，让我神魂颠倒

第十五章 /134
我是你的男人

第十六章 /168
情人节

第十七章 /198
我没有青梅竹马，
如果可以有，我希望是你

目录
CONTENTS

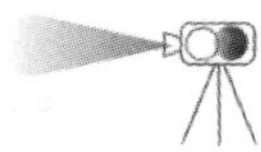

第十八章 /224
恋情曝光

第十九章 /253
当众求婚

番外 /282
肖照 & 明桥

"影帝"的公主

第十一章

明小姐，我要正式追求你

第二天要拍日出戏，明薇凌晨三点多就起来了，随穆廷州、廖导等人一起登船，前往附近一座海岛，也就是"青龙的栖息地"。海面一片黑暗，明薇困得不行，导演让她先睡她就睡了，没管别人在做什么。

半个小时后，轮船靠岸，剧组工作人员先去准备，明薇开始化妆。

五点左右，明薇简单吃了点东西，出了船舱。

天很亮了，但红日未出，廖导等人都不在，明薇披着外套跟在工作人员后面爬了十几分钟，终于抵达"龙洞"。上面有人说话，明薇抬头，一眼就看到了穆廷州，或者更准确地说，看到了他那两条裸着的大长腿！虽然他也穿了外套，但从下往上看，还是隐约能看到那黑色"鱼皮裙"里面的……

明薇心跳加快，匆匆垂下眼帘。

"明薇，你先躺过来。"瞧见女主演，廖导马上部署。

明薇点头，脱下外套交给小樱，她穿着指挥官军装走进龙洞，按照廖导的指示直接躺下，换了几个姿势，终于躺得像个昏迷一晚的人了。然后明薇就维持这个姿势，全身一动不动，只转动眼珠看廖导安排穆廷州的站位。

一切准备就绪，廖导走到监视器后，倒数三声："Action！"

周静做噩梦了，梦见父亲被巨蟒吞入腹中，梦见她在海中与人搏杀，周围全是水，她无法呼吸……

脸色苍白的女人陡然睁开眼睛，呼吸急促。光线昏暗，入眼是一片灰蒙蒙的山洞石壁，周静面露茫然，扫视一圈，环境陌生。周静低头，努力回忆昨晚，就在此时，外面突然传来不轻不重的脚步声。周静目光一寒，全身戒备地一跃而起，抬头却见……

"Cut！"

明薇耷拉下脑袋，其实不用廖导喊，她自己已经意识到不对了，指挥官周静是高冷人设，男人赤身裸体站在她面前她都不会眨下眼睛，可刚刚穆廷州走过来，肩宽腿长，微微晒黑的皮肤仿佛带着清晨的水汽，让那胸肌腹肌更加……诱人。

明薇如昨晚预料的那样，没抵抗得了诱惑，脸红了，廖导看见了，所以喊“cut”。

女孩脸红红的，那是害羞了，廖导从业几十年，一眼便抓住问题关键，扫眼神色如常的“影帝”，廖导走过去，低声对穆廷州道：“明薇经验少，脸皮薄，你陪她练练默契，准备好了叫我们。”这种事情只能演员自己刷亲昵度，克服羞涩。

穆廷州颔首。

廖导示意其他剧组人员先下去。

明薇低着脑袋，脸更红了，一开始是紧张，现在是觉得丢人，毕竟众目睽睽的。

“不用难为情，除了性格特别开放的，演员都会经历你现在的阶段，无论男女。”穆廷州停在她面前，看着她紧抿的唇低声道，语气专业。

明薇稍微好受了点，闷声道歉：“浪费穆老师的时间了。”

“既然不想浪费，那就开始吧。”该安慰的安慰了，穆廷州声音忽地严厉起来，如同师长，“抬头看我，尽快习惯。”

被他的声音感染，加上骨子里有股不服输的倔劲儿，明薇强迫自己别想太多，抿唇抬起脑袋。他身高一米九，她保持平视，只能看到他胸口，那胸肌轮廓明显却不突出，很符合东方内敛的美感。胸肌下面是腹肌，不多不少八块，整整齐齐，再往下……

明薇目光闪了下，但还是坚持继续看他的人鱼线。

来来回回几遍，她脸庞越来越红，但习惯之后，热度减退，又恢复了白皙。

“可以了。”明薇小声说。

“不够。”她睫毛乱颤，穆廷州自有判断。她不解地抬头，他直视那双黑白分明的美丽眼睛，一字一句道，“摸一遍，如果你能保证脸色不变，才算过关，否则仍有隐患，浪费整个剧组的精力。”

明薇哪想到他会说这种话，才恢复白净的小脸又红了。

日出时间有限，穆廷州不给她考虑机会，直接抓起她的手，按在自己的胸口。

明薇本能地想收回来，瞥见那边的监视器，明薇心一横，豁出去了，一边摸，一边硬着头皮开玩笑："穆老师真敬业，为了拍戏做这么大的牺牲，回头应该让廖导给你发个剧组最敬业奖。"

穆廷州保持沉默，注意力却都在那只缓缓往下游走的小手上。她脸蛋很嫩，小手也软软嫩嫩柔若无骨，微微发烫，一贴上来，便自动通了电，电得他心头一颤。但他不能表现出来，小心翼翼地控制呼吸与心跳，包括吞咽的本能。

明薇虽然敢摸他，却不敢抬头看穆廷州的神色，只是，当她碰到他第一排腹肌时，掌心下的肌肉突然绷紧，力量感爆棚。明薇吓了一跳，下意识缩回手，穆廷州则迅速转身，一边往外走一边低声道："可以了，你准备准备，别再出错。"

顶着拍摄压力，明薇没有闲心思索穆廷州的腹肌为何会收缩，她重新躺好，默默酝酿状态。

调整好情绪，明薇重新入戏。

"Action（开始）！"

陌生的山洞，看着诡异出现的男人，周静满身戒备，冷声道："你是谁？"

心里一片惊涛骇浪。百年间，地球一共有两拨人抵达新星，曾祖父周昊率领的探索小队全军覆没，第二拨探测队奉命绘制新星地貌，主要是科学研究，损伤不多，且已经全部返回地球。那么，这个明明还未进化出人类的星球，为什么会出现人类？是前辈们报告有误，还是曾祖父那代有幸存者，男女共存，在这座岛上留下了血脉？

"我是这片海的主人。"

男人身上只穿着一条简陋的鱼皮"裙"，一般人这样打扮，很难彰显气度，但他不一样，逆着朝阳走来，浑身自带令人不可直视的光芒。山洞幽深，瑰丽朝阳被挡在外面，而男人也终于露出了真面目。

周静最先注意到的是他的眼睛，平静深邃，如广袤海洋，深不可测。

他穿得少，身上却有一种久居高位者的威严霸气，令人意外的是，他周身的王者气息非常平和，也似海洋一样，包容万物，容纳百川。是包容，也是无视，因为万物在他眼里都渺小如鱼虾草芥，不值得他为之动任何情绪。

那是一种令人仰望却不惧怕的尊贵平和。

其实没有任何证据能证明他是这片海的主人，但鬼使神差地，周静生不出任何质疑之心。

“这里只有你一人？”男人在靠近，周静警惕后退。

但男人只是从她身边经过，一眼都没看她。这个山洞异常广阔，地面巨石不知经历过什么自然现象，中间竟然出现一片平坦光滑的圆形区域，像地球上的现代广场。山洞中央耸立着九根笔直的石柱，连接地面与洞顶，造型奇特，胜过周静在地球上见过的所有奇观。

男人走到中间后，背靠一根石柱坐了下去，一腿平伸，一腿支起，姿态慵懒惬意。

周静担心他会走光，皱眉转身，侧脸清冷。

男人扫她一眼，困倦般闭上眼睛，低沉的声音在山洞中回荡：“只有我一个，但我不是人。”

周静皱眉，再环视一圈山洞，神色凝重起来：“那你是？”

男人嘴角轻扬，慵懒闭着的眼睛缓缓睁开，意味深长地看着远处弱小的女人：“在你们眼中，我应该是狩猎目标，与你们在陆地上杀过的那些猛兽没有区别。”

周静脸色大变。

男人近似温和的目光也渐渐转冷，声如警钟：“几十年前，人类擅闯我领地，遇到海兽攻击，我留下一个，每日喂食饲养，他感激我，教我说你们的话，给我讲地球上的事，直到他死……这三年，你们在陆地上残杀各地领主，掠夺地盘，我袖手旁观，是因为那些与我无关，但这片海是我的。今晚我会送你回去，你带着你的船马上返回陆地，若再下海，我将视为宣战。”

周静沉默，许久才试探道：“海洋有我们需要的资源，如果我们保证不攻击你，你能……”

男人冷声打断：“不能，人类贪婪凶残，海洋不欢迎，有人来犯，必有去无回。"

周静懂了，见男人闭上眼睛，似乎不愿意继续交谈，她道声谢，转身出了山洞。朝阳灿烂，附近海域呈现浪漫壮观的颜色，周静一直攀爬到海岛最高处，放目远眺，不见一岛一土，除了海还是海。

周静打开身上的探测装置，居然探测不到她的巡逻艇，可见距离之远。

海风吹来，周静心事重重。山洞里的那人，到底是什么？

"Good！"

这一幕拍完，廖导让明薇、穆廷州休息，工作人员准备下场戏的道具。

小樱举着遮阳伞跑过来，怕明薇晒黑了。

明薇扫眼穆廷州，他只穿着鱼皮裙站在那儿，完美的雄性身体大大方方暴露在阳光下，肌肉结实，两腿修长充满力量，浑身散发着异性难以抗拒的荷尔蒙气息。察觉男人要看过来，明薇及时别开眼，快步走到剧组搭建的凉棚下，喝水休息。

她刚坐下，穆廷州也来了，两人对个眼神，穆廷州难得夸了她一下："刚刚表现不错。"

明薇谦虚笑道："穆老师才是真的好，我只是近朱者赤。"

演戏这职业，演员之间很容易受影响，在那种互动状态下，穆廷州演得跟真的似的，明薇就容易代入剧情，事半功倍。如果穆廷州演技烂，把一条尊贵闲适的青龙演成只会夸夸其谈的地痞流氓，那明薇既要代入自己，还得多花一些精神想象对方是真青龙，便事倍功半了。

近朱者赤……

穆廷州笑了下，自然无比地坐明薇旁边了。

明薇浑身僵硬，余光中男人宽肩窄腰长腿，浓郁的荷尔蒙气息与暑热融合，火似的往她这边燎。明薇能做到脸不红了，可她紧张，也不喜欢被激素影响的感觉。

"穆老师先坐，我去学叉鱼。"明薇放下水杯，撑着伞跑了。

穆廷州懒散地靠着椅背，目光却一直追着她。

“都说异性相吸，怎么到了你们这里，反了？”肖照端着果汁走过来，打趣穆廷州。

穆廷州扫他一眼，下一刻便站了起来，面无表情朝明薇那边走去。

肖照嗤笑：“同性相斥倒是真的。”

休整过后，拍摄继续。

中午，周静饿了，岛上没找到食物，她不得不削根木头做矛，下海叉鱼。军人出身，抓鱼还不容易，周静很快便抓了一条，折回岸上，然后问题就来了，她没有火，身上除了一把匕首与手环探测装置，其他高科技武器都丢在海里了。

“你要烤鱼？”头顶忽然传来男人的声音。

周静微微偏头，看到男人一双长腿，她“嗯”了声。

“我去找火，你给我做一份。”男人用肯定的语气与她商量。

周静挑眉，站起来问他：“你去哪里找？”

男人看看她，突然化身为龙，长达数十米，浑身布满青色鳞片，形态酷似中国神话中的龙，但要更犀利霸气，龙头两角锋利张扬，龙脊上也有一排匕首般的倒刺，在阳光下闪烁着摄人心魄的冷光。

周静吓傻了，再无平时的沉稳冷静，呆呆地仰着脑袋，如蝼蚁仰望山川。

青龙摆尾入海，转眼不见踪影。

周静双腿一软，跌坐在地，眼里是不敢相信之色。

没等她彻底冷静下来，青龙回来了，靠岸前冲出水面，巨大的龙嘴中吐出两只怪鸟，全身湿答答的，浑似落汤鸡。

“火。”青龙威严命令。

两只仿佛摔死的“落汤鸡”噌地扑棱起来，转转脑袋，注意到周静旁边的柴堆，便争先恐后地冲过去，张大尖嘴，喉头每滚动一下，就有一个小火球喷出来。火起来了，二鸟齐齐看向青龙，青龙看眼周静，似乎犹豫了下，这才命二鸟去东岛待着，傍晚再走。

鸟飞走了，青龙再次入海，然后就有几条大鱼被接二连三地抛出海面，准确地降落在周静身旁。一条、两条……青龙足足甩了九条鱼上来，随即化为人身，走到周静上面的一块大石头上坐下，居高临下看着周静。

周静懂了，这是一条贪吃的龙。

她认命地给他当厨师。

青龙饱餐一顿，心情不错，用奖赏的语气对周静道："下午你可以来洞中休息。"

周静想到他杀伤力极强的真身，立即婉拒。

晚上又当了一回厨娘，夜幕降临，青龙现出原形，张大龙嘴，示意周静进来。

周静心情复杂地爬了上去。

青龙入海，速度惊人，仿佛只是几个眨眼便悄然靠近了海面上的巡逻艇。距离那么近，巡逻艇却毫无动静，周静便明白，这条青龙有超过高科技探测手段的隐匿能力，能攻能守，真要开战，人类必定伤亡惨重。

"马上离开，别再回来。"

注视周静爬到船舷，青龙幽幽地道。

周静肃容回答："我会争取。"

青龙深深看她一眼，在船上其他人员赶来之前，隐入水中。

青龙对人类没有敌意，只希望人类别来破坏他的海洋，但人类怎么可能放弃海洋这块肥肉，听完周静的禀报，得知青龙意图霸占海洋，已经成功消灭陆上各类猛兽的元帅当场下令，命周静带人剿杀青龙，并派遣东南战队支援。

周静是军人，服从命令是她的职责。

她带兵出击，与青龙展开一场恶战，但海洋是青龙的主场，他翻江倒海，战到最后，青龙毫发无损，周静属下与东南战队的将士全部惨死，她是唯一的幸存者。青龙将她送回岸上，临走之前，再次通过周静警告所有人类。

透过这场血的教训，元帅意识到青龙绝非普通猛兽，硬碰代价巨大，还未必能成功。

元帅将目光投到了与青龙打过两次交道的周静身上，周静军功赫赫，也同样拥有过人的美貌。

元帅提出美人计。

周静不愿，但元帅以周静远在地球上的家人为质，威胁她刺杀青龙。

为了取信也是试探青龙，元帅命人将周静沉入海中，以叛将之名，祭奠死去的将士。

海水平静，平静得温柔又残忍，女指挥官缓缓下沉，她闭着眼睛，想就这样简单地死去。

然暗涛涌动，青龙来了。

七月骄阳似火，明薇嗓子也快冒烟了，一从威亚上下来，立即跟小樱要水喝。

盛夏拍外景戏，太折磨人。

她咕嘟咕嘟喝水，瞥见穆廷州肖照也朝凉棚走来了，肖照戴着墨镜，看起来很悠闲，穆廷州刚跟她结束一场外景戏，只穿着那条黑色鱼皮裙，胸膛、大腿都暴露在夕阳下。拍戏三个月，他又晒黑了一层，胸肌结实腹肌紧绷，不时有豆大的汗珠滚落。

明薇一口气喝了半瓶水，痛快呼口气，再朝穆廷州笑笑。

穆廷州点点头，习惯地坐在她旁边，接过肖照递来的毛巾，低头擦脸。

男人特有的气息飘了过来，有淡淡的汗味儿，还有种明薇无法形容的味道，不难闻，反而莫名勾人。

两人谁也没有说话，各自休息。

廖导忙完手头的事情，扭头环视一圈，然后直奔两个主演而来："明天的戏份，你们感觉如何？"

明薇低头，一手摸了摸后脖子，明天啊，要拍激情戏……

女孩子脸皮薄，穆廷州看眼明薇，神色如常："应该没问题。"

他自信满满，廖导却第一次对这位"影帝"存疑，一边拧瓶盖一边开穆廷州玩笑："别的戏份，我信你比信明薇多，但亲密戏，人家明薇虽然刚拍过两部电视剧，但《南城》中已经有过经验了，你拍了十几部，几乎没有亲密镜头，真是越想越不放心。”

面对质疑，穆廷州淡淡一笑。

“明天早点到场，给你们时间准备准备。”廖导拍拍穆廷州肩膀，这就走了。

半小时后，众人一起回了酒店。

晚上洗完澡，明薇靠在沙发上，抱着剧本发呆，脑海里各种念头，胡思乱想的，也不知道自己到底在想什么。

茶几上手机突然响了，明薇抿唇，捞起手机，显示是穆廷州。

明薇想到了周静初见青龙那场戏，拍戏前一晚，穆廷州发短信问她需不需要对戏。今晚……

“穆老师？”她努力平静地问。

手机对面，男人声音暗哑：“我没拍过激情戏，也不习惯因为我浪费剧组时间，如果明小姐愿意，我希望今晚能跟你对对戏，明天争取一次通过，最大可能地减少身体接触，这也是出自对明小姐的尊重。”

明薇沉默，其实这个请求，在接电话的那一刻她已经预感到了。

她在犹豫，刚犹豫几秒，男人便道：“抱歉，是我考虑不周，既然明小姐不愿意……”

“没……”男人语速太快，仿佛下一秒就会挂掉，明薇慌乱地先行否认。

对面没了声音。

话已出口，明薇只得装轻松，强颜欢笑：“穆老师高标准要求自己，我该向您学习，那您什么时候过来？”

他语速恢复了正常：“你何时方便？”

明薇看看时间，约好半小时之后。

结束通话，明薇立即冲向卫生间，以前所未有的认真态度仔仔细细刷了一遍牙，虽然觉得穆廷州不会亲她，但在高傲毒舌的“影帝”面前，她必须保持口气清新。已经发生过一次脚臭、一次吹气事件，再被讽刺口臭，明薇以后还怎么跟“影帝”打交道？

明薇做完准备工作，装模作样地端坐在沙发上，低头看剧本。

距离半小时约定还有一分钟，穆廷州发她短信，让她开门。

明薇深深呼吸，放下剧本走到门口，刚开门，就听隔壁传来关门声响，知道他来了，明薇忙后退几步。

“穆老师。”高高大大的男人闪身而入，动作敏捷又不失优雅，明薇小声打招呼，没敢与他有眼神碰触。

“打扰了。”穆廷州关门，回头看她。

明薇没有刻意打扮，黑色休闲裤配白色短袖，再普通不过，她也没化妆，但年轻女孩刚刚洗了脸，脸蛋水灵灵娇嫩嫩的，白里透红，如朵粉嘟嘟的桃花，清新灵动，一眼看过去，既让人惊艳，又从心底觉得舒服。

穆廷州的目光黯了几分。

明薇不知道，客气地请他去沙发上坐。

“就在这里吧。”穆廷州轻声说，明天他们第一场亲密戏，是站姿。

戏来得太快，明薇残存的那点镇定顿时消失得干干净净，明明套房很大很宽敞，但穆廷州一说完，她眼前就只剩玄关这片狭窄地带了，只剩眼前高大挺拔的男人。深夜，酒店套房里，男女独处，环境引人遐思，气氛也一下子变了。

好像又回到了片场，他赤裸胸膛站在她面前，浓郁的荷尔蒙完全将她包围。

“用，用关灯吗？”明薇看向开关。

“关了灯，你我对戏有何意义？”穆廷州走到她对面，她脸红了，耳朵也红了，像熟透的桃。

穆廷州喉头发紧，后悔过来之前没有多喝一口水。

“准备好了吗？”他放低声音，借以掩饰声音变化。

明薇后退一步，背靠墙壁，然后闭上眼睛，再三告诫自己这是对戏，现在开始，她要想象自己是女指挥官周静，即将抱她亲她的是青龙，这里没有明薇，没有“影帝”穆廷州，也没有曾经陪她练过吻戏的太傅。

拍戏，拍戏……

明薇睁开眼睛，今晚第一次抬头看他，可这人穿着黑色T恤，与青龙形象相差太大，状态一下子没了。

好在出戏的遗憾也缓解了紧张，明薇笑笑："嗯，我对戏经验少，还请穆老师多多指教。"

女孩表现从容，穆廷州不甘示弱，凝视她的眼睛道："互相学习，共同进步。"

明薇真的笑了，目光却留意他的动作。

"放心，今晚只试一下近距离接触的反应，不会碰你。"穆廷州对她有私心，但他不会借对戏之名占她的便宜，除非她愿意。

明薇点点头。

"现在你是周静，我是青龙，你我刚从外面回来，下着雨，我拉着你跑，跑进山洞时，你绊了一下，我拉住你，两人一起撞到墙壁上……"

剧情彼此都早已背熟，但当穆廷州用他低沉清越的声音缓缓地念出来，明薇宛如中了蛊惑一般，轻易入戏。她好像听到了瓢泼的雨声，好像听到了汹涌的海浪翻滚，好像置身一片空旷神奇的青龙洞府，好像看到自己跌跌撞撞地跑进来，一身狼狈。

明薇抬头朝他笑了，代入角色。

她看男人，男人也在看她，她笑得灿烂，笑得无拘无束，他笑得温和，笑得满足，满足身边多了一个人。笑着看着，男人的目光先变了，柔情变成另一种渴望，他喉头滚动，双手绕到她的纤腰之后，抵着墙壁模拟抱她的动作，然后缓缓低头。

那张俊脸越来越近，那样渴望珍惜的眼神，与记忆中的一幕陡然重合。

明薇怔住，心脏某个位置狠狠抽了一下，又空又渴，迫切需要什么来填满。

他终于靠近了，她以为他会亲她，但男人只是深情地看着她的眼，目光与她纠缠，然后他俊脸微偏，长长的睫毛垂下去，仿佛要集中精神于亲吻。她紧张地吞咽，他的嘴唇距离她只有毫米之遥，她甚至能感受到他唇上灼热的温度，脑海中自动浮现曾经似火的深吻。

明薇不自觉地抿唇。

穆廷州心头一紧，差一点，差一点就管不住自己，真的压上去了。为了缓解刚刚的短暂失控，穆廷州继续低头，嘴唇隔空沿着她的侧脸、下巴、脖子描绘，想象真的在亲。她在战栗，不知为何发颤，矜持还是害羞？

穆廷州拉开距离，用一种专业的眼神看她："我没问题了，你似乎还不习惯我靠近。"

他心中波浪起伏，但擅长掩饰真正情绪，所以那双黑眸看起来一如既往地清冷。

明薇一身的火就被他这一眼给浇灭了。

因为记得，所以思念渴望，因为忘记，所以云淡风轻。

他不是太傅，真的不是太傅。

明薇笑了，垂眸道："您等等。"说完从他身边经过，去了卫生间。

穆廷州回头，门内传来水龙头的放水声，她在洗脸。

穆廷州皱眉，好端端的，为何洗脸？

明薇没耽搁多久，两分钟没到就出来了，明眸皓齿，落落大方："再来一次。"

看着她重新靠到墙上，脸上却再无一丝紧张，穆廷州更困惑了，不懂短短两分钟，她身上发生了什么。但迎着她坦荡荡的注视，穆廷州暂且收起疑虑，低头靠近，准备重复刚刚的动作，谁料他刚俯身，女孩忽地仰起下巴，主动送上红唇。

穆廷州本能地退缩。

明薇莫名其妙地看着他："穆老师觉得哪里不对？"

穆廷州抿抿唇，看一眼她的嘴唇道："你为何抬头？"如果不是他退得快，两人嘴唇多半会碰到。

明薇愣了愣，反应片刻才笑了，说出自己的理解："周静不是普通女孩，她喜欢青龙，青龙靠近的话，我觉得她会主动迎接，而不是羞涩等待。"

穆廷州的眼里掠过一抹意外，意外明薇突如其来的专业分析。

明薇挑眉："继续？"

穆廷州感受到她眉眼间的淡淡挑衅，笑了下，再次靠近。

他虚抱她的腰，她便也抱住他，而且因为身高差距，她真抱了，不然举着手太累。

他嘴唇靠近，明薇也模仿回吻，甜美的呼吸擦着他的侧脸脖子游走。

穆廷州全身发紧，暗暗侧目，却见她脸颊白皙，耳朵也没有红，果然经验丰富。

戏对过了，明薇表现得从容专业，穆廷州若再要求她陪练，便是承认自己输了。

“如廖导所说，明小姐进步神速，确实有天分。”

穆廷州退后一步，目光真诚地夸赞她。

明薇微笑，也由衷地恭维他：“有多大的压力，便有多大的动力，很高兴能与穆老师搭戏。”

穆廷州没有否认，看看腕表，道：“感谢明小姐抽出私人时间配合我，不早了，晚安。”

明薇点头，送他到门口：“明早见。”

穆廷州“嗯”了声，头也不回地朝隔壁套房走去，才走出两三步，身后便传来轻轻的关门声。声音入耳，穆廷州头往左偏，但只是偏了一下，随即刷卡进门。套房空旷，灯光明亮，只是好像没她那边的暖。

穆廷州有些出神，在门口站了一两分钟，不知道在想什么。

回神后，穆廷州走到书桌前，抽出那本他翻了不知多少遍的《太傅杂记》，有销魂蚀骨的抽象描绘，没有任何具体描写。穆廷州皱眉，靠到椅背上沉思。明薇是个新手，她拍每场戏，第一次都有明显破绽，只是悟性好，导演一提点，她便能快速调整状态和情绪。

穆廷州自认了解明薇的表演风格。

跟他拍海报、拍初见裸胸青龙戏份时，明薇羞涩纯情，穆廷州据此判断，明薇没有见过太傅裸体，也就是说，两人还没进展到裸裎相对的地步。但刚刚排练吻戏，明薇紧张一会儿便进了状态，究其原因是她与太傅接过吻，还是，她与陈璋合作《南城》时，积累了丰富的经验？

别墅有份《南城》剧本，穆廷州翻阅过，该剧有好几幕吻戏。

穆廷州闭上眼睛，脑海里是《大明》发布会上，明薇与陈璋亲昵自然的互动，笑得跟朵花似的。

好看，但也让人不爽。

一觉睡醒，明薇习惯地先去拉窗帘，外面灰蒙蒙的，有点阴天，正是廖导期待的适合拍雨戏的好天气。

明薇快速洗漱，拎着手包出门，碰巧看见肖照、穆廷州。

“早安。”明薇朝肖照笑，目光移到穆廷州那边，热情自动消减几成。

“廷州第一次拍激情戏，明薇你多担待。”三人一起走向电梯，肖照跟在明薇右侧，笑着说，语气像宠物店老板，坦诚说出自家宠物的缺点。

穆廷州斜他一眼，肖照完全无视。

明薇聪明地置身事外，不参与两大男神的窝里斗。

餐厅自助，明薇拿了一块三文治、一杯牛奶、一个荷包蛋和几样水果。等明薇端着盘子走回来，穆廷州已经坐好了，明薇随意扫眼他的盘子，一份稀饭、一块儿红枣发糕、一杯牛奶和几样水果。没有味道刺激的食物，明微暗暗松了口气。

落座时，她敏锐地发现穆廷州也朝她这边看了过来，并盯着她的荷包蛋多看了几秒。

好吧，鸡蛋是有点味道。

可明薇饿，拍外景耗体力，不多吃点，她哪有力气跑？

明薇若无其事地吃了荷包蛋，到了片场，她故意端着水杯出了保姆车，走到穆廷州能看到的地方刷牙。穆廷州看见了，也明白女人的小心思，只觉得好笑。是她，她吃什么他都可以忍受，不是她，换个女演员，敲了牙齿重新长出一套新牙，他也不会亲。

男女主角化妆准备，工作人员忙着人工降雨。

明薇化完妆下车，看着海面上那片雨雾，马上想到了剧情。

青龙喜欢女指挥官周静，从人类手中“救”了周静回岛后，他先讽刺了周静一番，将前面周静带人攻击他的憋屈恼火用各种幼稚手段发泄了一通，譬如不让周静靠近他的洞府，不给周静捉火鸟喷火做饭。周静心事重重，哪有兴趣陪他玩这种把戏，一个人远远地住在东岛，巴不得离青龙远点，尽量拖延时间，思考保全家人又不伤害青龙的对策。

她沉得住气，情窦初开的万年老青龙却管不住自己，傲娇了一阵，终于在一个下大雨的晚上，他伸出龙尾，将周静卷进洞府。主动妥协后，误会周静还在为被人类同胞抛弃而闷闷不乐，青龙开始想办法哄她开心。

他带她看岛上的风景，带她入海遨游，等浪漫回来，下雨了。

今天要拍的就是这一幕。

主演站好位置，廖导喊开拍。

酷暑时节，拍这种雨戏非常舒服，明薇从“青龙”的真身道具上爬下来，大雨瓢泼，她往前跑两步，然后转身望向青龙。工作人员搬走特效道具，穆廷州穿着鱼皮裙站在那儿，雨水冲刷着他强健的雄性躯体。

明薇已经习惯了这一幕，保持入戏状态朝他笑。

人在雨中，她全身湿透，黑发黏在腮边，白皙脸庞仿佛开在雨中的玉兰。她穿着最简单的符合军人气质的白衬衫，此时衬衫紧紧贴在她身上，勾勒出她丰盈的胸部、纤细的腰，充分展示了什么叫湿身诱惑。

穆廷州朝廖导摆摆手，转身调整状态。

这是今天，“影帝”第一次卡戏。

但“影帝”就是“影帝”，再次开拍，穆廷州眼中只有担心，那是青龙对周静的担心，担心娇小脆弱的她禁受不住瓢泼大雨，所以他大步朝她奔去，拉起她的手跑向洞府。他们跑，头顶的降雨设备跟着移动，夏天淋雨多舒服，明薇喜欢，身体享受了，拍摄状态更佳。

因为拍摄角度、镜头捕捉的关系，这段跑戏重拍了三遍。

三遍后，青龙终于拉着媳妇进洞了……

廖导分段讲戏。

明薇裹着毯子背靠墙壁，廖导神色严肃地指导穆廷州一会儿怎么抱她，先抱哪里再抱哪里，以及手移动到明薇后脑、肩、腰等处的时间。穆廷州面无表情，时不时点点头，这种气氛，想暧昧也暧昧不起来。

明薇看了一会儿热闹，廖导又开始指导她如何回应穆廷州。

讲得口干舌燥，廖导喝口水，看着两人道："要不你们俩先培养培养状态？"

明薇抬眼看穆廷州，她无所谓。

对上她冷静的眼神，穆廷州平静道："不用，直接拍吧。"

这话透露出强大无比的自信，廖导受了鼓舞，将水杯交给助理，吩咐摄影师、收音师等工作人员准备。一切就绪，廖导："Action！"

爬到石洞门口时，明薇绊了一下，穆廷州一个大力便拎小鸡似的将她提了起来，但因为惯性，两人一起撞到了旁边的石壁上。他双手以保护的姿态抱着她的腰，那么细那么软。她在笑，为她堂堂指挥官居然犯了这么低级的绊脚失误而笑，一双眼睛清澈明亮，装满了最单纯的快乐。

青龙喜欢这样的指挥官。

穆廷州也喜欢这样朝他笑的明小姐。

喜欢的情绪是一样的，演技高超如"影帝"，也分不清自己有没有出戏，他只知道她在戏中，那他必须也在戏中。

下一个动作是……吻戏。

穆廷州低头，左手下意识抬起，想要捧住她的脸。

"Cut！"

穆廷州陡然回神，目光与明薇的碰撞，她意外茫然，穆廷州也不懂哪里出错了，但还是暂且松开明薇，扭头看廖导。廖导坐在监视器后简单道："捧女主脸亲吻，这是人类偶像剧常见的镜头，青龙是龙，现在他就想亲她，手抱腰。"

明薇低头，心里暗爽，原来是穆廷州出错了。

穆廷州这几年拍摄，就算有NG，但也没犯过这种低级错误。他不在乎围观的工作人员，但……

穆廷州垂眸，看到她嘴角果然微微翘起，泄露愉悦。

穆廷州抿唇。

"Ready？ Action！"

调整状态，明薇继续仰头笑，笑得干净纯粹，穆廷州双手抱紧她的腰，俊脸缓缓靠近她。有昨晚的对戏经历，明薇分得很清楚，因为他是"影帝"，所以他现在也只是青龙，她是另一个专业的演员。

周静爱青龙啊，这也可能是他们最后的亲近。

作为一个久居军中的指挥官，她没有谈过恋爱，没有与人接过吻。接吻是什么感觉？继短暂犹豫要不要接受这个吻后，她眼里又浮现一个恋爱新手的疑惑。换成普通女孩会害羞，但周静是指挥官，遇到问题，她选择探索、解决。

犹豫、决定都在一瞬间完成，男人越来越近，带着一条老龙对性冲动的茫然与好奇，他是那么单纯，她眼神罕见地温柔下来，双手顺从本能抱住他精瘦的腰，主动抬起下巴，闭上眼睛迎接他的吻。

刚淋过雨，她鬓角还在滴水，脸颊白净细嫩如花，嘴唇红润，是最诱人的果子。

销魂蚀骨，太傅笔下的销魂蚀骨，是不是就是这里？

穆廷州的喉结上下滚动，近乎虔诚地压住了她的唇。

有点凉，但很软很软，全身通电一样，穆廷州热血上涌，情不自禁上前一步，将她彻底压在他与石壁之间，唇更用力地吸吮。这是他的本能动作，却也是太傅第一次亲她的表现，明薇脑中轰的一声，忘了剧情忘了拍戏，只剩下回忆。

表情变了，这一刻，她不是指挥官，她是明薇，一个喜欢乖乖被恋人热吻的小女人。

他叩击她的牙关，想要更多，明薇顺从地张开……

"Cut！"

廖导一声"cut"喊得干脆，穆廷州离开得却艰难无比，她柔软的嘴唇，她口中的甜美，她乖巧的顺从，都让他一沾便上了瘾，魂被她勾去了，全身骨头为她软了，恨不得融进她体内，说是销魂蚀骨，一点都不为过。

原来这就是亲吻。

理智支撑他松开她的腰，后退后，穆廷州隐晦地看了她一眼。她微微低着头，长长的睫毛垂了下去，穆廷州看不见她的眼睛，看不透她现在的心情，他只看见她脸颊红了，却不给人羞涩的感觉，反而弥漫着淡淡的怅然。

如细细的秋雨，不悲不冷，只有凉寂。

再回想刚刚她意外的柔软与顺从，穆廷州并不难推断出她现在在想谁。

其实那个男人也是他，但穆廷州心里无法生出一丝窃喜。

他希望明薇喜欢的、顺从的是他穆廷州，而不是他因为入戏太深臆想出来的太傅角色。穆廷州欣赏《大明首辅》的剧本，也欣赏太傅穆昀，但再欣赏那都不是他。明薇就分得很清楚，她会思念太傅，会整晚都守在太傅身边，轮到他这个现代人，明薇立即不爱了，竟然还在与他接吻的时候想着太傅。

“抱歉。”穆廷州移开视线，趁廖导靠近之前，低声说，以男演员的身份，为深吻的冲动道歉。

明薇知道他的意思，轻轻摇头，这种戏份确实容易失控，既然代入情侣，如果亲吻的时候总想着保持距离，那拍出来肯定也无法让观众信服。所以，她不怪他，明薇只希望穆廷州没察觉她过于自然的接受，或是将她的表现理解为入戏。

廖导来了，示意摄影师等人走远点，看看明薇、穆廷州，廖导压低声音讲戏：“廷州刚刚感觉很到位，就是有点快了，前面浅吻再拉长一点，循序渐进，这样效果才唯美。”一下子就深吻，太激情，观众都没准备好呢。

穆廷州点头，面沉如水，再无方才的火热。

廖导挠挠额头，给明薇讲戏时，态度更和蔼了，声音也更轻，怕年轻女孩受不了似的：“你们俩亲上之前，明薇的表现我给九十九分，留一分进步空间，嗯，亲上后，明薇可能害羞了，一下子从高冷指挥官变成了邻家妹妹，太乖了，要再放开点，热情点，周静的性格比较强势。”

明薇听得很认真。

“需要准备一会儿吗？”讲完戏，廖导确认。

“我需要十分钟。”穆廷州直言道。

廖导有些意外，跟着问明薇十分钟够不够，商量好了，给两个主演空间。

穆廷州一个人去了外面。

明薇坐在洞府的一块石头上，默默调整状态。

十分钟后，穆廷州回来了，眉眼平和雅如古玉，是他每次拍摄前的样子。明薇与穆廷州合作两次了，自然看得出“影帝”要全力以赴，压力之下，明薇打起十二分的精神，同样完美入戏。拍摄开始，穆廷州再次吻了上来，双唇相贴的那一瞬，明薇心中一惊。

不一样了，前一次，穆廷州的唇是热的，很烫，这一次，他嘴唇发凉。

短暂出戏后，明薇攀住他的肩膀，想象自己是周静，与青龙接吻。他的唇一直是凉的，在她的脸庞、脖子、红唇之间游走。脖子是敏感的地方，明薇控制不住自己的生理反应，她也没有控制，这里周静本就该动情。

洞府门前的吻戏，两人一共拍了三次，除了第一次，穆廷州再也没有试图深吻过。

只拍三次算是顺利了，两人趁热打铁，继续拍下面的床戏。廖导吻戏拍得很足，但床戏并不需要多露骨或多长，只拍了几个看起来充满情欲气息却又唯美适度的动作。明薇在《南城》中有类似经验，加上穆廷州各个动作完成得都准确出色，拍摄还算顺利。

床戏拍完，居然真的下雨了。

下一场戏是晴天戏份，廖导让工作人员收工，明薇、穆廷州先回了船上。

大家都坐在休息室，不知道是不是明薇的错觉，穆廷州那边好像有点低气压。

肖照也看出来了，明薇、小樱靠窗看海，他低声试探穆廷州：“我以为你会很高兴。”利用工作亲了喜欢的女人，他干什么摆一张臭脸？

穆廷州没理他，视线始终落在窗外的海面上，耳边却是明薇与助理闲聊的轻声细语，一声一声，像雨滴砸在他心头，勾着他，占满了他整个大脑。海面上起了波浪，穆廷州忽然觉得明薇与周静有个相似点，她们都够冷静，都沉得住气，一个让万年老龙率先妥协主动去讨好，一个自他恢复记忆，便以各种形式勾着他的心。

这种一直揣度她想法的感觉让他烦躁，穆廷州不喜欢。

他想问个清楚。

穆廷州拿出手机，天气预报说接下来三天都有雨，《青龙》几乎都是外景，雨天肯定不会拍摄，穆廷州想了想，头也不抬地对肖照道："明天中午去你那边吃饭，记得提醒她。"

他长眉微皱，不像要追求人，倒像计划寻仇，肖照不放心："你们俩到底怎么回事？"

穆廷州不答，只肯定道："忙完这次，你可以专心做你的经纪人。"

肖照怎么觉得更不放心了？

穆廷州表现得太反常，肖照暂且没通知明薇，回到酒店跟进穆廷州的套房，追问具体情况。穆廷州坐在书桌前上网，拒不回答，肖照没辙，冷笑道："记住你今天的话，聚餐之后，你想追明薇自己去追，我不会再管你们之间的任何事。"

"好。"穆廷州一边敲键盘一边回道。

肖照去隔壁敲门，提醒明薇还欠他们一顿她亲手做的大餐。明薇记着呢，笑着应下。

第二天雨继续下，早饭前廖导果然通知剧组休息。

大雨是最好的掩饰，明薇换上一身便装，与小樱好闺密似的走出酒店，上了肖照的车。两个男人坐前面，明薇、小樱坐后排。雨天路滑，肖照开得很慢，小樱瞅瞅副驾驶位上的"影帝"，然后给明薇发微信："影帝"大人好像有点不高兴，脸好冷。

明薇笑回：他什么时候热过？

小樱：有区别的，"影帝"心情好的时候会给人懒散高傲的感觉，心情不好就只剩冷了，可怕。

明薇仔细回想，穆廷州确实有三种常见状态，一种散漫高傲，一种高冷拒人，还有一种就是拍戏过程中的平和认真。

半小时后，肖照将车停在了一栋三层别墅前。

小樱夸张地捂嘴，没看出来肖照居然这么有钱！

明薇已经知道肖照是徐家二少爷了，见怪不怪。

车停在车库，明薇自己推门下车，出来后好奇扫向穆廷州，果然对上一张冷漠的侧脸，他薄唇紧抿，非常严肃，再细细一琢磨，昨天拍完亲密戏穆廷州就是这种冷脸了，那她是不是有理由怀疑，穆廷州心情不好，可能跟两人的亲密戏有关？

"我确实反感某些身体接触，不过好剧本总能让人破例。"

他在云南小旅馆说的话，忽然浮现在耳边，明薇恍然大悟，原来穆廷州在为与她的亲密不高兴。

明薇也不高兴了，换成任何一个女人遇到这种情况，都会感到憋屈、没面子。

心情不愉快，明薇话就少了，进了别墅，她直接去厨房准备饭菜。小樱、肖照都来帮忙，洗菜的洗菜，淘米的淘米，穆廷州一人坐在客厅，面朝落地窗，黑眸幽幽地望着外面，一动不动，如一尊沉思者雕塑。

午饭很丰盛，有肖照、小樱活跃气氛，明薇强迫自己无视对面的冷脸男人，开心吃饭。

穆廷州每样都尝了尝，未予评价，明薇没瞅他，小樱却惊喜地注意到"影帝"大人脸没那么冷了，肯定是因为吃到了心上人做的菜。粉红泡泡咕嘟咕嘟冒，小樱准备饭后找机会悄悄告诉明薇，可惜，想跟明薇说话的并非只有她一个。

"明小姐，我有件事想跟你商量，介意去楼上书房吗？"放下餐巾，穆廷州望着明薇说。

目光相对，明薇心中莫名冒出四个大字：来者不善！

但她也非常好奇穆廷州要跟她商量什么。

她微笑："好啊。"

穆廷州点头，请她去了二楼。

肖照扫他们一眼，将遥控器递给小樱，让她自己找电视看，他则礼貌地坐在沙发上陪客。

二楼，书房。

穆廷州推开门，示意明薇先进。

明薇大大方方跨进书房，往前走了几步，听到身后传来关门声，明薇心一紧。她相信穆廷州不会做什么欺负人的极品事，但孤男寡女共处一室，此时的气氛无端增加了她的心理压力，男人强大的气场似一张网，而她是傻乎乎送上门的猎物。

“穆老师想说什么？”明薇转身，礼貌客气地问，极力隐藏那丝不安。

穆廷州定定地看着她，似乎要通过那双明亮潋滟的眼睛，看透她心底所想。

他眼神犀利，充满侵略性，明薇不习惯，率先别开眼：“穆老师……”

“我想知道，太傅在你心里，是什么地位。”穆廷州慢慢靠近，紧盯她的眼，不想错过她的任何情绪变化。

明薇脸色陡变，一直努力埋进心底的两个字，居然从他口中毫无预兆地说了出来。

是什么地位？那是很爱很爱她的男人，也是她很爱很爱的太傅。

可这是她与太傅的事，穆廷州无权过问，更没资格用这种不客气的方式问。

“我可以不回答吗？”明薇淡淡挑眉，虽是疑问，却也明显表达出了自己的反感。

“我想知道。”穆廷州在她面前站定，视线与她胶着。

明薇气笑了：“凭什么你想知道，我就必须告诉你？”他知道礼貌两个字怎么写的吗？

明薇真的被冒犯了，一个反感与她拍亲密戏的男人，凭什么摆出这副高高在上的审问姿态？

明薇绕过穆廷州，沉着脸准备离开。

面前却突然多了一条修长手臂，他侧身，强势霸道地拦住她。

明薇怒目而视：“你……”

话未完全出口，再次被他打断：

“因为，在正式追求明小姐之前，我想先了解你目前的感情状态。”

装饰简洁雅致的书房里，在男人开口之后，突然陷入了寂静无声，空气中剑拔弩张的气氛因子，也在此刻尽皆消散。高大挺拔的男人仍然挡在娇小女孩面前，离得那么近，他必须低头才能看清她的面容。而被他凝视的年轻女孩，前一秒还柳眉倒竖，此时却神色呆愣，仿佛听到了前所未闻的大奇事。

“在正式追求明小姐之前，我想先了解你……”

她没听错吧？穆廷州说，他准备正式追求她？

明薇的思路有点绕不过来，穆廷州不是很嫌弃她吗，怎么一转眼又想追求了？

太过震惊，明薇都忘了刚刚她在气什么了。

“现在可以告诉我了？”看眼她微微张开的红唇，穆廷州的注意力重新回到她的眼部。

男人的黑眸平静得像在讨论法律等枯燥专业的问题，明薇脑袋有点乱，下意识转身，想避开他犀利的探究打量。

穆廷州站在原地没动，看着她茫然的侧脸道：“你我有过一段特殊的交集，所以我恢复记忆后，找肖照问过你的详细资料。迄今为止，你一共谈过两段恋爱，我对你与程耀交往的细节毫无兴趣，但我需要了解你对太傅的态度。”

程耀只是一个花花公子，穆廷州很确定明薇与程耀没有多深的感情，那种男人不值得。

“我对他的态度，与你是否追求我有关系？”

男人态度强势声音清冷，明薇渐渐冷静下来，背对他问，顺便提醒他：“穆老师，就算你想追求我，你直接问我这种问题也是非常不礼貌的行为，我敬重你的艺术成就才愿意继续谈下去，换个追求者，我完全不用理会。”

没听说追求者可以盛气凌人要求女方回答私人问题的，如果有相亲游戏，穆廷州这种性格，活不过第一关。

“坐下谈。”穆廷州暂且没回答，率先朝书橱旁的沙发走去。

明薇抿抿唇跟上，在穆廷州斜对面的单人沙发上坐下，抬起眼帘，看到他端正地坐在那儿，一双大长腿呈九十度屈起，上半身朝她这边偏转，应该也在看她。意识到这点，明薇垂下眼帘，安静地等着。

穆廷州转转腕表，视线慢慢从腕表向她身上移，同时郑重地措辞：“以前我忙着拍戏，对男女感情没有特别感触，认识明小姐后，我体验到了一种特殊的吸引，有心理上的，也有身体上的……”

身体上的……

明薇睫毛颤了颤，她应该没理解错吧？

她的每个微表情都未能逃过穆廷州的眼睛，猜到明薇的心理活动，穆廷州顿了顿，低声提醒她：“明小姐没听错，你确实是第一个让我产生性冲动的女人。”

啥？明薇震惊抬头。

穆廷州毫不避讳地看她的嘴唇。

确认自己没听错，明薇脸颊爆红，随即恼羞成怒！

有这么说话的吗？他是表白还是耍流氓？

就在明薇准备愤而起身时，斜对面又传来了男人清越平稳的声音：“基于以上两点，我很确定我想与明小姐发展恋爱关系。我也清楚，明小姐目前对我还没有同样的兴趣，所以，在正式追求明小姐之前，我希望能了解你对太傅的感情。”

明薇脸还红着，扭头道：“我跟他交往过，你说我对他是什么感情？”

“但他只是我记忆错乱的产物，现在我忘了那段记忆，也就相当于太傅走了，那明小姐是准备等我恢复那段记忆，一直等他回来，还是如果遇到新的合适人选，明小姐会像忘记程耀那样放下过去，继续展开新的恋情？”

他机械般地提问，明薇的心却重重缩了一下。

太傅走了，她知道，情人节那天她就知道了，太傅可能再也不会回来，他以另一种形式消失了。消失？多可笑，直到现在，她还是舍不得用那样的字眼形容他的离开。太傅爱她，穆廷州不爱她，明薇自认她把"影帝"、太傅分得很清楚，可每次看到穆廷州，看到那张一模一样的脸，她都会偷偷地生出一丝希望，希望他有记起的那一天。每次穆廷州对她做出暧昧或关心的举动，她都会紧张，会暗暗猜想是不是太傅的记忆在影响穆廷州。

没人知道她有多想太傅，有多怀念与他的点点滴滴，想到穆廷州靠近，她的身体、情绪都会失控。可现在，忘了太傅的穆廷州亲口质问她对太傅的感情，他亲口提醒她，太傅可能再也回不来了。

太傅回不来了，她该怎么办？

明薇苦笑，她能怎么办？太傅已经消失半年了，她还不是该吃吃该喝喝，好好地过？如果她是为了爱情要死要活，不顾一切的人，当初就不会那么理智地与太傅分手。

难过、悔恨、怅然，心情平静了，明薇看向穆廷州，面无表情地道："你希望我怎么做？"

问东问西，他到底想说些什么？

女孩眼睛如粼粼的湖水，穆廷州在这双眼睛里捕捉到了回忆留下的伤心痕迹。他不想她难过，可他为了两人的将来，必须解决一些问题。

离开沙发，穆廷州徐徐走到明薇面前单膝蹲下，黑眸望进她抗拒的眼："我尊重你与太傅的感情，我只希望你能真正分清我跟他。我会追求你，我希望将来你是因为喜欢我才答应与我恋爱，而不是将你对太傅的感情移情到我身上。"

明薇怔怔的，眼中浮现水雾。

穆廷州不忍，试着去握她的手："我很抱歉，在我无法控制的情况下伤了你一次，但我保证，我对你的喜欢不会比太傅少，我对恋人的好，也不会输给他。"

明薇躲开了他的手，只是一个小动作，她眼里的泪便掉了下来。

穆廷州目光复杂。

明薇用手指抹了抹脸，低头苦笑："谢谢穆老师的垂青，可我男朋友刚死，我还没做好迎接新感情的准备。"

他说了那么多，不就是希望她认清现实吗？“影帝”喜欢她，想要她专一的感情，从他的角度讲无可厚非，但他有没有考虑过她的感受？现在，他是逼她先承认太傅“死”了，再开开心心地跟他谈恋爱。

他扎了她一刀，还想她为他动心，脸怎么这么大？

明薇往旁边挪挪，站了起来。

穆廷州并未指望她今天就答应，跟在后面重复道：“我会追求你，你可以不答应，但你答应的那天，我希望你接受的是我本人。”

明薇嗤笑，要求这么多，他何必追她？自己性冲动去吧！

明薇拉开书房门出来了，狠狠一带，“砰”的一声关上门，成功让穆廷州止步，也成功吸引了客厅肖照、小樱的注意力。明薇摸出手机，将照相机调整成自拍模式，见眼圈那儿看不出哭过的痕迹，这才放心了，微笑着下楼。

肖照、小樱不约而同盯着她看。

明薇实在不想在这里多待，问肖照：“可以先送我们回去吗？”

肖照秒懂，穆廷州肯定又惹明薇生气了。

他无可奈何，刚要应承，楼梯上传来了穆廷州的声音：“我送你们。”

肖照听了，笑着对明薇道：“一块儿回去吧，我们在这边也没事。”

明薇给他面子。

外面还在下雨，肖照去车库取车，明微走到小樱身边，等着跟她撑一把伞，刚站好，左边多了一道身影，黑衣长裤，挨得有点近。明薇不高兴，故意绕到小樱另一侧，夹在中间的小樱左右瞅瞅，尴尬极了。

肖照开车过来，车子停在门廊前。

明薇挽着小樱的胳膊往下走，穆廷州单手撑伞，也没见他走得多快，但就是提前下去了，然后站在车前，非常绅士地拉开车门，黑眸看向明薇。

小樱嘿嘿笑，揶揄地看明薇。

明薇扯扯嘴角，让小樱进去，她持伞绕到另一侧上车。

穆廷州一直看着她，明薇上车了，他才收伞，坐到副驾驶位上，一回头，对上肖照看热闹的笑。穆廷州抿了下唇，背靠座椅闭目养神。不破不立，他并不后悔，他要她的心完完全全属于他。

因为穆廷州这一出，明薇心情低落，回到酒店后一个人闷在房间，赖在被窝睡觉。

睡了不知多久，有人打她电话。

明薇翻身，揉着眼睛抓起手机，居然是穆廷州。

明薇直接给摁了。

穆廷州改发短信：一起吃晚饭。

明薇绷着脸，打了“不去”，又删除了，勾起嘴角问他：穆老师是在约我吗？

穆廷州是在约她，以前都是肖照去敲门，三人自发一块儿吃，现在他要追她了，当然要以个人名义约她吃饭，只是，穆廷州以为她要么答应要么拒绝，没料到她会这样问出来。迟疑几秒，穆廷州回：是。

明薇笑容更大，祭出曾经拒绝其他追求者的套路：不好意思，我没时间。

穆廷州皱眉：你晚上有活动？

明薇：嗯。

穆廷州：什么活动？

明薇：普通应酬，穆老师自己去吃吧。

发完了，明薇放下手机，想象高傲“影帝”被拒绝后的表情，心里总算好受了点。心情一好，胃口来了，明薇给小樱打电话，让小樱打包一份外卖上来，酒店附近有家馄饨店味道挺不错的。

二十分钟后，小樱来敲门。

明薇刚洗完澡，换好衣服去开门，却见小樱手里拎着三份馄饨。

“这份是穆老师的，他知道我去买馄饨，让我也带一份。”小樱随口解释道。刚说完，隔壁套房门开了，穆廷州走了出来，五官俊美，眉眼间透着几分慵懒散漫，这是他心情不错的表现。偶像心情好，小樱下意识就说了句客套话：“穆老师要不要过来一起吃？”

明薇还愣着，穆廷州已经走了过来，黑眸直接看向了她：“好。”说完也没接小樱的馄饨，径自从明薇与门缝间挤了进去。

明薇咬牙。

小樱见了，心惊胆战：“我，我说错话了？”

明薇不怪她，就是想不通：“你去买馄饨，他怎么知道的？”

小樱乖乖解释：“刚刚穆老师打我电话，问你晚上跟谁吃饭，我……”

明薇：……

穆廷州赖在这边吃了馄饨，明薇不想搭理他，小樱被明薇提醒一番，不敢参与两人的事情，于是这顿晚饭吃得尴尬无比，只能听到三人吃馄饨的声音。

饭后，穆廷州主动收拾好他那份外卖盒子，拎走了，好像真的就是过来吃顿饭，没有特殊目的。

“薇薇，你们俩到底怎么了？”小樱憋半天了，“影帝”一走，便好奇地问明薇。

“没事，反正以后他跟你打听我什么，你都别告诉他，包括肖照。”明薇简单道。

小樱“哦”了声，瞅瞅明薇，她还是忍不住惋惜：“薇薇，我真觉得穆老师喜欢你，特别是你吊威亚受伤那天，我都没反应过来呢，他第一个冲了过去，还紧紧抱着你，要是有男人肯这么紧张我，我早就扑过去了。”

娱乐圈都说明薇高攀穆廷州，小樱将两人相处的情形看在眼里，却觉得根本不是那回事，明明是“影帝”闷骚，暗暗地喜欢明薇，明薇不知道为什么一直没看上“影帝”。

明薇心烦着，不想听小樱提穆廷州，叫她先去休息。

小樱离开后，明薇走到窗前，外面大雨哗啦哗啦地下，看样了得下个两三天。

“……我对你的喜欢，不会比太傅少，我对恋人的好，也不会输给他……”

穆廷州蹲在她面前郑重承诺的样子，再次浮现脑海。

明薇恍惚出了神。

穆廷州对她好吗？确实有让人感动的地方，他帮她解鞋带检查脚伤，他抱她上下楼，穆廷州解释之前，明薇可以说穆廷州只是想还她的人情，今天听完穆廷州的解释，再回想云南相处的那几天，明薇只能用两个字概括穆廷州的所作所为：闷骚。

想对她好，偏要找个冠冕堂皇的理由。

明薇没那么迟钝，她能感觉到穆廷州确实喜欢她，尽管她不知道是什么激发了穆廷州的感情。其实，如果穆廷州不逼她将他与太傅分得那么清楚，明薇可能会试着接受的，因为"影帝"、太傅虽有不同，明薇却从他们身上感受到了一样的关心，那种体贴入微的照顾，如出一辙。

可穆廷州非要她分清。

明薇暂且做不到，而且穆廷州那番追求之词傲慢强硬，明薇就算已经放下太傅了，也不会轻易答应他，什么时候不气人了再考虑吧。

发了会儿呆，明薇坐到书桌前看剧本，现在两人关系从普通同行变成了追求者与被追求者，再搭戏感觉肯定会变，明薇得准备得更充分才行。

看到十点，收到穆廷州的短信：注意休息，晚安。

明薇又走神了，太傅会提醒她早睡，但他一直都没习惯说晚安。

一下子没了看剧本的心情，明薇关灯睡觉，并没回穆廷州的短信。

这场雨连续下了四天，四天中，除了每晚说晚安，穆廷州没再约她吃饭。

明薇乐得清净。

放晴了，剧组复工。

按照剧本，指挥官周静被元帅胁迫，要用美人计杀了青龙，青龙武力值逆天，要杀他，只有先去掉他的防备心才行，那么，第一次缠绵后的相拥而眠，无疑是最好的机会。周静不是普通的美人，她不想害死青龙，也不想家人被她连累，所以她出发前，将元帅给她的致命毒药换成了足以弄晕一头蓝鲸的强效麻醉剂，计划事后劝服元帅留下青龙的性命，先行囚禁，留待后用。

今天要拍的第一场，就是周静黎明醒来，偷袭青龙的那一幕。

因为周静是在青龙怀里醒来的，所以，明薇跟穆廷州也得抱着……

根据廖导的指示，穆廷州先躺好了，身高快一米九的男人双腿修长，仰面躺着，黑眸随意般望着明薇。对上他的眼神，明薇莫名就想起不久前他那番胡扯，什么她的身体在吸引他，以及性冲动之类的鬼话。

两个主演间暗流涌动，廖导却在兢兢业业地讲戏：“一会儿明薇枕着廷州的胳膊，廷州侧躺，手抱着明薇的肩膀，腿也压在她身上。”

穆廷州“嗯”了声。

明薇默念三声“专业”，然后在所有剧组人员的注视下坐到穆廷州身边，再慢慢往下躺。因为连续降雨，石洞地面又湿又冷，但剧组提前弄热了这片区域，所以明薇身体触地后，并未感觉到温度不适。

旁边穆廷州突然翻身，朝她伸手。

明薇僵硬地抬起脑袋，他顺势插进胳膊，明薇再僵硬地枕下去，碰到时，惊觉穆廷州裸露的手臂又结实又热乎……在潮湿偏冷的石洞，他的温度简直就像一团火，让人本能地想要靠近，吸取更多的热。

“明薇，你埋在廷州怀里，右手抱他腰。”基本动作完成，廖导又开始指挥了。

明薇闭紧眼睛，慢慢朝穆廷州那边转去，还没贴上他的胸膛，迎面先扑来一股炽热的男性气息，惹得她口干舌燥。但这是拍戏，那么多人看着，越犹豫越显得心里有鬼，明薇只好一鼓作气，真把脑袋凑过去了，脸挨着他的胸口。

第一感觉热，第二感觉硬，像块热乎乎的平坦石头。

穆廷州也有感觉，怀里她娇小得像只兔子，头顶的头发蹭得他心痒，柔软发烫的脸颊添了另类刺激。自己想抱也好，剧情需要也好，穆廷州大手抱住她的后背，一条腿也搭在了她的腿上，两人你抱着我，我抱着你，不分彼此。

“Action！”准备完毕，正式开拍。

一夜抵死缠绵，出了大力气的青龙还在酣睡，心里藏事的周静无声睁开了眼睛，借着熹微的晨光，看到男人结实的胸膛，周静怔了几秒，随即那双茫然的眼睛迅速恢复了沉重冷静。她的腰上搭着男人的手，他抱宝贝似的抱着她，周静重新闭上眼睛，眷恋地往青龙怀里缩，先是额头贴着他，然后嘴唇也轻轻印了上去，印在他心口。

明薇真的很入戏，她是专业的！可就在她的嘴唇碰到穆廷州的那一瞬，穆廷州身体突然紧绷起来，反应剧烈。明薇不懂原因，入戏的状态被打破了，因为穆廷州没动，她便努力冷静，想继续表演。下个动作，她该小心翼翼从男人怀里挣脱开来，只是明薇才动，腰那儿被什么戳了一下。

明薇："……"

是她想多了，还是穆廷州真的冲动了？

她大脑一片空白，穆廷州突然松开她，坐了起来，顺势将两人身上的被子往他那边扯了扯。明薇还躺着，她看不到穆廷州，只感觉穆廷州揉了揉她的头发，同时用一种无奈的声音道："抱歉，压到你头发了，是不是很疼？"

廖导与工作人员恍然大悟，原来是明薇头发跑穆廷州身下了，导致明薇没能起来。有长头发老婆的男人都能理解，反而同情扯了头皮的明薇。

明薇本来并不确定穆廷州的情况，现在他编了这么一个烂借口，可不正是此地无银三百两？

流氓！

明薇一边在心里骂他，一边无可奈何地揉着脑袋坐起来，假装低头抱怨："有点。"声音低低的，像是疼得要哭了。

廖导体贴地让明薇休息五分钟，明薇立即披上外套，去了石洞外面。

清晨的海岛一片宁静，海水不知疲倦地起伏，空气潮湿清新，明薇脸颊上的红晕渐渐褪去，正准备回里面瞧瞧，身后蓦地响起熟悉的低沉声音："抱歉，生理反应，我控制不住。"

明薇才恢复白皙的小脸，噌地又红了！

他为什么一定要解释？装糊涂不可以吗？这种事情解释了有什么好处？

海水好像都冲进她的大脑咆哮了，风中凌乱一分钟，明薇终于想到一个减缓尴尬的办法，她撩撩头发，满脸疑惑地回头，问穆廷州："什么生理反应？”

穆廷州眉头微动，黑眸探究地看着她：“刚刚……”

明薇无辜地眨眼睛：“刚刚？刚刚我什么也没感觉到啊。哦，穆老师不用愧疚，其实你根本没压到我的头发，我就是有点困，趁机出来吹吹海风，清醒清醒。”他情商低，她不奉陪，偏要装作不知道，他想尴尬，一个人尴尬去吧。

“好了，我先进去了，再偷懒廖导该不高兴了。”朝他粲然一笑，明薇身姿轻盈地转身。

她神清气爽地走了，穆廷州却迟迟没动，石像般定在原地，脸色非常难看。

她竟然说她什么都没感觉到？明明碰到她了，她也吓得一动不动。

男人，无论什么身份地位，对那一方面都是一样看重，不容旁人特别是在意的女人轻视。穆廷州也不能免俗，尤其明薇离开前嘴角的浅笑，好像在讽刺什么似的。

穆廷州是个敬业的好演员，再次拍摄，他小心地控制自己，没再出事故。只是，这段拍摄完成后，明薇坐起来之前，穆廷州第一次违背他的职业操守，故意压着身边女主演的腰，仿佛随意般抵了她一下，且为了避免她什么都没感觉到，穆廷州抵得很用力。

明薇倒吸一口冷气。

穆廷州听见了，嘴角上扬，他松开她，若无其事地坐了起来。

明薇恨得牙根痒痒，心却不争气地乱跳，也不知道在激动什么。

穆廷州戳明薇的第一下，明薇假装不知道，轮到第二下，换成穆廷州装糊涂了，后面该怎么拍还怎么拍，看明薇的眼神也像以前一样正经，弄得明薇有气没处撒，而且男人厚脸皮要流氓，明薇真去找他算账，没准他还得意，趁机再来一句“生理反应控制不住”。

说实话，对穆廷州的流氓行为，明薇没有太生气，因为她了解穆廷州的人品，他之所以那样做，应该是被她的话刺激到了，幼稚地想证明他的雄性资本，绝非真的猥亵。但心里不生气是一回事，明面态度又是一回事。

接下来几天，除了搭戏，明薇一个正眼都没给穆廷州，穆廷州大概自觉理亏，晚上也没发“晚安”，更不曾约明薇一块儿吃饭。

两个主演相敬如宾，《青龙》的拍摄却在有条不紊地进行着。

利用国内某位高层痴迷恐龙研究这一点，周静半威胁半诱惑地说服了元帅，元帅同意暂且留下青龙的性命，并解除了周静手腕上的控制手环。那是周静出发前元帅亲自为她戴上的，只能由控制之人解除，如果周静试图暴力摘除或拆卸手环，将会触动手环内的自爆装置，炸得周静死无全尸。

还了周静自由，元帅将手环套在了沉睡的青龙的手腕上，再命人将青龙关进囚笼，返回大陆。

周静一直守在囚笼外，巡逻艇即将靠岸，青龙醒了，四目相对，周静眼神平静，青龙先是茫然，待他意识到他被周静骗了，正被困于人类的囚笼时，他眼底立即腾起被恋人背叛的愤怒风暴，仿佛下一刻就要变身。

周静面不改色，只抬起手腕，朝青龙点了点，淡淡解释青龙手腕上的手环是什么。

青龙低头，那小小的手环曾经戴在女人手上，他嫌碍事想取下来过，她说那是她父亲留给她的遗物，不能摘。但她骗了他，原来没有什么遗物，这只是女人用来控制他的武器。青龙笑了，他抬起头，双眼血红。

周静什么都没有解释，冰冷地劝说青龙冷静，只要他肯配合，她保证他不会受到伤害。

青龙看着她笑，下一刻，他突然变身。他人类身体高大强壮，但与龙身相比，渺小如蝼蚁。变身的那一刻，手环爆炸，发出刺眼的强光。囚笼乃用防爆材料制成，成功挡住了爆炸的冲击力，强光乍起，周静惊骇地瞪大了眼睛，她死死地盯着几步之遥的强光，眼中装满了恐慌。

她不怕青龙恨她，她只怕青龙死，他为什么要这么冲动！给她时间，她一定会找机会放了他啊！

强光渐渐暗淡，庞大的龙身逐渐清晰起来，他匍匐于地，龙头低垂。

就在周静冲过去想要查看他的伤势时，青龙突然仰头长啸，愤怒摆尾，牢固的囚笼顿时被击得粉碎。碎片朝她飞来，周静本能地闪避，青龙血红的龙眼盯着她，盯了很久很久，远处传来其他人类的动静。

青龙丢下周静，冲了出去，所向披靡。

元帅带来了二分之一的军队，人、龙再次展开大战。

混战中，周静为救青龙而死，身体彻底消失在炮火中，魂飞魄散。

青龙狂怒，翻江倒海，屠尽所有人类。

影片的最后，青龙以人身站在元帅的指挥中心，冷声向遥远的地球发送警告，郑重宣示他对海洋的主权。宣告结束，他化为龙身，隐入碧蓝海洋深处。

第十二章

我想跟你恋爱

女指挥官领完盒饭，明薇在《青龙》中的戏份也就杀青了，穆廷州还有半个月左右的拍摄。

明薇中午拍完的，拍完马上赶往海岛渡头，准备登船离开。

“明薇。”刚上船，肖照追了上来。

明薇回头，笑着看他：“为我送行来了？”

年轻女孩站在船头，她穿着最简单的白衬衫，清凉海风温柔地吹拂她的长发，有一种最纯净简单的美，美得直击人心。肖照最初注意明薇，是因为穆廷州对她的特殊对待，后来相处久了，他本人也越来越欣赏明薇，直到欣赏发展成友情。

听了明薇的话，肖照推了推金丝眼镜，疑道：“不是说明早再走？”

肖照不知道穆廷州又做什么得罪了明薇，据他观察，这两人已经一个多月没有进行私人对话了，有点冷战的感觉，但只有穆廷州更加沉默冷清，人家明薇该玩该笑，而且还不是强装出来的。肖照看得着急，一边烦穆廷州什么都不告诉他，一边又忍不住替穆廷州留意明薇的行程动向。

穆廷州今天的戏份晚上才结束，不能陪明薇一起离岛，反正还有晚上、明早可以道别，肖照就没在意，可刚刚听廖导偶然提到明薇改成今晚走了，肖照下意识看向穆廷州。穆廷州还是那副注定孤身的死人脸，肖照恨铁不成钢，匆匆跑来打听情况。

这个问题，明薇有点不好意思，无奈道：“本来是那么计划的，可我爸让我今天就回家，还跑来接我了，现在在酒店等着。”妹妹放暑假一直在家待着，她已经四个多月没回家了，老爸老妈都很想她，一晚上也不想等了。

明强宠女儿，娱乐圈早就报道过。肖照错愕之后，好笑道：“还真是公主，这次打算在家住多久？杀青宴还来吗？”

明薇也不确定，聊了两句，老爸打电话过来催了。

肖照识趣地下了船，不耽误他们父女团聚。

目送通勤船缓缓离开，肖照伫立片刻，返回剧组。

穆廷州一个人坐在海边巨石上，默默地吃着盒饭……

肖照走过去，背对穆廷州坐在巨石另一侧，低声道:“她爸来接她了，回酒店收拾收拾就走。”

穆廷州面无表情，嘴里慢慢咀嚼，黑眸望着海面，碧蓝广袤的海面有一艘船越来越远。

“你到底干什么了？”肖照扭头，皱眉问，“不是要追了吗？一句话都不主动说，这就是你追人的方式？”

穆廷州过长的睫毛垂了下来。

他做了什么？他做了一件当时痛快、事后后悔的事，低俗恶劣。明薇不看他不跟他说话，他胸口发闷，如半具身体埋于黄沙，一个多月，四十多天，穆廷州无数次冒出道歉的念头，可他没有信心明薇会原谅他，一旦她指责他那时的行为，指责他的人品……

跟被她直言唾弃相比，胸闷便能忍受了。

他石头一样沉默，肖照投降，不再指责，直接帮他出主意：“男人追女人，特别是追一个对你没太大兴趣的女人，那就必须主动。《南城》的剧本你看过了，高长胜为什么能追到白富美大小姐？好女怕郎缠，关键是你得缠，被拒一次就放弃，那你等着喝明薇跟别人的喜酒吧。对了，《南城》马上进入宣传期了，陈璋一直对明薇有意思，你不快点，等《南城》播出了，粉丝都不再支持你，转而去喊‘璋薇夫妇’……”

穆廷州夹菜的动作顿住，皱皱眉，偏头问：“这么能说，你谈过恋爱？”

肖照冷笑：“我天天为你忙得团团转，我跟谁谈恋爱？”

对此，穆廷州只送了他四个字：“纸上谈兵。”

肖照起身就走。

穆廷州一个人吃了午饭，午休结束，继续拍摄，傍晚才收工。回到酒店，穆廷州无视凑过来索要签名的几个粉丝，面无表情走进电梯。电梯上升，停下，穆廷州跨出来。走廊还是熟悉的酒店走廊，但……

就在他望向隔壁那间套房时，套房门突然被人推开了。

还没走吗？

穆廷州目光上移，套房内走出来一个大腹便便的男人，浑身散发着金钱的气息。视线相碰，中年男人眼睛睁大，好像在回忆是不是在哪里见过穆廷州，穆廷州则冷冷移开视线，径自取出房卡，进了自己的套间。

她竟然真的走了，毫无留恋，想想自己为了她跟去云南住了小半个月，穆廷州胸口更闷了。

明薇挺高兴的，晚上八点多到家，迎接她的是美丽优雅的妈妈、越来越漂亮的妹妹，以及一顿丰盛的家常晚餐。

“又瘦了，也晒黑了。”江月心疼地打量长女。自从明薇进了娱乐圈，一年几乎就回一次家，江月别提多想了。知道女儿忙，江月不敢三天两头打电话烦女儿，就在家看电视，《大明首辅》不知道重复看了多少遍。

“是黑了点，养半个月就好了。”明薇抱住老妈撒娇。

江月摸摸女儿的头发，稀罕了半天。

饭后明强去收拾厨房了，江月忍不住打听长女的八卦：“你跟穆廷州到底怎么样了？网上都说你们俩在恋爱……”

长女成了明星，江月也慢慢变成了追星族，在微博、贴吧都注册了小号，天天跟进女儿的最新动态，最喜欢逛的是“廷薇吧”。这个吧里全是长女与穆廷州的视频剪辑，有根据《大明》剧情剪的，有根据穆廷州失忆期间的现实视频剪的，男帅女美，看得多了，江月居然觉得女儿跟穆廷州还挺合适。丈夫明强跟她一样，都专门注册号了，不过江月是潜水党，明强异常活跃，有人说长女不好，明强会追着对方撕，轮到他说穆廷州配不上女儿了，又会变成他被穆廷州的粉丝追着咬，盖起无数层楼。

“没影的事，妈你别信网上那些。”明薇哭笑不得，“我跟他就是普通朋友，点头之交。”

江月有点失望。

明桥信姐姐的，既然姐姐说她没恋爱，那在明桥眼中，穆廷州就只是一个知名演员。

一家人聊到晚上十点多才各自回房，拍摄结束后，明薇全身轻松，又有一种淡淡的空虚感。洗完澡，明薇抱着笔记本刷微博。下午她发了一条微博，身穿指挥官戏服，粉丝们纷纷夸漂亮。因为《大明》，明薇已经拥有了一批自己的粉丝，评论区再也不是清一色讨论她与穆廷州关系的气氛了。

翻了几页评论，明薇随手点开穆廷州的主页，最新一条，还是他六月初拍的一张海景。

关掉笔记本，明薇拿出手机，她与穆廷州的短信记录还在，但已经一个多月没有互动了。

明薇抬头看窗，窗外黑漆漆的。

穆廷州是准备放弃追求她了？这样也好，她可以继续怀念太傅，"影帝"只是同行。

明薇在家住了一周，一周后，她跟妹妹明桥一起回了帝都，妹妹准备开学，明薇要迎接新的工作了。《南城》十月中旬开播，整个九月份明薇都要配合宣传，这是眼前就要着手准备的，跟着，明薇还要挑选下一部剧。

沈素列了三个剧本给她。

第一个是六十多集的大 IP 宫廷剧，邀请明薇参演女主。

"这个 IP 人气非常火，给你的片酬也非常可观，不过，我调查过，对方定下的男主演，据说合作过的女星对他评价都不太好。"沈素委婉地提醒道。

明薇以前对明星兴趣寥寥，入圈后恶补了很多八卦新闻，沈素说的这位男主演她知道，好像特别喜欢占女主演的小便宜。明薇能接受拍亲密戏，但如果男主演趁机揩油，那就恶心了。

第二个剧本是经典武侠剧翻拍，女主曾经被数位女星演绎过，一个赛一个地美。这部剧肯定会大火，问题就在于明薇敢不敢挑战经典，塑造一个新的仙气飘飘的荧幕美女形象。

明薇没有争美的野心，但她喜欢这部电视剧，喜欢到几版老电视她都看过。

"这个明年八月份开拍，喜欢可以接下来。"沈素笑着说。

明薇点头，拿起第三个剧本，看到扉页的剧名，明薇惊讶地张大了嘴，《白蛇》，这个简直比上一个武侠剧更经典啊，光看剧名，明薇脑海里就冒出好几张美人脸。

“这个明年三月开拍，东影出品，导演是穆崇。”沈素别有深意地道。

明薇莫名尴尬，穆崇，穆廷州他老爸。

“剧本比以前几版有非常大的改动，因为是东影明年主推的项目，女主演竞争很激烈，你得去试镜。穆导的性格，你想象成中老年版的穆廷州就知道了，去年他需要你辅助穆廷州治疗，对你比较和蔼，真参演的话，他很毒舌。”

明薇能想象得出，一边翻看剧本一边打听男主演定了没。

沈素摇头，猜测明薇心事，她补充道：“百分之八十能排除穆廷州，他们父子没有合作过。”

明薇无法形容自己的心情，好像松了口气，又有点失望。

有太傅的回忆在，或许内心深处，她还是希望能多看几次那张脸吧。

“什么时候试镜？”看完剧本，明薇认真地问，她喜欢这版白蛇改编，演起来也挺有挑战的。

白天忙完一轮《南城》宣传，晚上明薇又上了两小时演技辅导课，回到公寓都快十点了。

林暖窝在沙发上看电视呢，看到明薇略显疲惫的样子，她有点不理解，关掉电视问明薇：“你现在是大明星了，演技也比一些科班出身的强，干什么还这么拼？”

明薇换好拖鞋，然后一边泡茶一边叹气：“我运气好，一入行就遇到了张导与一群老戏骨，从他们身上学到了很多，但我毕竟没经过系统学习，能被我压下去的科班演员，本身就是演技差的，我总不能一直跟他们比吧。”

明薇读文科，妹妹明桥读理科，但姐妹俩有个共同点，就是想做的事情一定要做到最好。

成名了，明薇确实飘飘然了一段时间，但明薇始终记得自己的不足，现在她的名气，主要是靠她的颜值与穆廷州赚来的，演技最多是及格水平。因为她是新人，观众们对她的新鲜感降低了对演技的要求，可如果她一直没有进步，那么最终只能沦为花瓶。

明薇不想当花瓶，她要做个像穆廷州那样人人夸赞有演技的演员。

更何况，如今明薇又多了一个必须努力的理由：抢角色。

沈素说了，《白蛇》的女主，东影一开始就属意她了，几乎已经内定，但半路突然杀出个程咬金，投资方徐氏集团居然“推荐”王盈盈出演女主。徐氏集团可不是一般的大公司，去年徐氏集团名下的影院票房收入占了国内总市场的 15%，没有特殊情况，各大影视公司轻易不会得罪徐家。

所谓推荐是纯属客气的说法，其实就是要捧王盈盈，跟明薇抢女主。

好在东影也不是任由投资方塞人的主，公平起见，东影提议让王盈盈、明薇一起试镜，谁演得好就用谁，如此输的一方便心服口服了。沈素还爆了个内幕给明薇，说是王盈盈正在跟徐家三少徐端恋爱，这在娱乐圈已经是公开的秘密了。

肖照是徐家二少，但明薇不想利用这层关系，还是靠实力说话吧，真输了，怪她技不如人。

九月最后一天，是明薇去试镜的日子，也是《青龙》举办杀青宴的好日子。

早上明薇给廖导打了个电话，恭喜那边拍摄完美收工，简单聊几句，明薇便换好衣服出发了。

车子开进东影地下车库，明薇随便挑了个停车位，刚下车，远处忽然有人喊她，是个惊喜的女人声音。明薇关好车门，抬头望去，看到王盈盈笑吟吟地朝她摆手。王盈盈穿了一条白色修身长裙，轻柔顺滑的衣料，将淡妆打扮的女人衬得仙气飘飘，确实有几分白娘子的味道。

明薇暗暗吃惊，在她的印象里，王盈盈还是去年三月初遇时的形象，漂亮却肤浅，演技一般，没想到一年多没见，王盈盈的气质居然提升了这么多。六月份王盈盈主演的宫斗电视剧大火，明薇拍摄繁忙，没细看，望文生义以为又是一部炒作出来的片子，现在看来，王盈盈可能真进步了，跟她一样。

而就在明薇打量王盈盈的时候，又一辆豪车开了进来，恰好停在明薇旁边的空位。明薇没留意，她的目光挪到了王盈盈挽着的男人身上，那人一身白色西装，二十五六的样子，五官俊朗，与肖照有几分相似。

眼看二人朝她走来，明薇及时调整情绪，面露浅笑：“王……”

“徐总。”

“大哥。”

两声称呼同时打断了明薇的“王小姐”。

明薇意外地看向前方刚刚下车的男人，对方一身裁剪得体的黑色高定西装，身形高大，侧脸与肖照简直一个模子刻出来的！不用想，明薇也知道对方是谁了，肖照亲哥，徐氏集团现任 ceo 徐凛，也是徐家下一代掌权人。

“明小姐，幸会。”

令人错愕的是，徐凛只是朝徐端、王盈盈淡淡点点头，跟着便主动朝明薇走来。正面相对，明薇终于看清了这位徐家大少的五官，与肖照一样出众俊逸，但肖照温润如玉，徐凛面冷如霜，气质截然不同。

短暂的惊讶后，明薇笑着握住男人伸过来的大手：“徐总您好，久仰大名，很荣幸见到您。”

“期待你与王小姐的试镜表现。”徐凛松开手，毫不避讳地说。

明薇笑笑，心里犯嘀咕，徐家要捧王盈盈，现在徐凛这么说，是在挑衅她吗？

明薇猜不透徐凛的想法，王盈盈也猜不透，等徐凛领头走了，王盈盈也顾不得刺激明薇，偷偷戳男友的胳膊：“大哥怎么回事啊？对明薇那么客气做什么？”明薇与肖照关系好，徐凛是肖照的亲大哥，该不会要叛变吧？

徐端看眼前面那位他从小就害怕的大哥，小声提醒王盈盈：“我跟你说过了，我大哥任人唯贤，这次是我一直烦他，他看在我们兄弟感情上才帮我一次，但也只能帮到这里，后面能不能抢到角色，还得看你自己。”

王盈盈抿唇，幽怨地看着他：“徐氏集团也有你们家的份，凭什么事事都得听他们父子的？”

徐端汗颜。凭什么？凭大哥有掌管集团的本事，他每天游手好闲，让他管他也管不了，反正他有股份，一辈子什么都不做也有大把大把的钱花，那些钱都是大哥挣的，投资方面的大事当然要听大哥做主。

“别说了，好好准备拍戏。”不想提他们兄弟的事情，徐端反过来管教王盈盈。

王盈盈嗔他一眼，丢下徐端，停下来等明薇，然后与明薇并肩走，低声笑道：“怎么，明小姐跟程耀分手了？上个月我好像瞧见他跟人相亲了。”

明薇自己走自己的，没理会她。

王盈盈最不喜欢明薇这副目中无人高傲公主的态度，扫眼徐端，轻声讽刺道：“去年你靠程耀抢了我的角色，现在别说你们分手了，就算程耀还想捧你，你也抢不过我。不过咱们俩也算不打不相识了，只要你说几句好听的，我不介意让你演青蛇。”

明薇笑了，淡淡道：“这话有点耳熟，王小姐以前是不是也说过？”

王盈盈脸色大变，记起去年《大明》试镜，她也自信满满地认为明薇抢不过她。

眼看明薇加快脚步走远了，王盈盈恼羞成怒的脸慢慢又恢复了白皙。她确实输了一次，但这一年多来，她努力打拼，演技进步有目共睹，又有徐端对她死心塌地，她不信自己还会输给明薇第二次。

半小时后，东影大厦的某间试镜室。

《白蛇》导演穆崇坐在中间，东影陆总、徐凛分别坐他左右，外侧是副导演、制片人，徐端作为王盈盈的“家属”，不能参与评选，在旁边随便挑了一张椅子坐下。

穆崇是长辈，在众人中占据主导地位。看眼只穿牛仔裤、T恤的明薇，再看看白裙打扮的王盈盈，穆崇肃容对明薇道：“演技需要戏服烘托，如果你需要白裙，可以去服装部挑一套，王小姐也一样，这边有古装白裙，更贴近角色形象。”

王盈盈大方婉拒：“谢谢穆导，不过只是试镜，我就不麻烦了。”

穆崇点点头，目光移向明薇。

明薇也婉拒了。

接下来两人抽签，王盈盈先试镜，助理暂且请明薇去隔壁休息室等候。

陆总拿出剧本，请徐凛随便翻页，翻到哪页，两人就试镜哪个剧情。徐凛淡笑，笑陆总故意弄得这么郑重，但他没有多说，随意翻开一页。穆崇接过剧本，速读一遍，抬头对王盈盈道："白娘子与书生相恋，被天庭拆散，镇压于雷峰塔下。几世之后，白娘子从雷峰塔逃脱，重回人间，在西湖湖畔遇到许仙，许仙与那位书生有九成相似，白娘子认定许仙是书生转世，上前相认。现在请你表演初遇这一幕，喊许仙一声'相公'，你有五分钟准备时间，副导演配合搭戏。"

王盈盈听了，转过身去，酝酿情绪。

五分钟后，王盈盈转了过来，示意可以开始了。

穆导："Action。"

话音落下，前一秒还大方微笑的王盈盈，神色突然变得哀婉起来，哀婉中又带着未加掩饰的狂喜。她慢走两步，跟着快步朝"许仙"跑去，双手攥住男人肩膀的同时，她眼泪也落了下来，嘴角却翘着，梨花带雨地唤他："相公……"

副导演惊呆了。

王盈盈笑了笑，抹掉眼泪，自信地转向评审席位。

穆崇平静道："中规中矩，可以演。"演技及格，拍摄时他作为导演再提点一番，王盈盈会进步的。

听到前面四个字，王盈盈吓了一跳，以为自己要被淘汰，脸都白了，毕竟"中规中矩"不是好词，听完后面她才镇定下来，浅笑着走到徐端旁边。女朋友演技高超，眼泪说来就来，徐端特别自豪，偷偷地捏了捏王盈盈的小手。王盈盈给他捏一下就躲开了，美眸斜向门口，等着明薇班门弄斧，自不量力。

两人悄悄搞小动作，那边助理请了明薇进来，演的也是这段。

明薇闭上眼睛。

五分钟后，穆崇："Action。"

明薇睁开眼睛，"许仙"站在她斜前方，她却兴趣盎然地望着左侧，眼神明亮，嘴角带着淡淡笑意，宛如出门踏青的游客，闲适自在。看了会儿，她边走边转向斜前方，然后，视线不期然地撞见了一个男人。那人与她念了几百年的相公一模一样，俊秀的眉眼，如玉的脸庞。

前尘往事历历在目，百般恩爱浮上心头，美景不见了，行人没了踪影，天地之间只剩他。

她怔在那里，怔怔地望着男人，口中喃喃："相公……"唤出声时，两行泪珠夺眶而出。

副导演再次惊呆，但与王盈盈的那次不同，这次副导演是单纯为明薇的眼泪惊呆的，同时也疑惑，因为他根本没听见明薇说了什么，只看到她的红唇动了，然后倏然落泪。

演到这里，明薇抹抹脸颊，略带忐忑地望向穆崇。

穆崇面无波澜，问明薇："说下你的思路。"

明薇细声道："白娘子被关了那么久，终于逃出来，她看外面的什么都新鲜，肯定会忍不住欣赏风景。白娘子容貌惊人，我觉得，无论她走到哪里，都会成为百姓眼中的焦点，许仙先看到她的概率更大，所以……"

穆崇脸上终于有了一丝变化，低头看看字句简练的剧本，颔首道："拍这段时，就按你的思路拍。"剧本与小说不同，小说会渲染气氛，添加大量环境细节描写，剧本简练多了，只交代时间、地点、人物，旁白、台词给了演员、导演很大发挥空间。

两个女星演技差不多，但明薇更有灵性，所以，穆崇率先言明了他的选择。

明薇心跳加快，王盈盈暗暗咬牙。

陆总偏头看徐凛："徐总怎么说？"

徐凛起身，再次朝明薇伸手："希望将来电影上映时，明小姐能送给观众一个新的白娘子。"

徐凛居然选了她！

明薇再也掩饰不住自己的惊喜，快走几步过去，高兴地与徐凛握手："谢谢徐总！"不愧是肖照的亲哥啊，都对她的眼缘。

徐凛很忙，确定了女主角，他同穆崇、陆总寒暄几句就走了，自己走自己的，一眼都没看脸色苍白的徐端、王盈盈。王盈盈当众输给明薇，别提多丢人了，徐凛一走，她也不管徐端了，绷着脸夺门而出，徐端担心女朋友，急匆匆追了出去。

穆崇、陆总也是大忙人，明薇自己去服装部量尺寸。量完了，明薇开车返回公寓。刚进门，正准备换鞋呢，赵姨打电话来了："明小姐，穆先生寄了一份快递回来，让我交给你。你现在有空吗？有的话，我马上给你送过去。"

明薇愣住，穆廷州的快递？那家伙两个月没动静了，怎么突然又有快递了？

"明小姐？"

"嗯，那，那麻烦您跑一趟了。"

挂断电话，明薇莫名冒出一丝期待。

明薇在公寓等了四十多分钟，其间她向沈素分享了拿到《白蛇》女主的好消息，逛了逛微博，给妹妹明桥打了个电话。就在她准备洗衣服时，赵姨终于来了，手里抱着两个盒子，一个是普通的快递包装，一个是精美的Godiva巧克力礼盒。

明薇请赵姨进来坐坐，赵姨笑着婉拒，送完东西就走了。

明薇关门，抱着两个盒子回了卧室。

她先拿起神秘的快递包装，电子寄件信息上，寄件人只有一个"穆"字。快递盒子只有A4纸大小，明薇用剪刀拆开，一层一层，终于露出了这份快递的真面目：一款纯白色的欧式风相框摆台。

明薇顿了几秒，慢慢拿起相框。

相框里面裱了一幅《青龙》插画，碧蓝的大海背景，人形青龙与女指挥官面对面站在一起，女孩靠在男人宽阔的怀里，她仰着头，闭着眼睛在笑，青龙低头，嘴唇印在她的眉心，画风温暖浪漫极了。最让明薇震撼的是，这幅动漫插画画得特别逼真，准确还原了她与穆廷州的五官，简直就像拍出来的照片。

插画唯美，明薇无法否认自己的喜欢，只是，穆廷州送她这个是什么意思？

放下相框，明薇仔细翻找包装箱，什么都没有。明薇眨眨眼睛，打开一旁的巧克力，精美华贵的木质礼盒，掀开盖子，玫瑰花与巧克力的芳香混杂着扑面而来，心形巧克力包装盒外，拥簇着一朵又一朵玫瑰花，新鲜红艳。

手机响了。

明薇低头，屏幕显示：穆廷州。

礼物先到，电话再来，意料之中。

两个月没有联系，接听的那一瞬，明薇心跳不太稳。

她保持沉默。

对面传来熟悉低沉的声音："赵姨跟我说，东西已经送过去了。"

明薇看眼相框，慢慢靠到沙发上，轻轻地"嗯"了一声。

穆廷州："……"

他是个话少的人，与人相处，他也不喜欢聒噪啰唆的，肖照堂妹徐琳就是例子。但此时此刻，穆廷州第一次因为女人话少而烦躁，对方轻轻短短的一个鼻音，却像一个钩子，准确无比地勾住他的心，提到半空吊着。

沉默延续了几秒，穆廷州率先道："插画是一个粉丝送的，你提前走了，对方找不到你，托我转送。"

明薇懂了，再看插画，由衷道："这个粉丝挺有心的，画得不错。"比鲜花、蛋糕有新意多了。

"你喜欢？"

"嗯。"

"巧克力我送的。"

明薇噎住，话题可以别跳跃得太快吗？

就在她犹豫如何接话的时候，男人继续道："那天我的行为很失礼，如果明小姐因为此事认定我品行不端，请明小姐现在就告诉我，我会自动放弃，不再打扰你。如果，明小姐相信我只是一时冲动，愿意给我继续追求你的机会，那请你先品尝巧克力，稍后短信告诉我口感。”

明薇：“……”

“你先考虑，我等你。”穆廷州迟疑几秒，结束通话。

明薇扶额，穆廷州到底是情商低，还是太聪明？

正常的追求，当男人惹女人生气了，他该想办法道歉弥补，而不是像穆廷州这样，硬邦邦的，让女方先表态。哦，吃了巧克力就是允许你继续追求了，但事实上，真吃了巧克力，也就相当于明晃晃鼓励男人了，一下子减轻了犯错男方的压力。

傻姑娘才会上这种当，男人真有诚意，就该再三保证他不是流氓，而不是套路女孩。

明薇相信穆廷州的人品，她也不反感穆廷州继续追她，但她不会那么便宜他，追求就要有追求的姿态，穆廷州得改改他的高傲病了。

放下手机，明薇捏起一颗巧克力悠哉品尝，吃完一颗，将其他的收起来，她去洗衣服。

直到中午，她没回穆廷州短信，穆廷州也没打电话。

下午有表演课，明薇照常去上课，手机静音，两小时课程结束，明薇坐到椅子上休息，翻出手机，恰好看到屏幕跳动着穆廷州的来电。教室还有人，明薇抓起包包，朝授课老师打声招呼，一边接听一边往外走。

“为什么不接电话？”冰冷的声音，压抑着怒火。

明薇平静道：“刚刚在上表演课，才看见。”

穆廷州燃烧了足足两小时的怒火突然灭了一半，语气稍缓：“巧克力你没吃？”

他口气很冲，显然是没意识到他自己的问题，明薇云淡风轻：“没吃。”反正吃了他也看不见。

穆廷州皱眉：“你，你以为我是那种人？”

明薇嘴角翘起，轻飘飘地替自己辩解：“我可没说，您别给我戴高帽子，我担当不起。”

穆廷州的心被她勾得七上八下，揉着额头道：“既然相信我，为什么不吃巧克力？”

明薇忍笑："我在减肥，巧克力热量太高。"

穆廷州无言以对，四肢百骸突然生出一种无力感，女人就是这么肤浅。

冷静片刻，穆廷州沉声道："所以，你不反感我继续追求你？"

明薇拉开车门，淡淡道："追不追求是你的事，答不答应才是我的事，您还有事吗？没事我挂了，还得开车。"

"有。"几乎没有任何间隔，明薇才说完，穆廷州便冷冷吐出一个字。

明薇扯好安全带，客气地道："您说。"

"你很好，你等着。"咬牙切齿的六个字，说完他就挂了。

明薇呆住。

酒店套房里，穆廷州一边粗暴地扯下衬衫一边大步走进浴室，直接放冷水。凉水迎头浇下，却压不下他全身的火，穆廷州猛地砸水，双手贴上墙壁，水流沿着他的短发不断淌下。许久许久，男人睁开眼睛，黑眸幽幽，仿佛有墨色火焰在燃烧。

他从来不知道，女人气起人来，比她全身湿透更惹火。

他也从来没有过这种体验，恨不得她就在眼前，恨不得马上堵住她的嘴，横冲猛撞，让她知道挑战他耐心的后果。

国庆期间，《南城》举办了发布会，这次明薇一改《大明》时简单日常的衬衫搭配，换上一身白底刺绣旗袍，头绾玉簪，耳戴珍珠坠子，高调登场。年轻女孩有着美玉一样的完美肌肤，身段玲珑优雅，美好却不夸张，古典的气质瞬间将人代入《南城》所处的民国时代，女人如花。

有穆廷州失忆变太傅的造势，又有了一部大火的电视剧，明薇今年大抢当红花旦女星的名头，人气高涨，再加上陈璋那批疯狂粉丝，《南城》发布会热度丝毫不输《大明》。陈璋挺拔俊美风度翩翩，明薇貌美气质佳，两人并肩站在台上，一个幽默风趣不失温柔，一个笑意盈盈娇美可人，简直是天造地设的一对儿。

光是一场发布会，"璋薇"粉便迅速飞涨，曾经爆红的太傅公主组合，岌岌可危。

面对这种趋势，穆廷州的唯粉高兴坏了，巴不得穆廷州只属于她们，“廷薇”粉却着急得不行，天天去穆廷州微博下面催穆廷州快点行动，或是跑到明薇的微博，劝明薇别忘了太傅，情真意切，仿佛明薇真与两个男神有什么。

穆家别墅。

穆崇最近在筹备明年将要拍摄的《白蛇》，忙得天天不在家，穆廷州从深圳拍戏回来后，窦静便来儿子这边小住几日。窦静也是儿子的忠实粉丝，每天都要去儿子的微博逛逛的，看完《南城》发布会，再瞅瞅背靠沙发悠闲读书的儿子，窦静愁道：“你跟薇薇到底怎么回事？”

自己的儿子自己最了解，得知《青龙》中儿子跟明薇拍了一段亲密戏，窦静便猜到儿子对明薇肯定有点心思，不然不会破例拍激情戏。

穆廷州恍若未闻，继续看书。

窦静走过去，没好气地抢了书，认真地提点儿子：“薇薇又漂亮又大方，是个好孩子，你若喜欢她，妈支持你。你都三十一了，该谈恋爱了，喜欢就赶紧去追，明薇那么抢手，小心她被别人捷足先登。”

继续这么闷下去，她能不能抱孙子不要紧，儿子打一辈子光棍怎么办？

粉丝们都夸儿子好，窦静很清楚，自己的儿子如果不开窍，绝不是好的男友人选。

穆廷州不想听，随手打开电视。

窦静心中一动，抢过遥控器就关了电视，她小声问儿子：“薇薇接了《白蛇》女主，男主还没定，要不你去演？”演员都是大忙人，不忙的时候出门也有狗仔盯着，想要通过接触增进感情，最好的途径就是合作拍戏。

白蛇？穆廷州对“许仙”没兴趣。

窦静看出来了，笑着道：“剧本改了，男主分饰许仙、法海两角，对演技要求挺高的。”

穆廷州眉峰微挑。

窦静笑：“一会儿我给你爸打电话。”

穆廷州没吭声。

吃完晚饭送走老妈，穆廷州回了卧室，上网看看，铺天盖地的《南城》宣传，片花也出来了，当初明华公主与太傅只是蜻蜓点水的一吻，《南城》片花中，余家大小姐与高长胜可是实打实地亲了。

去明薇微博逛逛，首页评论几乎都是"璋薇粉"。

穆廷州扣下屏幕，神色不悦地去了书房。

晚上十点多，穆廷州重新打开笔记本，上传了一段自拍视频。

晚上十一点，明薇洗完澡爬到床上，睡前习惯性地刷微博。

点开评论，明薇本以为会看到大量"璋薇"粉，没想一刷开，居然多了一片莫名其妙的留言。

公主是太傅的："报告指挥官，青龙在召唤你，你快去看看！@穆廷州。"

光棍节丢了一颗蛋蛋的光棍："指挥官你真的忍心丢下青龙一个吗？不要让他做光棍啊！"

萌萌的明公主："虽然陈璋也很好，但青龙太傅才是真爱，公主你要擦亮眼睛！"

明薇满头雾水，赶紧去了穆廷州的页面。好久没更新的男人，居然发了一段视频，配字：庆《青龙》杀青。

发布时间是半小时之前，但转发量、评论数量已经十分疯狂，明薇先播放视频。

一张书桌闯入视野，上面铺着画纸，一个穿黑色短袖的男人坐在书桌前，脸庞没有入镜。视频采用了快进处理，男人伸手取画笔，开始作画。接下来两分钟的压缩视频中，那只白皙修长的右手成了主角，手握着画笔不停地动，白纸上接连出现金黄的沙滩，碧蓝的海洋，最后是一条盘旋身体的青龙。

视频转眼结束，明薇出神了几秒，反应过来，她重播视频。

这一次，她想集中精力在画上的，注意力却总是不知不觉被男人的手吸引，明明只是单调重复的几个动作，但那手长得太漂亮，修长俊秀，又暗藏力量，文能题诗作画，武能仗剑从戎。情不自禁地，明薇看了三遍，才直接将视频拉到最后几秒，暂停。

此时书桌上只剩那幅画了。

海洋壮阔，但青龙才是毋庸置疑的中心，他巨大的龙身盘旋成一团，龙首低垂，姿态慵懒，乍一看好像在睡觉。但画面中的那只龙眼是睁开的，褐色眼球只是背景，巨大的墨色瞳孔宛如一方寒潭，警告震慑的意味扑面而来。

明薇下意识往后缩了缩，视线分散，那种被青龙注视的感觉总算没了。

这是穆廷州画的，那……

明薇翻身，打开旁边的床头柜，很快就将“无名粉丝”托穆廷州转送她的那幅插画找了出来，放到笔记本旁边来回对比。最后明薇发现，这两幅画，除了一幅画了两个主角的情侣照，一幅画了充满王霸之气的青龙，海水与沙滩几乎一模一样。

所以，根本没有什么粉丝送礼物，插画也是穆廷州画的。

为什么要谎称是粉丝送的？

因为他想利用“粉丝的礼物”与她联系，通过这份礼物，打破两人之间漫长的僵局。

那现在穆廷州为什么要拆穿自己？粉丝天天在他们俩的微博下面传递消息，他肯定明白她一定会看到这段视频。

明薇点开评论。

“看这孤单寂寞的小眼神，想指挥官了吧？快行动啊！”

“明薇太过分了，有了新人忘旧人，青龙好可怜！”

“这世上有穆廷州不会的技能吗？没有！”

“典型的闷骚，看明薇、陈璋闹绯闻受不了了吧？”

“楼上是不是脑补太多了，青龙明明很霸气，哪里看出孤单寂寞了？明薇根本配不上廷州……”

粉丝们议论纷纷，明薇随手关掉评论，抱着相框靠回床头，再一次点开视频。

亲眼看到他作画，再看看相框中青龙亲吻女指挥官额头的温柔动作，明薇忽然心跳加快，双颊热热的。《青龙》拍了五个月，两人确实有吻戏，但绝没有穆廷州画出来的这个镜头。也就是说，这幅画是穆廷州专门画给她的，他得先脑补他亲她，才能画出来。

前几天，这幅画只是他打电话的借口，现在，他在通过这幅画撩她。他在公共平台、千万粉丝面前撩她，他想跟她在一起，如画中的情侣，但这暗号只有她知道。

心怦怦跳，明薇好像真的被他撩到了。

手机突然响了，明薇心跳加速，拿起来一看，果然是穆廷州。

明薇故意等了几下，接听。

“看到视频了？”手机里的声音遥远又近在耳边，低沉中带着几分笃定。

明薇装糊涂：“什么视频？”

穆廷州背靠座椅，右手握着鼠标，淡淡道：“我艾特你了。”

“别！”明薇吓得后背出了一身冷汗，飞速看向笔记本屏幕，右上角并没有艾特提醒。

“虚伪。”耳边响起男人傲慢的声音。

明薇咬牙挂了电话，就他聪明是吧，就他会诈人是吧，智商那么高，他怎么不上天？

啪地关掉笔记本，明薇关灯躺好。手机铃声连续响了三遍，她就连续挂断三遍，最后穆廷州放弃打电话，发来短信：接电话。

明薇不理他，这人简直有病，到底会不会追人？

电话另一头的穆廷州迟迟得不到回应，耐心又开始不够用了，再次打电话。

明薇抿抿唇，将手机举到耳朵前。

电话接通后，穆廷州紧绷的身体略微放松，关掉笔记本，他离开座椅，走到落地窗边。夜色浓如墨，玻璃窗上倒映出他的身影，一个人。看着自己的影子，穆廷州的脑海不经意地冒出两个字：孤单。

单身三十年，这第三十一年，他想恋爱。

“我记得你说你喜欢那幅插图，现在还喜欢吗？”穆廷州拉上窗帘，低低地问。

夜深人静的夜晚，男人的声音听起来低沉动听，出乎意料地勾人。

明薇绕绕胸前的长发，聪明地回避了这个问题，客气地夸他：“你什么时候学会画图的？”

穆廷州怔了怔，回忆几秒，如实道：“小学，忘了具体时间。”

“果然是天才。”明薇有点羡慕嫉妒恨。

穆廷州知道自己是天才，可他更关心明薇对今晚那段视频的感触：“你还没回答我的问题。”

明薇“哦”了声：“穆老师的墨宝，我怎么会不喜欢，现在保存好，将来肯定能大赚一笔。”

穆廷州笑了，转身背靠玻璃窗：“你真喜欢，我可以多送你几幅。”

因为他在笑，这句比前面几句更温柔。

明薇心痒。不得不说，除了性格，穆廷州从五官、身材、双手到声音，每一样都是极品中的极品。明薇并不是声控，但此时听着穆廷州不知套路还是真心的讨好，明薇突然觉得自己快要招架不住了，至少，要屈服于他的好声线。

“还有别的事吗？”明薇理智地问，怕自己还没治好穆廷州的高傲病，她先陷进去。

“我想见你。”穆廷州闭上眼睛，低声说他现在最强烈的渴望，快一个月没看到她的真人了。

明薇心里猛然一跳，耳朵软了。作为一个美女，明薇不知道接到过多少电话追求，前男友程耀就不止一次在电话中说想她，说得比穆廷州深情多了。但说不清为什么，“想见你”这三个字从穆廷州口中说出来，杀伤力堪比雷鸣闪电，直接击中她的心窝。

“我先睡了。”明薇底气不足地挂了电话。

放下手机，明薇摸了摸脸，热乎乎的。

林暖不在，整套公寓静悄悄的，只有她的呼吸声。明薇睁着眼睛，脑海中全是刚刚与穆廷州的对话，他的声音仿佛也还在耳边回荡。明薇闭上眼，心底还有太傅，记得太傅的点点滴滴，但自从穆廷州那番霸道的告白后，明薇记起太傅时酸涩难过的感觉渐渐淡了。

对“影帝”完全无感时，“影帝”与太傅，她分得很清楚。

现在对“影帝”有了感觉，尽管穆廷州希望她分清，可明薇不想分得那么清了。她不想承认太傅“死”了，他就是穆廷州，只不过穆廷州暂且忘了那部分回忆，他总有一天会记起。而且，太傅、“影帝”本就是一个人，他们喜欢她的方式是一样的，太傅为她擦脚，“影帝”帮她解鞋带，太傅送她亲手做的木雕，“影帝”送她亲手画的画。

太傅是臣子，他的爱中掺杂着忠诚，“影帝”是平等的现代人，高傲毒舌是他本来的性格。

翻个身，明薇缓缓叹了口气。

穆廷州已经会电话撩人了，也许下次他再当面提出交往请求时，她会答应……

毕竟，刨除一点性格缺陷，穆廷州的其他方面都让女人难以拒绝。

明薇不受控制地打开微博，再次看穆廷州画画的那段视频。

收到特殊表白的年轻女孩心中甜蜜，这边穆廷州却失眠了，他说他想见她，她匆匆挂了电话，什么意思？

盯着屏幕上明薇的电话号码，穆廷州动了几次手指，最终还是没有重拨，今晚，他又发视频又打电话，次数太多，再打一个，她会不会反感？

不打电话，穆廷州编辑短信：睡吧，晚安。

“叮”的一声，短信发了过来，明薇点开，看完了，她揉揉头发，犹豫两分钟后，第一次回复男人的晚安问候：嗯。

向来石沉大海的睡前祝福居然被回应了，穆廷州盯着那个“嗯”字，半晌没动。还想再聊几句，但已经说了“晚安”。

手指来来回回划过屏幕，意外触动了微信图标，穆廷州眼帘微动，第二次向明薇发送好友申请。

看到跳出来的申请信息，记起当初穆廷州直接秀出二维码让她扫描，一副她理所当然会加他的架势，明薇笑了，然后，批准了“影帝”

的申请。

明薇这晚睡得很香，早上六点多自然醒，习惯性地先拿手机，刷朋友圈。

穆廷州的朋友圈比他的微博还干净，什么都没有，倒是肖照十分钟前发了一条动态：穆廷州神经病。

明薇笑了，气质温润的肖照在微信又是另一种做派，如果说他共有一百条朋友圈记录，那其中八十条都是吐槽穆廷州的。众人见怪不怪，一群圈内朋友给他点赞，留言问问“影帝”今天又怎么得罪他了。明薇想了想，随手也赞了一下。

赞完了，明薇继续往下刷朋友圈，手指滑动几下，“叮”的一声，有人找。

穆廷州：睡醒了？

明薇疑惑：你怎么知道？

穆廷州：你刚刚做了什么你心里清楚。

明薇发了两个白眼过去：你又怎么折磨肖照了？

穆廷州：我让他帮我买辆路虎，车行认识他的人不多。

明薇撑起来靠着床头，想到穆廷州那辆拉风的定制款黑色保时捷，她好奇地问：为什么换车？

穆廷州：那款路虎不起眼，方便我去找你。

“扑通”一声，明薇好像听见自己掉进坑的声音，谁能想到肖照骂穆廷州、穆廷州换路虎的根本原因，竟然是为了要见她？重新看下聊天记录，明薇都要怀疑穆廷州是隐形的套路王了，坑挖得太深。

平静下来，明薇回他：我去洗脸了。

穆廷州：好，八点电话。

明薇摸摸鼻子，心情微妙地去洗漱。等她健完身吃完早饭，差不多也八点了。

明薇上午的表演课九点开始，换成平时明薇会提前过去，在沈素的公司转转，跟着那些模特一起健身，但既然穆廷州说了要打电话，她便无聊地坐在沙发上等着，猜测穆廷州是不是有什么事情。

时间一点点跳跃，北京时间八点整，"影帝"准时来了电话。

铃声响了一会儿明薇才接听。

"明天你妹妹生日？"穆廷州坐在书桌前，一页页翻看明薇以前的微博。她的微信是入圈后新建的，内容不多，他昨晚用三个小时就看完了，这个微博账号比较老，他早上起来开始看，还没翻完。

明薇诧异："是啊，你怎么知道的？"

穆廷州淡淡地答："看了你朋友圈。"

明薇更迷糊了，喃喃自语道："我朋友圈有吗？"明天她去学校接妹妹，准备姐妹俩凑到一块儿拍张合照再发微信、微博秀秀的。

"去年的明天，你发照片了。"穆廷州语气如常地提醒。

明薇呆住，所以，穆廷州刚成了她好友，便把她所有动态都翻了一遍？

心底泛起丝丝缕缕的甜意，明薇懒懒地靠到沙发上，甜了会儿，惊觉自己好像又被套路了。

"需要我准备生日礼物吗？"穆廷州平静地问。

明薇咬唇，硬邦邦道："不需要，她跟你不熟。"又不是她男朋友，他以什么身份送妹妹礼物？

穆廷州只是客套一下，想想明薇那位他只见过一面、如果不是昨晚翻她朋友圈他根本记不起五官的妹妹，穆廷州非常赞同明薇的话，他与明桥确实不熟。页面刷出一张明薇身穿滑雪服的照片，穆廷州点击放大，随意地问："明天你们姐妹有什么安排？"

有套路机会的时候他不懂把握，明薇扫眼时间，边往外走边道："与你无关，我出门了，拜拜。"挂了电话，她戴好墨镜，神清气爽地去上课。

一早上聊了这么多，穆廷州还是比较满足的，耐心等肖照来送车。

上午十点多，肖照开了一辆崭新的路虎驶进穆廷州的别墅。

跨进客厅，见穆廷州舒适懒散地靠着沙发在看体育节目，肖照大步走过去，先关电视，再朝穆廷州晃了晃车钥匙："拿一次通告换，什么通告由我决定。"

穆廷州点头。

肖照这才将车钥匙丢给他，猜测道："准备出门？"

穆廷州看看车钥匙，语焉不详："有可能。"

作为经纪人，肖照自然要问清楚："时间，地点。"

穆廷州皱眉："只是有可能，决定了会通知你。"

肖照认了，喝口水，想起一件事情："你跟明薇有进展了？早上我骂你，她点赞了。"加了明薇好友后，他自己都数不清吐槽了穆廷州多少次，明薇从来没有点赞或评论，聪明地与穆廷州保持距离，不给人任何怀疑她想攀附穆廷州的把柄，如今两人冷战两个多月，明薇突然点赞，绝对有猫腻。

穆廷州嘴角微不可察地翘了下："加了微信。"

肖照无语，多能耐啊，合作两部戏了，现在才加上。

十月十二号，周五，明桥生日。

明薇这一年过得十分忙碌，与家人聚少离多，难得放松下来，明薇便趁妹妹过生日，趁《南城》尚未开播，计划了一次京郊自驾游，就姐妹两个出去玩，轻车简行。下午三点半，明薇将车停在T大附近等妹妹。

明桥刚上完两节课，回宿舍放了回东西，再背上提前准备好的登山包，直奔校园门口。

"生日快乐，又长一岁啦！"明薇摘下墨镜，笑着抱住副驾驶位上的妹妹。

明桥担心姐姐被人认出来，催她赶紧开走。

明薇笑，先把礼物送给妹妹，再开车。

明桥拿出礼物，一管口红、一瓶香水，一个牌子的。

她抿抿唇，将礼物原封不动地放了回去，随手搁在后面座位上："你留着吧，我不用。"

送不送礼物都是姐姐，她不介意。

明薇当然知道自己妹妹的喜好，她只是觉得妹妹到了打扮的年纪，一本正经地劝道："你喜欢汽车，姐姐支持你，但该打扮还是要打扮的，没人规定汽车工程师就得不修边幅对不对？你看《变形金刚》中的女主，全是烈焰红唇，我们家桥桥打扮起来，肯定比她们还酷。”

明桥冷冷道：“专心开车，少说话。”

明薇笑着打她。

上了高速，明桥扭头看风景，明薇集中精神开车，姐妹俩偶尔才聊两句，谁也没注意到后面有辆灰色路虎，一直不远不近地跟在明薇的白色卡宴后。

五点多，目的地到了，京郊一个风景优美的小镇。明薇托小樱定了一家口碑颇好的民宿旅馆，环境干净优雅，因为国庆旺季刚过，这家旅客不多，明薇姐妹俩都是休闲运动装打扮，扎马尾不化妆，看着就是两个漂亮的邻家妹妹，并没有惹人注意。

归根结底，明薇还没火到家喻户晓的地步，或许她在微博上的热度够了，但限于目前只有一部电视剧上映，她的国民辨识度还远远不够，好在出来旅游，认识她的人越少越好。安顿好了，也到了晚饭时间，明薇叫老板娘上菜。妹妹生日，明薇定了一桌大餐，还有一块大蛋糕。

“来，拍张照。”饭桌重新布局一番，明薇一手搂妹妹一手举自拍杆拍照。

第一张明薇笑容灿烂，明桥笑得很淡，还是勉强笑的那种。

“跟我吃饭就那么为难你？”明薇训了妹妹一顿，搂着妹妹重新拍，教妹妹喊“Money”。

明桥乖乖摆嘴型。

照片出来，姐妹俩笑得都很好看。明薇放下自拍杆，简单修修照片，发微信：妹妹又大了一岁，是不是越来越漂亮了？

微信刚发，老爸明强的电话就来了，得知姐妹俩单独在外旅游，再三叮嘱她们注意安全。

“好了，吃饭吧。”明桥饿了，对着姐姐的手机道。

明强无奈挂了电话，不知道小女儿的冷脾气随了谁。

“过生日也不会嘴甜点。”明薇点了点妹妹的脑袋。

明桥低头吃菜。

客房灯光温暖明亮，透过玻璃窗照到窗外，穆廷州坐在路虎中，背靠座椅戴着墨镜，守了差不多半小时，他才开车停到隔壁民宿旅馆。旅馆老板是个六十来岁的大爷，接过穆廷州的身份证，他抬抬老花镜，直接登记，并没注意到什么不对。

这家旅馆房间也很干净，但穆廷州有点洁癖，每次出门都会自己准备四件套。

穆廷州拉好窗帘，给肖照打电话，请他送一趟。

“你再说一遍？”肖照刚吃完晚饭，又有点怀疑自己的耳朵了。

穆廷州平静地重复了一遍：“这边风景不错，你也很久没放假了，就当放松两天。”

肖照不说话。

穆廷州沉默，三十秒后道：“再加一次通告。”

肖照冷哼：“告诉我理由，不然不去。”

穆廷州抿唇。

肖照隐约猜到了，叹口气，一言不发地挂了电话。先去穆廷州的别墅拿四件套与洗漱用品，再开将近三小时的高速夜车，晚上十点，肖照风尘仆仆地与穆廷州会合了。

“她住隔壁？”肖照指了指旁边的墙。

穆廷州：“隔壁旅馆。”

肖照有点无法理解：“她一个人跑这边来做什么？”

“陪她妹妹过生日。”穆廷州蹲下去，打开行李箱，拿出两件衣服，余光见肖照站在原地不动，便道，“不早了，你再去开间房，明早再走。”

肖照挑眉：“不是说这边风景好，让我过来放松两天？”用完就打发人，真把他当跑腿的？

“随你。”穆廷州并不在意肖照的去留，拎着毛巾去洗澡了。

肖照看神经病似的目送他进去，环视客房一圈，他一边打开微信一边下楼去开房。看到明薇姐妹的庆生照片，肖照俊秀的眉慢慢蹙起。明桥过生日，穆廷州那家伙准备礼物了吗？如果没准备，在这种小地方，他能用什么补救？

烦躁上涌，肖照又发了一条动态：辣鸡（垃圾）"影帝"！

隔壁楼上的客房，明桥在洗澡，明薇已经洗好了，靠在床上刷朋友圈，大晚上的见肖照又吐槽穆廷州，明薇乐得不行，忍不住戳肖照：他又做什么极品事了？

肖照领了房卡，看到明薇的话，他顿了顿，回：明天你就知道了。

明薇傻眼，明天她就能知道，难道穆廷州要公开做什么能被肖照称为"辣鸡"的事？这两天穆廷州刚跟她互动多了点，该不会与她有关吧？这么一想，明薇有点坐不住了，想问肖照，又怕最后证明是她自作多情。

不能问肖照，明薇打开穆廷州的聊天窗口，迟疑片刻，自成为好友后第一次主动戳穆廷州：睡了吗？

穆廷州在洗澡，手机放在外面，他自然听不到。

所以明薇等了十几分钟，也没等到穆廷州的回复。虽然穆廷州有可能已经睡了，但被追求的人难得主动找追求者，却迟迟得不到回应，那种心情可想而知。

明薇默默地将手机调成静音，再翻过去放床头柜上。

明桥淋浴完出来，姐妹俩难得有这样相处的机会，明薇暂且抛开工作与男人，跟妹妹面对面躺着，聊大学校园的事。明桥不习惯女生间的八卦聊天，但她心里也想姐姐，不管姐姐问什么，她都会给予回应。

聊着聊着，突然有电话，明桥抓起手机，来电显示：肖照。

明桥一时没反应过来，肖照是谁？

明薇凑过来看，吃了一惊，本能地抢过手机，接听。

"是明桥小姐吗？我是穆廷州。"不远处的二楼客房，肖照好整以暇地坐在沙发上，穆廷州则背对他站在落地窗前，神色凝重地讲电话。刚刚从浴室出来，看到明薇的微信，他立即回复，明薇却不理他了，打了几次电话她也不接，穆廷州不禁紧张。帝都附近治安虽好，但她们两个年轻貌美的女孩很难让人放心，如果不是肖照有明桥的电话，他已经过去直接敲门了。

听到熟悉正经的"影帝"的声音，明薇稍微一想，就把穆廷州的心情猜到了大半。用眼神示意妹妹别出声，明薇摸摸嗓子，故意模仿妹妹的冷音调：“您有事？”

就三个字，线索太少，加上对明桥不熟悉，穆廷州真没听出来，正色道：“我有事找你姐，请提醒她接我的电话。”

明薇“嗯”了声，挂断。

穆廷州蹙眉，那声鼻音怎么像明薇？

正疑惑，自己的微信响了，穆廷州低头看，是她：有事吗？刚刚在洗澡。

穆廷州松了口气，将肖照的手机还给他，然后头也不回地回了自己的房间，直接拨打明薇的号码。明薇下意识回头，对上妹妹清冷犀利的目光，莫名心虚，先关了灯，再穿鞋下床，去卫生间接听，声音低低的：“你跟肖照在一起？”

这个问题，穆廷州敷衍了过去，问她：“找我有事？”

明薇扫眼镜子，不太好意思地道：“我看朋友圈肖照在吐槽你，好奇为了什么事，问肖照，他说我明天就能知道了。”

穆廷州看到那条吐槽了，但他也不知道原因，自然无法解释。

明薇当他卖关子，突然没了聊天的兴趣：“好吧，我去睡觉了。”

穆廷州：“晚安。”

明薇放下手机，回了床上。

“你们在交往？”房间黑漆漆的，明桥声音清醒。

明薇有什么话都会跟妹妹说，躺了会儿，小声道：“他在追我，我还没答应。”

明桥静了静，好久才道：“我三个舍友都喜欢他，他画画的视频我也看了，确实很厉害。”

明薇无声笑，穆廷州到底有多厉害？恐怕肖照都做不到完全了解，那人好像什么都能信手拈来。

“你们的事我不清楚，你自己看着办吧。”明桥没谈过恋爱，不知道该怎么说。

明薇笑着揉了揉妹妹的脑袋：“睡吧，你好好读书，不用替我操心。”

明桥点头，闭上眼睛，明薇继续玩会儿手机，到了十一点多，困意袭来，她也睡了。

一个是连续拍戏的当红演员，一个是课业繁重的工程系大二学生，好不容易放松下来，明薇、明桥这一觉都睡熟了，也没有定闹钟，准备睡到自然醒再起来。隔壁旅馆，肖照让穆廷州注意姐妹俩的动静，他一个人去逛镇上商店，好歹给明桥挑样生日礼物。

可惜他起来得太早，屈指可数的几家商店，一半没开门，开了的也都是卖日常用品，作为礼物实在拿不出手。肖照烦躁，逛完最后一家，他上车准备掉头，就在此时，旁边一户民居院子里突然传来几声狗叫，肖照扭头，一眼看到两只毛发雪白的萨摩耶幼犬，互相追逐，像两团斗在一起的雪球。

肖照灵机一动，下车。

二十分钟后，肖照费尽口舌，却也只劝服主人卖了一只萨摩耶给他，另一只说什么都不肯卖。

肖照回了旅馆，抱着萨摩耶上楼。

穆廷州不解地盯着他。

“给明桥的生日礼物。”肖照绷着脸将狗绳递给他，“就说你送的。”

穆廷州低头。

才满三个月的萨摩耶蹲坐在地上，歪着脑袋看他，怎么看怎么傻。

穆廷州拒绝，没准备就是没准备，他不用肖照帮忙，他喜欢的是明薇，不是她妹妹。

肖照彻底无语，丢下穆廷州，牵着萨摩耶下去吃早饭，吃完在旅馆外面遛狗，来来回回地走。穆廷州随后出来，双手插着口袋站在一棵榆树下，黑眸幽幽盯着隔壁旅馆门口，耐心十足，如狩猎的狼。

半小时后，两大男神并一只狗，都坐进了穆廷州的路虎。

农家小院中忽然传来明薇欢快的声音。

穆廷州立即推开车门，肖照也神配合，动作敏捷地抱着萨摩耶下车，并迅速做出刚刚牵着狗走到车边的样子。

明薇从旅馆老板那儿租了自行车，计划跟妹妹骑车去四周逛逛，戴着墨镜推车出来，她随便看看，最先注意到斜对面的车前有只雪白的萨摩耶，又漂亮又可爱。明薇喜欢，摸手机想拍张旅游见闻，结果一抬眼竟然看到两个熟人！

明薇震惊地张大嘴。

肖照同样震惊："你怎么在这儿？"

明薇愣愣的，目光移向穆廷州。男人戴着白色网球帽，帽檐压得很低，只能看到他俊美的脸庞。回想昨晚的谈话，再对上那张淡漠的脸，明薇忽然觉得前几晚与穆廷州的互动一下子变得不太现实。

察觉两人朝这边走来，明薇微微低头，心跳加快。

不过当着妹妹的面，明薇不想输了气势，短暂调整后，她仰起脸，大方微笑："我们过来旅游，你们一家三口亲子游？"

刚说完，便感觉两道冰冷的视线落在了她脸上，明薇故作不知，只看肖照。

肖照指指穆廷州，面露无奈："昨天廷州网上看中一条狗，狗主人说今天才能发货，廷州一晚都不想等，拉着我过来接狗，然后出了点意外，就在这边住了一晚。"

明薇同情地点点头，被迫随穆廷州来买狗，怪不得肖照发朋友圈吐槽他。

"不好奇廷州着急买狗的动机？"肖照笑着看她。

明薇错愕，听得出肖照话里有话。

肖照推下金丝眼镜，视线缓缓挪到扶着自行车安安静静站在那儿的明桥脸上，微笑道："廷州不善言辞，我替他补上一句，祝明桥小姐生日快乐，这只萨摩耶是他爱屋及乌的礼物，希望明桥小姐喜欢。"

此话一出，穆廷州、明薇、明桥的脸都变了色。

穆廷州直勾勾地盯着明薇，似乎要透过墨镜镜片看进她的眼睛。

明薇脸颊发烫。爱屋及乌，肖照说得也太直白了吧？

而作为被"爱屋及乌"的明桥，看看蹲坐在地上的萨摩耶，强忍着才没有皱眉，客气地对穆廷州道："谢谢穆先生，但我还在读书，学校寝室不让养宠物，所以，您的好意我心领了，这只狗我真的不能收。"

穆廷州看肖照，眼神很明显，谁买的狗，谁负责善后。

肖照只好劝明薇：“那你先帮忙养着，将来明桥小姐方便了再抱回去。”

明薇还算喜欢小动物，但林暖对狗毛过敏……

见都不要。肖照笑了，笑得阴森森的：“好，狗先放我这边，我养。”

“影帝”的公主

第十三章

心动不已

京郊的古镇，蓝天绿水空气清新。林荫大道上，明薇慢悠悠地蹬着自行车，如果不是后面穆廷州幽幽的视线弄得她紧张，她此时的心情肯定能打一百分。

这次旅行，明薇是跟妹妹出来休闲的，突然冒出一个气场强大的追求者，那种轻松散漫的气氛瞬间变了，明薇试着加快速度甩开穆廷州，但她快穆廷州也快，始终与她保持半个车身的距离，明薇稍微偏头，就能看到右后侧穆廷州白皙的俊脸。

明薇如芒在背，都没多余精力赏景了。

其实出发后，穆廷州没与明薇说过一句话，只默默地跟着明薇，但傻子都能看出两人之间纠缠的暧昧。明桥昨晚已经知道姐姐的态度了，她不想当电灯泡，便不着痕迹地加快速度。肖照排在最后，他比明桥还惨，将“影帝”公主无声的粉色互动尽收眼底。看眼车筐里乖乖的萨摩耶，肖照当即赶超穆廷州、明薇，头也不回地道：“我们先行一步，免得你们俩虐狗。”

穆廷州情商低，肖照却早就看穿了明薇对穆廷州的态度。

上半身微微前倾，肖照很快将穆廷州二人甩在后面，与明桥搭讪去了，单身狗互相关照。

明薇不想跟穆廷州独处，太紧张，可妹妹故意躲尴尬，她也不能追上去强迫妹妹感受姐姐被男人追的氛围，只好保持原速，头往左偏，看林荫道外的风景，近处有潺潺的流水，远处青山碧树。

“你是我微信第二十六个好友。”穆廷州骑到她旁边，歪头看她。

明薇戴着一顶米色遮阳帽，上面系着蝴蝶结，蝴蝶结长长的带子迎风飘动，像快乐的音符。帽檐下面，年轻女孩脸颊白里透红，白的地方如瓷似玉，红的地方仿佛浅霞，漂亮精致。她穿得很休闲，白色短袖配浅蓝色牛仔短裤，裤腿下露出两截白皙修长的小腿，踩着脚镫子一转一转的，节奏舒缓悠闲。

太久没看到她真人，穆廷州总觉得明薇比八月份的时候更美了。

他目光执着，明薇感受得到，控制不住地红了脸颊，脑袋往左偏得更厉害了，一边单手握车把佯装热得擦汗，一边淡淡道：“谢谢穆老师给我这个荣幸。”“影帝”的二十六位好友之一，那些粉丝知道了得多羡慕啊。

穆廷州不喜欢她叫他穆老师，自动过滤，看着她问：“这次为什么加我了？”

明薇差点翻白眼，这简直就像女人答应追求者共进晚饭，到了地方，男人却问她为什么答应。显而易见的暗示，穆廷州真不懂还是假不懂？

正琢磨如何回答，耳边忽然传来男人低沉的声音：“我是不是可以理解成，最近明小姐对我的好感，略有提升？或者换种表达方式，我成功追到你的概率提升了一截？”

明薇握紧车把，真有一种扯下车把抡他脸的冲动。

就算那是事实，她又怎么好意思承认？

明薇淡笑，瞥他一眼道：“穆老师想太多，你第一次申请加我好友，当时咱们不熟，我觉得没必要加微信。现在我与穆老师合作过一部电影了，有同事之谊，穆老师再次申请，出于礼貌我也不能拒绝，是不是？”

这么说也有道理，穆廷州自然道：“从陌生人到同事，也是进步。”

明薇懒得理他，默默提速。

“这边风景不错，走走？”穆廷州追上她，邀请道。

明薇一声不吭。

穆廷州往她旁边靠，正式邀请：“明小姐，请给我与你漫步的荣幸。”

明薇不争气地红了脸，这样郑重的语气，莫名让人招架不住。

穆廷州跟她合作过，知道她脸红意味着羞涩柔弱，而她害羞的时候，会低着头，脸蛋红红的，睫毛一颤一颤的，显得特别乖顺，特别容易欺负。胸口似突然爬上一只蚂蚁，爬来爬去一直痒着他，再看她一眼，穆廷州蓦地伸手拽住她的后座，与此同时，他大长腿稳稳落地。

明薇还在蹬腿，身下的自行车却顿住不动，她毫无防备，身体僵硬地往左歪。

腰上突然多了一只大手，那只手轻轻一带，明薇与自行车便一同朝他歪去，明薇右脚支地的瞬间，脑袋也撞到了他的胸口。他穿了一件黑色衬衫，沐浴在阳光中，身上也有阳光的味道，明薇呆了几秒，然后才反应过来发生了什么。

"你……"

"抱歉，不是故意的。"穆廷州松开她的腰，站直身体说，黑眸目不转睛地看着她。

明薇刚刚受了惊吓，脸更红了，赌气绕到自行车左侧，双手扶住车把，准备重新骑。

穆廷州攥住她的车把。

明薇抬头，刚要训他，男人毫无预兆地抢先开口："明薇，陪我走走。"

明薇的心跳突然停了一下，就在对上他诚恳热切的目光时，就在听他第一次叫她名字的那一瞬。明薇，他叫她明薇，两人认识一年多了，他一直喊她明小姐，今天他叫她名字了。神奇的是，从小到大，每天都有人喊她明薇，但那两个字从他口中说出来，意外地令人心动。

他还在看她，眸亮如星，明薇扭头，红唇轻轻抿了抿。

"去河边。"穆廷州试探着道。

明薇扫眼他握着她车把的大手，默认了，率先下了林荫马路。

穆廷州嘴角上扬，分别将两辆车上锁，停在树荫下，这便去下面找她。

明薇已经到了河边，河水清澈，大约只到膝盖那么深，哗啦啦地不知道要流到哪儿去。身后有脚步声靠近，明薇随手扯根狗尾巴草，左右看看，然后走到几步外的一块平坦石头旁坐下。石头能容两三个人坐，明薇故意霸占了中间位置。

"往那边挪挪。"穆廷州走过来，看眼她屁股下的石头，他理直气壮地提出分享要求。

明薇绷着脸，给他指五六步外的一块石头："那儿还有。"

"离你太远。"穆廷州绕到她前面，高大的身影瞬间将她笼罩。

明薇低头，不说话，也不动。

穆廷州无奈，单膝蹲下，因为河岸往下倾斜，他差点没蹲稳。

明薇看看他的高档皮鞋，觉得两人这样的姿势更容易惹人误会，便不大情愿地往左挪挪，给他腾地方。但穆廷州没动，继续单膝蹲在那儿，明薇没敢抬头，但她知道他在看她。

“你不是要坐吗？”她扯着狗尾巴草问。

“突然发现这样看你更方便。”穆廷州如实道。

离得近，他声音很低，低得暧昧。明薇心扑通扑通跳，慌得准备起身，然而穆廷州就像守着猎物的猛兽，明薇屁股刚离开石头几毫米，他便按住她的肩膀，一边压下她，一边敏捷转身，坐到了明薇旁边，身体与她紧紧相贴。

明薇立即往旁边挪。

穆廷州没追，放下手哑声道：“这种机会不多，多坐一会儿。”

明薇看着前面的河水，抿唇不语。

穆廷州偏头，身边的女孩侧脸微红，有一点点紧张。她两手搭在腿中间，一起捻动那根狗尾巴草，毛茸茸的草尖儿在空中左转转右转转，转得他心乱。身体先于大脑行动，穆廷州伸手将她的狗尾巴草抢了过来。

明薇：“……”

算了，既然他喜欢，给他好了，这边全是野草，明薇随手又拽了一根。

她继续捻动狗尾巴草分散紧张，穆廷州不知道该说什么，想起童年趣事，他低头开始编草。明薇偷偷垂眸，看见男人修长白皙的手，这双手曾经在微博视频上为她画画，现在他近在眼前，纤细的狗尾巴草在他指间跳动，仿佛在做一项优雅的工艺。

很快，那件工艺品现出了雏形。

明薇心慌，及时转移视线。

“给。”编好了，穆廷州将他的狗尾巴草戒指举到她面前。

明薇眨眨眼睛，面无表情地拒绝：“不要。”

“随手编的，没有特殊意义。”穆廷州认真解释，想了想又补充道，“我的求婚戒指，不会这么寒酸。”

明薇望望前面，不太耐烦地道：“穆老师有事吗？没事咱们走吧，一直没跟上，我怕桥桥担心。”

“你跟我在一起，她为什么要担心？”穆廷州淡淡地说。

明薇服了，既然无法有效沟通，她直接站了起来。

这次穆廷州没再拽她，但他一个大跨步拦到她面前，看着她的眼睛道："明薇，我想跟你谈恋爱，所以我想见你，我想跟你单独相处，你一天不答应做我女友，我便会继续想办法接近你、见你、听你说话……以后打电话也好，见面也好，你都不用问我有什么事，因为追求你是目前我唯一的正事。"

明薇呆住。

她傻傻的。穆廷州看着她水嫩诱人的脸蛋，看着她红润饱满的嘴唇，眉头却皱了起来，有些浮躁："我测过智商，远高于常人，从小到大，没有什么事情能难住我，考试、绘画、钢琴、外语、武术、演技，只要我想，我都能迅速上手，只有你，怎么追你，我束手无策。"

明薇咬唇，一点一点低头。

穆廷州最怕她这样，她不说话，还不给他看她的眼睛，他抓不到线索，更无头绪。

穆廷州真的不喜欢这种烦躁。考试答题，升学是奖励，提升演技，名利成就感是奖励，这种奖励穆廷州并不在乎，他只是做自己该做的、感兴趣做的，得到奖励是固定程序。但明薇不一样，如果跟她恋爱是一道题，那么破解这道题的奖励，是他可以做她的男朋友，可以不用任何理由给她打电话，可以想她了就去见她，可以抱住她亲吻……她可以填满他生命中的另一半空缺。

这是他由衷渴望的奖励，奖励诱人，但生平第一次穆廷州不知道该怎么解题。

"明薇，你出题吧，你告诉我你想要什么样的男朋友，如果我能满足你列出的所有条件，你便答应我？"穆廷州弯腰，想看她的眼睛。

明薇转过去了，心慌意乱的。

穆廷州抬手，想握住她的肩膀将她转过来，却突然响起手机铃声，是明桥打来的。

明薇急忙往前走两步，接听。

"姐，你们在哪儿？"明桥不想打扰姐姐谈恋爱，但肖照一直跟着她，气氛尴尬，而且明桥对穆廷州也不是特别放心，这边比较偏僻，穆廷州高高大大的，明桥担心姐姐被人占便宜。

“马上过来。”明薇心虚地说，挂了电话，她回头对穆廷州道，“咱们……”

“你先回答我。”穆廷州直视她道。

明薇垂下眼帘，对上穆廷州长长的影子，她想了想，小声道：“我找男朋友，人品端正、对我专一是最基本的条件，其他的，我希望我的男朋友细心体贴，会在我有需要的时候主动给我关心照顾，然后，他最好聪明一点，别问会让我尴尬的问题。”

“譬如？”穆廷州自认人品端正、感情专一、细心体贴，但明薇最后的条件他不太懂。

明薇笑了，抬眼瞪他：“譬如我同意加他微信好友，他不用再问我为什么加他。”

穆廷州愣在原地。

明薇快步跑到马路上，解锁自行车戴好耳机，自己先走了，骑出二十多米，男人追了上来。

明薇戴着耳机，但她并没有播放音乐，穆廷州与她并肩而骑，隔一会儿看她一眼，不知道在想什么。

中午逛田园风光，下午四人自驾去了附近的草原。

明强喜欢玩，去哪儿玩也都喜欢带着家人，所以明薇、明桥姐妹俩看着细皮嫩肉娇滴滴的，但射击、跑马什么都会。草原广阔，四人挑好马，明薇收到妹妹嫌弃的眼神，笑着对肖照道：“草场这么大，咱们分头行动吧，拍《青龙》时天天跟你们打交道，现在是私人时间，我多陪陪我妹，就不招待你们了。”

肖照淡笑：“我没问题，你问他。”

明薇不得不转向穆廷州。

穆廷州脸色不大好看。

明薇不管他，翻身上马，带着妹妹走了，跑出百十米，明薇回头，看到肖照、穆廷州相隔丈远站着，背对背，不知道有没有言语交流，反正都没有跑马的意思。明薇猜不透男人们的心思，自己酣畅淋漓地跑了一圈。

回来了，就见肖照席地而坐，穆廷州忽地上马，朝她们这边而来。

明桥识趣地远离姐姐。

明薇攥着缰绳，等穆廷州靠近。

“陪我跑一圈。”双马马头交错，穆廷州看着她说，男人身材高大，骑在马上，眼眸犀利，比平时多了几分硬汉的气场。

明薇真累了，苦笑道：“你自己跑吧，我想歇会儿。”

穆廷州沉默，骏马向前，他越过了她。

明薇以为他自己跑去了，她低头笑笑，正要催马向前，身后远去的马蹄声又突然靠近。明薇疑惑地往后看，穆廷州的马几乎擦着她的马靠过来，然后他突然伸手，在明薇反应过来之前搂住她的腰，用力一扯，便把明薇抢到了他的马上！

不远处的草地上，肖照震惊得眼镜差点掉下去。

十几米外，明桥看傻了眼。

而让他们惊呆了的男人，扶明薇坐好后，猛地掉转马头，迎着夕阳跑向草原。骏马奔驰，明薇身体不受控制地颠簸，胸口的心保持同样的频率上下乱跳，好半晌，她才恢复理智，冷声骂身后的人：“你有病是不是？万一你没抱稳，我摔了怎么办？”

“摔了吗？”穆廷州放慢速度，低头看她。如果没有把握，他不会做。

明薇也没有真的生气，用胳膊肘往后顶顶他，愤愤道：“你又想做什么？有话快点说，说完赶紧回去。”什么人啊，居然当着妹妹的面对她动手动脚。

“我在想你之前说的话。”马彻底停了下来，穆廷州一手攥着缰绳，一手虚扶她细细的腰，目光探究地落在她脸上，“你说不喜欢男朋友问你让你尴尬的问题，既然这样，我以后什么都不问你，是不是就可以做你男朋友了？”

与肖照做了多年老友，穆廷州不止一次被肖照吐槽情商低，穆廷州一笑置之，自己并不觉得。但屡次在明薇这边碰壁，今天明薇还点明他问了让她尴尬的问题，穆廷州虽然不懂那个问题的尴尬点在何处，可他想要明薇，为了做她的男人，他可以保证不问她任何事，什么都不问，自然不会尴尬。

明薇僵硬地坐在马背上。

毒舌嘴笨是穆廷州的一大缺点，明薇确实不喜欢，但心动了，就算他不改，她也愿意跟他在一起，毕竟穆廷州的话不带恶意，就是情商低，所以她之前说的都不是认真的。穆廷州喜欢她，她也喜欢他，两人欠缺的是一个完美的正式在一起的理由，而这点，需要穆廷州营造合适的气氛再告白一次。

可穆廷州傻到家了，居然还认真思考她的敷衍之语。

他是不是天生缺少浪漫细胞啊？

明薇脑袋疼，她不想再为难穆廷州，但就这么答应了，终究有点遗憾。“我再也不问你任何问题”，天底下哪个男人是靠这样的表白追到女朋友的？

“说话。”漫长的等待令穆廷州口渴。

明薇憋气，鸡蛋里挑骨头：“别说大话了，你不可能什么都不问我。”

穆廷州考虑片刻，觉得自己确实做不到，问句在生活里太常见，什么时候回家，最近有什么安排，谁也避免不了。可她在他怀里，他闻着她发间的清香，穆廷州的渴望更强烈，他低头，又强忍着不碰到她，灼热的呼吸喷在她脸上耳朵上：“那你说，我要怎么做，你才肯做我的女人。”

做他的女人……

低哑的声音，刺激的字眼，明薇耳根都被他撩红了。

穆廷州喉结滚动，脑袋垂得更低，嘴唇险些擦过她羞红的耳垂。

耳朵、脖子被他吹得痒痒的，明薇本能地缩了缩，她越躲穆廷州越想要，原本虚扶她腰的手，不由得抱紧了她。这么霸道侵略的姿势，还是来自平时高冷禁欲傲慢的“影帝”，明薇紧张得忘了呼吸，颤着音训他：“你手松开。”

穆廷州犹记得上次被她冷落两个月的原因，立即缩回手，黑眸如火地盯着她：“明薇，从青少年算起，我单身也有快二十年了，你是唯一一个让我动心的女人，只要你肯答应跟我恋爱，以后……如果我无意惹你尴尬或生气，你尽管说出来，我绝不反驳，发生一次你记下一次，惩罚由你定，我绝对服从。”

他的声音急促却坚定，不似普通男人急于得到女人便做出的走肾不走心的保证，而是军人般沉重的承诺。

明薇喜欢听。

眼帘抬起又落下，明薇对着他修长有力的大手问：“真的不反驳？真的任我惩罚？”

面对希望，穆廷州仿佛听到了自己的心跳，马上道：“你不相信，我可以签合同。”

明薇笑了，眼波如水地瞟了他一眼：“好啊，回去你拟份合同给我，各项条款都让我满意的话，我再签字，签字后，你我的……关系才开始生效。”

穆廷州还沉浸在她刚刚狡黠妩媚的眼风中，愣愣地瞧了她几秒才反应过来，知道她愿意跟他恋爱了，穆廷州脑海中冒出的第一件事，不是签什么恋爱合同，而是他成功追到了人，攻克了这道难题，那么，他可以享受答题奖励了。

双手搂紧她的腰，穆廷州闭上眼睛，下巴抵住她肩头，嘴唇对着她的耳朵：“合同没问题，但你要先给我定金。”

明薇耳朵都要被他吹融化了，想要躲闪，身体却被男人牢牢地锢在他怀里。没办法，明薇只能硬着头皮问：“什么定金？”

“这个。”穆廷州掰起她的下巴，目光掠过她错愕的眼，落到她樱桃般诱人的唇上。

不给她发声的机会，穆廷州俯身迫切地吻她。

跑完马，四人开车去了附近的温泉。

明薇跟妹妹泡一个池子，上午骑车郊游，下午骑马撒欢，此时泡在热乎乎的汤池子中，明薇全身每处肌肤好像都在舒服地叫。游了两圈，明薇背靠池壁，惬意地闭上眼睛，身体放松，大脑还在运转，马背上穆廷州霸道强势的吻，再次清晰起来。

高冷傲慢的男人，平时情商低，但在男女情事上，穆廷州出人意料地热情，就像太傅……

想到太傅，明薇羞涩悸动的心渐渐恢复了平静，心底浮起丝丝缕缕的怅然。除了毒舌，除了古人的刻板忠诚，“影帝”与太傅其他方面几乎完全重合，如今连亲人的方式都一样，明薇是真的确定“影帝”、太傅是一个人。可太傅那段是她与穆廷州特殊又美好的记忆，明薇还是希望穆廷州能记起来，尽管失去那部分记忆的穆廷州已经再次对她动了心。

“答应他了？”

明桥在旁边坐了有一会儿了，见姐姐睁开了眼睛，她低声问。在草场时，她看见两人亲吻了，虽然没亲多久。

明薇大方地点头，泡着温泉，她脸颊红润，眼睛水亮，那种美人出浴后的妩媚，明桥看了都心动。收回视线，明桥一边往身上撩水一边问：“要告诉爸妈吗？”

明薇笑了，身体下沉，只露出脑袋，轻声道：“我跟他刚在一起，以后还不知道怎么样，等稳定了再见家长。”她与程耀恋爱就没跟家里人说，又不是小学生，遇到什么事都要向父母打报告。经历过一次短暂而失败的恋爱，现在明薇更不着急了，娱乐圈太复杂，影响感情的因素太多，明薇暂且不想考虑太长久，先试着跟穆廷州相处吧。

明桥“嗯”了声，瞅瞅姐姐，她闷闷道：“你照顾好自己。”

明薇笑着摸了摸妹妹的脑袋。

另一处池子，男人们也在聊天。

“人追到了，接下来你打算怎么做？”作为一个经纪人，肖照冷静地提醒穆廷州，“现在粉丝对明星恋爱接受度比较高了，但男明星恋爱，还是会影响女粉丝对你的热情。当然，你这种老牌明星，人气基础深厚，可以不考虑恋爱带来的粉丝受损，只是，你们恋情真曝光了，明薇那边压力会增加很多，被你的唯粉挑刺吐槽是一方面，另一方面，就算她靠自己取得一定成绩，别人也会自动将功劳算在你头上，她很难甩掉'穆廷州女友'的标签。"

穆廷州看看他，没说话，但神色比刚刚冷了几分。

肖照知道他在想什么，毫不同情地道："这就是成名的代价，享受了很多特权，但也要做出某些牺牲，"影帝"也不能例外。对了，你跟明薇已经合作过两次，《白蛇》之后，我建议你们各自发展，继续合作，粉丝审美疲劳新鲜度降低，会影响你们的票房号召力。"

这点穆廷州考虑过，淡淡道："拍完《白蛇》，我会休息一段时间，将来可能复出拍戏，也可能改行做导演，或其他事业，具体我会慢慢考虑。"童年出道，拍了二十多年的戏，穆廷州有点厌倦了，而且，他现在只想跟明薇谈恋爱，不希望被其他事情分心。

肖照复杂地看了他一眼："这话你最好别再告诉别人，被粉丝知道，她们会骂死明薇。"

穆廷州明白，而且更加坚定了改行的决心，免得被粉丝过分影响他与明薇的生活。

"总之，《青龙》上映前你收敛点，尽量避免曝光。"肖照最后警告道。

穆廷州不置可否。

泡完温泉，四人品尝了一顿草原烧烤，并欣赏了一段篝火舞会，一直玩到晚上八点多，明薇还没尽兴，笑着打拍子附和音乐。穆廷州盯着她看了半天，眼看又要放一首新歌，他耐性耗尽，沉着脸走到明薇身旁，低声道："走了。"

刚确定恋爱关系，明薇还无法与他自然相处，回头找妹妹，见明桥低头坐在篝火旁玩手机，兴趣寥寥，明薇便点点头。

来时肖照坐穆廷州的车，明薇开车载妹妹，两辆车停在一块儿。现在要回去了，明薇想也不想朝自己的车走去，穆廷州不紧不慢地跟在她左后侧，然后在明薇即将经过他的车头时，穆廷州突然伸手攥住她的手腕。

明薇疑惑地看他。

穆廷州朝他新买的那辆低调路虎仰仰下巴，黑眸盯着她的眼："你坐我的车。"

明薇脸噌地红了，抿唇，低头拒绝："算了吧，我……"

穆廷州不听，直接拽着她往路虎副驾驶位走，明薇还想坚持，身后忽然传来肖照彬彬有礼的声音："明桥小姐，介意我送你回去吗？"

明薇红着脸扭头，就见妹妹面无表情朝她走来，要车钥匙。到了这个地步，明薇只好从手包中摸出车钥匙递给妹妹。明桥接了钥匙，径直走向姐姐的白色卡宴，拉开驾驶座车门，弯腰上车，车子开出来，复又停稳，仿佛在冷冷地等肖照。

肖照推推眼镜，不太放心地问明薇："你妹妹哪年考的驾照？"如果他没记错，明桥今年才十九，一个驾龄小于两年的女司机开车走夜路……

"要不你坐这边？"明薇诚恳地邀请道。有肖照在，就不怕穆廷州做什么了，之前在草原，她忌惮妹妹和肖照在场，给穆廷州碰碰嘴唇便坚定地推开了他，现在憋了一晚，明薇不敢想象穆廷州热情起来会烧成什么样。

穆廷州立即皱眉。

肖照冷笑，穆廷州嫌弃什么？电灯泡这种道具，就算穆廷州跪下来求他，他也没兴趣当。

大步走到卡宴前，肖照动作利落地上了副驾驶位。

几十秒后，白色卡宴流光一样驶了出去。

"上车。"碍眼的人都走了，穆廷州替明薇拉开车门，示意她进去。

明薇心慌意乱上了车，偷偷抬起眼帘，看到穆廷州从前面绕了过来。十月中旬的晚上，冷风冻人，明薇泡完温泉便加了一件外套，穆廷州依然只穿一件黑色衬衫，袖口卷到手腕。他上了车，原本还算宽敞的路虎前座一下子变得狭窄起来，明薇不着痕迹地往右挪，余光瞥见他在系安全带。

心怦怦乱跳，明薇无法控制自己的紧张，掏出手机刷微博。

穆廷州默默开车，路虎驶出这片农家乐村落，上了林荫道。乡下的晚上异常安静，因为不是旅游旺季，公路上车辆不多，穆廷州专心留意路况，开了十几分钟，马路右侧现出一条岔路，穆廷州手随心动，开车转向岔路，往前开了两百米左右，停车。

明薇在玩游戏，根本不知道穆廷州下了主干道，车子突然停了，她好奇抬头，随口问："到了？"

哪想一抬眼，却对上车窗外黑漆漆的一片，车灯也被穆廷州熄了，简直是月黑风高夜。

明薇的心高高提了起来，要不是对穆廷州的人品有信心，她都要担心自己的小命了。

"你……"

"我想吻你。"穆廷州解开安全带，转过来看着她说。

明薇手一抖，水果机差点掉下去，心被穆廷州的惊人之语弄得沸水一样嘟嘟冒泡。有他这样谈恋爱的吗？正常的套路，都是先赏赏月亮谈谈人生，气氛到了情侣再自然而然地拥抱接吻，他这么坦率直白，她的肾上腺素有点受不了啊。

"沉默等于默许，你还有三十秒思考拒绝我的理由。"穆廷州靠近，如火的视线始终黏在她脸上。他想亲她，想了一晚，想了一路，能坚持到发现这个适合停车的好地方，穆廷州都佩服自己的耐性。

拒绝的理由？

明薇想不到，她也没想拒绝，她只是紧张。

三十秒嘀嘀嗒嗒地走到尽头，男人在她耳边低声倒数："三、二、一……"

"一"的尾音未落，他右手扶住座椅，左手同时解开她的安全带，顺势握住她窄小肩头，轻轻往他这边转。明薇紧紧闭着眼睛，呼出的气息温热甘香，穆廷州喉头上下滚动，歪头，准确地含住她的嘴唇。

明薇尝到了久违的穆氏深吻，他热情的火，霸道的情意，席卷她口中每个角落，太强势，她连羞涩的机会都没有，要么迎要么躲，偏偏无处可躲，不过是他故意放开她，她才能有片刻喘息之机，下一秒，马上又被他掠夺。

越亲越无力，明薇的身体早已软成一块豆腐，香喷喷地堆在他面前。

穆廷州喜欢她的柔软，他也记得拍戏期间拥抱她的销魂滋味儿，但两人并排坐着，车内空间狭窄不便他施展。穆廷州贪婪地吻着她，双手掐住她的腰，想提着她坐到他的腿上。男人的大手暗暗用力，明薇感觉到了，明白穆廷州的企图后，明薇连忙按住他的手，不想过去。

他就像一头饿狠了的狼，明薇却没做好一天给他吃全套的准备。

“过来。”察觉她的叛逆，穆廷州暂且松开她的唇，脑袋退后一点，沙哑地命令，强势极了。

明薇低头，呼吸急促：“够了，快点回去吧。”耽误太久，妹妹产生不和谐的联想怎么办？

“你先过来。”穆廷州霸道地抱住她的腰。

明薇死死握住他的手，低着头就是不去。她有种预感，真坐他腿上，今晚可能会失去控制。

看出她真的抗拒，穆廷州额头抵着她的头顶，冷静几秒，忽然也觉得，他现在的表现有些急切。虽然是正常的本能，但刚确定关系就这样，确实显得轻浮。

“抱歉。”穆廷州松开明薇，低声说。

明薇摇摇头，怕他多想，她小声解释：“太快了……”

穆廷州“嗯”了声，扫眼窗外，他叫她等等，自己下了车，没走远，就背靠车门站在那儿，利用秋夜的凉风强迫自己尽快恢复正常。明薇隐约猜到他在冷静什么，记起当初穆廷州抵她那两下，明薇心更乱了。三十出头的“影帝”，血气方刚啊。

吹了十几分钟冷风，穆廷州开门上车，明薇低着头，视线无意扫向他那边，看见两条大长腿，其他没看出什么。耳根热乎乎的，明薇咳了咳，重新系好安全带：“回去吧。”

“说说话。”穆廷州偏头看她，“咱们的关系，你希望什么时候曝光？如果你不介意，今晚我就宣布……”

“别！”担心他真的胡来，明薇马上道。

穆廷州看眼她红润微肿的唇，平静地问：“理由。”

明薇垂眸想了想，一条一条地给他分析：“从演员的角度讲，我刚出道，希望粉丝多关注我的影视作品，而不是天天讨论我的绯闻。然后就是，咱们刚在一起，彼此还不够熟悉，我想等咱们感情稳定了再……”

听到这里，穆廷州微微皱眉，低声打断她：“我这边很稳定，所以，只要你没有移情别恋的打算，咱们的感情会一直稳定下去。”

这话不太好听，但本质上是他的另一种表白，越傲慢自信，越说明他认定了她。

明薇看他一眼，笑着反击：“我是否有移情别恋的打算，取决于你今后的表现。”

穆廷州黑眸微眯，随即狩猎般重新扑过去，将她压在椅背上亲。明薇呜呜抗议了两声，但抗议也被他用力吞了下去。

短暂的旅途结束，穆廷州回了他的别墅，明薇继续宣传新片《南城》。

十月中旬，《南城》在黄金档时间开播，这是一部纯恋爱偶像剧，剧情很简单，但唯美精致的场景，高大帅气身材健硕的男主以及眉眼如画、气质优雅的貌美女主，成功吸引了各个年龄段的观众。

明薇、陈璋在《大明首辅》中就是夫妻，虽然明华公主最爱的男人是太傅，但出嫁之后，她对驸马也有一定的感情，当时就积累了一批“璋薇”粉，现在两人再次合作出演情侣，正经八百的官配，“璋薇”粉便迅速壮大，各种同人视频、小说都冒了出来。

肖照最近比较闲，挑了一部热度最高的同人小说，再把链接发给穆廷州。

穆廷州随便看看，才到第三章，就看到了一段明薇与陈璋的“车戏”。

对付这种不负责任、不通逻辑、随意构想的同人小说，穆廷州很有经验，立即把他当初禁止同人小说的通告模板发给明薇，并电话叮嘱明薇：“你不用出面，让沈素帮你处理。”

明薇：“……”

明星的同人小说多了去了，她根本没放在心上好不好？再说了，放眼整个娱乐圈，就穆廷州发过那种通告，她现在照葫芦画瓢，网友们肯定会说她东施效颦。

“他们乱写的，我不看就行了，不用费事。”明薇语气轻松地说。

穆廷州声音很冷："但我不希望我的女朋友被人误会与别的男人谈情说爱。"

明薇头大："我跟他演情侣，电视剧里都恋爱了，还缺那几本小说？"有本事他让电视台别播《南城》啊。

穆廷州抿唇，寒着脸道："至少电视剧中，你们没一夜七次。"

明薇直接挂了电话，这种人她没法沟通。

穆廷州发微信：你联系沈素。

明薇发他一个"跪了"的表情：话题就此打住，你再提这件事，我没收你身为男朋友的权利。

穆廷州半晌没回复。

明薇这才发了一个安抚的表情：你别再搜了，有时间多看几本世界名著。

穆廷州：我没搜，肖照发的链接。

明薇咬牙，上网搜搜，搜了一个幸存的"穆廷州 × 肖照"同人，发给肖照。

今天徐家有家宴，傍晚六点，肖照正在陪家人吃晚饭，微信"叮叮"响，他放下筷子低头查看，点开明薇发的链接，一看标题他就懂了，嘴角上扬，简单回明薇：算你狠。

"二哥笑得那么灿烂，交女朋友了吧？"徐琳嬉皮笑脸地打趣他。

三个孙子都是光棍，徐老爷子闻言，心情复杂地看向最不听话的二孙子。

"吃你的饭。"肖照不屑多说，继续夹菜。

徐老爷子不轻不重地哼了声。

晚饭结束，徐家二房、徐凛肖照兄弟俩分别开车走了，只有集团现任董事长、肖照的父亲徐修留了下来。作为徐家当家人，徐修非常繁忙，隔三岔五地出差，全球各地飞，因此回到帝都，徐修会尽量多陪陪年迈的父亲。

徐老爷子年纪大了，白天养花逗鸟写写字，晚上就喜欢看电视。

用人都退了下去，古色古香的四合院客厅，父子俩并排坐在沙发上。

看完《新闻联播》，徐老爷子握着遥控器调台。

徐修知道老爷子喜欢看战争片，今晚应该也不例外，却没想到老爷子竟然定在了一个大红的卫视频道，没过多久，电视上便播了《南城》的节目预告，广告后即将播放。徐修是商业圈大腕，对小明星们无甚兴趣，知道明薇，还是因为明薇与穆廷州的那段离奇经历，因为他的亲儿子是穆廷州的经纪人。

"爸怎么爱看这种片了？"徐修倒了两碗茶，笑着问。

徐老爷子背靠沙发，眼睛透过老花镜盯着液晶屏幕，幽幽叹道："本来不爱看，但这部电视剧的女主角长得招人稀罕，说来也怪，她跟你妈一点都不像，可每次她笑，我就好像看到了你妈年轻的时候……"

老爷子想亡妻了，声音悠远，徐修听父亲居然拿一个刚出道的女演员跟他亲妈比较，有点不爱听，觉得老爷子太给明薇脸。

为了反驳老爷子也好，为了确认明薇是否像他亲妈也好，当电视上响起《南城》轻快悦耳的主题曲时，徐修放下茶碗靠到沙发上，狭长凤眼轻抬，目光挑剔又犀利地盯着液晶屏幕。片头曲中，剧情变化迅速，原本娴静端庄的余家大小姐，转眼就变成了沦落风尘的红尘女。

大概是片花中她笑得不多，又或是笑得太快，徐修并不觉得明薇与自己母亲有哪里相似，不过这丫头长得确实漂亮。结婚之前，妻子死后，徐修有过无数女人，都是不输于当红明星的美人，如今能让他夸句漂亮的真不多了。

片头曲放完了，剧情开始，富丽堂皇的女人闺房，余婉音身穿白底绣花旗袍，正在弹筝。镜头从她侧面慢慢转到正脸，女人白皙修长的手、精致小巧的下巴、灵动潋滟的美眸，一样一样呈现在观众眼中。

筝声悦耳，徐修不知不觉进入了一种玄妙的境界，那熟练拨弦的纤纤素手，那清秀的乌眉水目，那江南烟雨般缥缈朦胧的温柔……

如梦境突然变幻，徐修身体没动，记忆却瞬间回到了二十多年前。

那是在苏城，当地富商设宴请他，徐修去了，但这样的应酬，他每年都要应付数十回，无非虚与委蛇觥筹交错。徐修没有兴趣，心不在焉，然后，他慢慢注意到了会场台上低头弹筝的女人，她很年轻，水灵灵的像含苞欲放的花骨朵，她很美，比他以前见过的所有女人都美。

那顿晚宴，徐修只看见了弹筝的女人，饭后，她被人下药，阴错阳差，跌跌撞撞地扑进他怀中。主动送上来的美味，徐修自然不会拒绝。那一晚他很满意，发现她是第一次后，徐修罕见地动了心，如果她愿意，他可能会娶她。

可她只会哭，哭得他心烦，他徐修是何人，从来只有女人求他垂青。

徐修不愿强人所难，留了联系方式给她，让她自己选。

那女人没有联系他，慢慢地，徐修也就忘了那一晚。

但现在……

盯着屏幕上明薇越看越熟悉的脸蛋，徐修目光阴晦不定，见老爷子看得聚精会神，徐修悄然离开沙发去了卫生间。关上门，徐修拿出手机搜索明薇的背景资料，视线一个字一个字挪移，最终定在了几个字上：

明薇，内地女演员，出生于苏城……

《南城》一共三十集，每日两集，短短半个月就播完了，但这半个月，明薇名气再次飞升，微博粉丝量轻松破了千万大关，距离她的第一部作品《大明首辅》上映才过半年，算上去年太傅公主的舆论热潮，也刚刚一年而已。

有颜值有演技有成功影视作品，还有“捆绑”穆廷州的正面娱乐热度，明薇的一夜成名之路，几乎不可复制。

名气大了，明薇的广告邀约也越来越多，但与半年前不同，现在邀请明薇代言的商家，档次也拔高了一大截。明薇底子好，第一部作品就是大制作，这样的条件，沈素特意为明薇制定了高格调方针，影视作品不拍烂片不拍女二，广告代言同样宁缺毋滥。

初期广告少，意味着代言收益少，好在明薇对金钱的渴望并不是太强烈，所以她赞成沈素的安排。现在有了接高档次广告代言的机会，沈素也充分发挥了优秀经纪人的作用，替明薇争取到了非常优渥的薪酬。

十月底，明薇签下她的第一个广告邀约，正式成为某国际名牌在中华地区的唇膏代言人。

得知这个消息，电话中，男人的声音微微上挑：“唇膏？”

明薇推开卧室门，一边往里走一边“嗯”了声。

穆廷州脑海中立即浮现明薇的嘴唇，《青龙》期间合作五个月，明薇化妆或素颜的模样，他都见过。明薇唇形饱满，却不会给人太厚的感觉，她的嘴唇也很柔软，一旦沾上，便不愿再松开，想一直含着她亲吻。

“今晚见面吧。”穆廷州低声道，声音发哑。

明薇心跳漏了一拍，前一秒还在谈广告代言，下一秒他怎么就转到见面约会上了？

“最近盯着我的人太多，再等等吧。”坐到沙发上，明薇心虚地道。

对面果然传来男人冰冷的提醒：“距离咱们上次见面，已经过了半个月。”

明薇有什么办法？这半个月全国都在播她的剧，狗仔们就等着挖她消息曝光呢，这时期出去见穆廷州，被发现的概率太大。她揉揉脑袋，闷闷地道：“地下恋都这样，你先忍忍吧，沈姐、肖照都反对咱们过早曝光……”

穆廷州沉默。

明薇想去卫生间，小声问他：“还有事吗？”

穆廷州立即道：“有。”

明薇：“嗯，你说。”

穆廷州语气坚定：“今晚出来。”

明薇：……

无声僵持了几十秒，明薇突然记起一件事：“陆总下月八号为儿子庆周岁，给我发了请柬，你也收到了吧？”

穆廷州想了想，道：“好像发了。”

“那你去吗？”

“不去。”

明薇就猜到他多半不去，淡淡道：“我跟林暖商量好了，到时候一起去，你随便。”

说完她挂了电话，丢下手机去解决生理问题，出来看看手机，有穆廷州的微信：陆家见。

明薇笑了，靠到沙发上给家里打电话，向老妈汇报广告代言的喜讯，再问问去陆家时送孩子什么周岁礼物好。

“你买个好点的金锁，再包个红包，这样就行了。”江月熟练地建议女儿。

明薇笑着记下。

江月想女儿了：“《白蛇》明年三月开拍，还有小半年，薇薇有空的话，回家住几天吧。”

明薇无奈道：“不行啊，我要拍广告，十二月录颁奖礼节目，过完元旦要为新剧做准备……”

“就你忙。”江月亲昵地嗔女儿。

大概太想女儿，晚上江月梦见女儿了，一觉睡醒，她笑着跟明强念叨：“我梦见薇薇拍《白蛇》了，跟老版《白蛇传》那些演员演。”

明强搂住老婆亲了一口：“我带你去帝都吧，咱们一家四口吃顿饭。”

江月笑容淡了下来，习惯性地找借口：“你知道我不喜欢出远门。”

明强知道当年老婆去演出被人下药，趁火打劫的那人肯定就在帝都，老婆不去帝都，是怕撞见那人。老婆对那人没有感情，明强也不介意老婆的意外经历，但一想到那时他心心念念的娇小姐阴错阳差被陌生男人得了第一次，明强心里就堵得慌。

“月月……”明强搂住老婆，无赖地往她睡衣领子里凑。

江月觉得痒痒，推推他：“起来了，别闹……”他要去公司，她也要去培训班。

明强就闹！

夫妻俩早上六点醒的，七点多才起来，明强神清气爽地去准备早饭，江月两臂发软双腿打战地去洗澡。看到身上明强留下的痕迹，回想刚刚明强不输年轻时候的狂野力量，江月不自觉地笑，脸上是只有成熟女人才懂的满足甜蜜。

曾经她嫌弃明强的糙劲儿，过到一起了，才发现糙有糙的好，各个方面都会疼人。

吃完早饭，明强先送江月去培训班。

婚后的江月，一直过着相夫教子的传统主妇生活，后来两个孩子大了，不用她太费心了，江月渐渐觉得无聊起来，跟明强商量后，决定办个古筝培训班，不图赚钱，只为了充实生活打发时间。明强全力支持老婆，跑了几栋商业大厦，最后在一座临江的大厦租了地方，精心装修一番，老婆怎么舒心怎么来。

培训班名叫“明月楼”，办公地点高大上，授课老师美丽优雅，对孩子耐心温柔，几年下来，江月与她的明月楼在苏城家长群里积累了不小的人气，家长都喜欢把孩子送到她这边学古筝，江月顺势而为，多增了两个班，她只教高级课程。

“晚上下馆子。”停好车，明强看着老婆道，神采飞扬。

江月瞪他一眼，一个人下了车。

她今天穿了一条白底水墨刺绣的旗袍，四十三岁的女人，身材保养得与年轻时候一样，婀娜玲珑，秀丽端庄，旗袍衣摆下露出的小腿白皙匀称，莲步轻移，腰臀摆出来的曲线曼妙诱人。明强靠在座椅上，歪着脑袋目送老婆，这样的老婆他看了二十多年，依然看不够。

可惜老婆进了大厦，看不见了。

明强摸摸鼻子，开车离开。

大厦斜对面的咖啡厅中，隔着落地玻璃窗，徐修将这对夫妻的恩爱表现全部看在了眼里。男人坐在车中，徐修没看清脸，只看见江月下车时，被男人轻佻地摸了一把腰，之后，徐修的视线完全被江月吸引。

二十多年过去了，徐修对那一晚的记忆早已模糊，只记得有一个穿旗袍弹古筝的女人，曾经让他格外心动。前几天在电视上看到明薇，那段记忆清晰了几分，但让徐修找过来的主要原因，是苏城这个过于巧合的地点，是老爷子说明薇笑起来像母亲。

万一呢，万一明薇是他的女儿……

过来的路上，徐修看过记者抓拍的江月，因为是抓拍，面容模糊，并不清楚，但一个四十多岁的女人，保养得再好也老了，所以徐修对“重拾旧爱”没兴趣，他只想找江月确认一件事。然而，真的见到江月，只是一抹背影，徐修沉寂多年的心居然起了一丝波澜。

江月是个很有味道的女人，怪不得能养出两个优秀的女儿。

放下咖啡，用纸巾擦擦嘴角，徐修戴好墨镜，一个人穿过马路，不缓不急地进了大厦。

三分钟后，江月正在给办公室的盆栽浇水，前台小刘突然过来，称有位姓徐的家长要见她。

江月茫然地抬起头，姓徐的家长……她怎么没有印象？

“叫他过来吧。”经常有学生家长过来参观，江月并未太在意，浇完花，她走到办公桌后，低头收拾桌面。

有人敲门，江月抬头，看到一位穿黑色西服的高大男人，男人推门而入，摘下墨镜，露出一双狭长犀利的凤眼。目光相对，他反手关上玻璃门，黑眸平静地锁住里面穿旗袍的女人，目光如狼。

江月如坠冰窟。

那一晚之后，徐修不知道她是谁，她却知道他的身份姓名。对于那晚，江月谈不上恨，被一个冷漠不屑纠缠她的男人要了，总比被给她下药的奸恶老板占有强，江月只觉得苦，后悔自己不够小心才中了坏人的道。

后来，徐家生意越来越大，江月忍不住偷偷关注徐修的动向，但这种关注只是为了提防，提防徐修来苏城，提防被徐修发现女儿的存在。所以，江月认得年轻时俊美嚣张的徐修，也认得年过五旬却依旧风度翩翩的徐董事长。

可是，这个本该远在帝都的男人，为什么会出现在她的培训班？

江月马上想到了女儿，女儿越来越有名，江月骄傲自豪的同时，心底的忧虑也一日强过一日，怕终有一天，徐修会从女儿身上看到她的影子，记起那一晚。

女人红润的脸色瞬间转为苍白，这种变化以及背后的心理活动，又怎么能逃过一个大集团董事长的眼睛？

“看来你还记得我。”徐修一步一步走向江月，视线毫不掩饰地扫过江月全身，从她几乎不见皱纹的美丽脸庞一路向下，然后再缓缓移上来，定在江月脸上。

江月脸更白了，身体都在隐隐颤抖，她强迫自己冷静，看着男人胸口问：“这位先生，您是想为孩子报名古筝班吗？”

徐修笑了，停下脚步，兴致盎然地打量她：“江老师这样，不太像四十岁的母亲，倒让我记起了九四年的江小姐。”

这个男人在公司员工面前是威严铁血的集团董事长，在徐老爷子面前是孝顺懂事的长子，在徐凛、肖照面前是成功稳重的父亲，但在他感兴趣的女人面前，他只是一个男人，一个有着丰富猎艳经验的优秀男性。

他低头看她，凤眼无情又似有情，一句“九四年的江小姐”，未提半字风流，却一下子将那一晚的缠绵摆在了两人面前。换个女人，几乎难以逃脱这样的套路，难以拒绝一个家赀雄厚气质卓然的董事长，但江月没感受到暧昧，面对徐修，她只有害怕。

“你来做什么？”掩饰无用，江月白着脸问。

“叙旧，可以吗？”徐修径自坐到椅子上，仰头看她，气度悠闲。

“我不欢迎你，请你离开。”江月指着门外，竭力镇定地逐客。

徐修在女人眼中看到了惧怕与憎恶，那种憎恶，绝不是其他女人的欲拒还迎。虽然两人有过一夜亲密交流，但那已经是二十多年前的事了，从根本上讲，徐修与江月只是陌生人，如今在一个陌生女人眼中看到嫌弃，徐修调情的兴趣顿时减了大半。

他确实满意江月的容貌与气质，如果明薇真是他女儿，只要江月肯离婚，徐修甚至愿意与她重新组建家庭，但从江月身上，徐修感受不到这种可能。

徐修从不缺女人，既然江月反感他，徐修也不会继续不识趣，一把年纪了，要就要，不要就不要，他没有步步为营算计她的闲情。

“坐吧，我问你几个问题，你如实回答，谈完我马上离开，绝不会再打扰你。”收起之前调情的姿态，徐修彬彬有礼地道。身处国内商业圈金字塔的位置，徐修在大多数合作伙伴面前都是威严冷峻的，对待年轻时的江月，他也不曾怜香惜玉，但现在他把江月当明薇的母亲看，而明薇极有可能是他的女儿。

事情调查清楚之前，徐修不想让他与江月的关系恶化。

办公室外有人走动，隔壁教室学生们也陆陆续续来上课了，江月心有顾忌，不得不坐下来，面对电脑屏幕，装出与一般学生父母交谈的模样，然后低声问徐修："你想问什么？"

徐修背靠椅背，凤眼探究地盯着江月："来苏城之前，我查过你与明强的资料，当年你们结婚时，明强只是一个汽车修理厂小老板，文化程度不高，我想知道，家境优渥如你，为什么会嫁给一个门不当户不对的男人？"

江月怕徐修，从骨子里怕这个金融巨头，但她不容许徐修看低她的男人。软弱不见了，江月直视徐修，不卑不亢道："明强当时家庭条件确实不好，但他爱我，我也爱他，所以我高高兴兴地嫁了，事实证明，我没有嫁错人。"

徐修点点头，垂下的眼帘遮掩了他的诧异。

江月、明强，无论家世还是学历，包括两人的气质，看起来都不相配，特别是刚刚江月下车时明强粗鲁轻佻的举动，徐修下意识将明强想成了没有修养的暴发户，进而推断，如果明薇真是自己的孩子，当年江月极有可能是因为未婚先孕找不到合适的对象，不得已下嫁明强。真这样，他对江月又多了一种责任。

不过，柔弱的江月居然为了维护明强勇敢地反驳他，可见夫妻俩感情是真的好。

至此，徐修对江月再没有任何觊觎之心。

"知道你这些年过得好，我很欣慰。"徐修抬起头，由衷地道，只是下一秒，他眼中的平和忽然转为不满，沉声质问，"但薇薇是我女儿，我明明留了联系方式给你，你为何不告诉我，剥夺我教养女儿的权利？"

这质问来得太突然，江月心里一慌，本能地否认："你胡说什么，薇薇……"

"你以为没有证据，我会过来找你？"徐修冷冷打断她，跟法官一样逐条陈述他的证据，“去年薇薇与穆廷州的事闹得沸沸扬扬，我当时只觉得薇薇眼熟，并未联想到你身上。十月《南城》开播，看到薇薇穿上旗袍弹古筝，我终于记起了你，对薇薇的身份也有了怀疑。肖照是我次子，他与薇薇是朋友，我让他想办法弄了几根薇薇的头发，亲子鉴定结果显示，薇薇确实是我女儿。”

原来他已经知道了！

江月面如死灰，全身发冷，怔怔地坐在那儿，心慌意乱。

徐修其实只是在诈她，但江月的表现证实了他的猜测，明薇确实是他徐修的女儿。

得到答案，徐修重新戴好墨镜，面无表情站了起来。

“你想怎么样？”江月不欢迎他来，这辈子最不想见的就是徐修，可现在徐修知道了女儿的身份，江月害怕。意识到徐修要走，江月慌忙从办公桌后跑出来，神情凄惶地拦在徐修面前，眼泪决堤，“薇薇什么都不知道，我求你了，别去打扰她，我不想她伤心……”

女儿那么喜欢明强，一直都把明强当亲爸爸撒娇依赖，如果知道真相，女儿会不会恨她的欺骗，会不会再也不想回家了？万一，万一女儿被徐修哄走，明强该有多难过？自打女儿出生，明强便疼女儿如亲生，而且因为是第一个孩子，明强对薇薇比对桥桥还好，付出的父爱更多。

太多的可能，全是她害怕的，江月眼泪越来越多，侧转过去，一边擦泪一边哀求：“你有你的家庭，我有我的生活，事情过去那么久，你就当没有发生过行不行？如果你真想当个好父亲，那就别惹薇薇难过。”

徐修做出决定的事，岂会被一个女人三言两语劝住。他最后看眼这个为他生了一个女儿的江南小女人，淡漠道：“薇薇已经成年，她没有你想象的那样脆弱，她是徐家的骨血，她有权利知道。今天应该是我最后一次见你，我把话说清楚，我不会打扰你与明强，但薇薇是我女儿，我一定会认她。还有，这件事我会找合适的机会向薇薇解释，在我开口之前，你最好什么都别说，如果因为你们打乱我认女儿的计划，我不会动你，但明强……”

徐修没有说完，但他相信江月懂他的意思，言尽于此，徐修绕过江月，毫不留恋地离开了。

江月僵在原地，六神无主。

徐修肯定不会害薇薇，但这件事到底会给女儿带去怎样的影响？

江月心乱如麻，坐回办公椅上，整整一天都没想到解决办法。

傍晚下班，明强来接她，江月没心情去下馆子，假称身体不适敷衍了过去。晚上夫妻同床共枕，江月几次想要开口提及徐修，却又怕明强脾气上来去找徐修算账，思来想去，还是没敢跟明强说。明强身体魁梧，单打独斗绝对打得过徐修，可徐家家大业大，明强真闹起来，最后吃亏的还是他。

生性软弱，江月选择了沉默，第二天偷偷给女儿打电话："薇薇，你一个人在外面，要是遇到什么麻烦，千万记得跟妈妈说，别自己扛着。"

"好好的说这个干什么？"面对老妈莫名其妙的担心，明薇只觉得困惑，"妈，你是不是又看什么娱乐八卦了？跟你说多少次了，那些都是记者瞎编的，真有事我肯定第一时间通知你们，放心吧，我又不是小孩子。"

江月苦笑，叮嘱女儿天冷记得加衣服，心事重重挂了电话。

明薇最近名利双收，春风得意，也没把这通电话放在心上。

转眼到了八号，东影陆总在自家别墅为儿子庆周岁，明薇与林暖一块赴宴。林暖是陆太太的大学好友，明薇先是被陆太太推荐试镜《大明首辅》，后来又签了陆太太姐姐沈素的经纪公司，两人都是陆太太请的客人。

林暖是明薇恋情的少数知情者之一，车子开进陆家车库，她兴奋地看外面那些名车："哪辆是穆廷州的？我停他旁边去。"

明薇偷偷瞄了眼，没瞧见穆廷州的车。

"可能还没来，咱们来早了。"林暖有些遗憾，随便找个位置停好，两人先后下车。

她们来得确实早，陆家客人还不多，都聚在客厅说话。陆太太抱着她的胖儿子坐在沙发上逗弄，沈素坐在旁边，高冷范儿的陆总侍卫般站在沙发一侧，瞧见明薇、林暖，他远远地点点头，脸上不见任何热络。

明薇笑笑，到了跟前，只陪陆太太、沈素聊天。小寿星白白胖胖的，长得特别漂亮，就是太认生，不肯给明薇、林暖两个陌生阿姨抱。客人越来越多，林暖混到了陆太太大学的朋友圈，明薇则跟影视圈的熟人聚在一块儿，眼睛不时留意大厅门口，惦记某位大牌“影帝”。

聊得入神，门口那边忽然传来轻微的躁动，明薇心跳加快，偷眼望去。

门口果然多了两个穿黑色西装的男人，然而并非穆廷州、肖照，而是……

明薇最先认出了曾经近距离接触过的徐家大公子徐凛，徐凛旁边的男人看起来四十左右，五官俊逸，数十年的岁月多少侵蚀了他的颜值，但同时也为他增加了成熟男人特有的魅力，如陈年老酒，越品越有味道。

明薇经常在商业报道上见到他，正是徐凛、肖照的父亲，徐氏集团现任董事长，徐修。

“伯父，好久不见。”贵客登门，陆总十分意外，徐、陆两家是世交，但徐修日理万机，正常来说绝不会参加小辈儿子的周岁宴，陆总也只给徐凛下了请柬。

“大宝周岁，我来看看，顺便沾沾喜气。”徐修拍拍陆总的肩膀，意味深长地看了看单身的长子。

徐凛淡笑，心中同样困惑，不懂父亲为何要来这边。

陆总请二人去客厅坐。

一路上都有人过来搭讪，徐修淡淡应对，视线自然而然地移向落地窗边的小圈子，再落在他的女儿身上。小丫头穿了一条白色长裙，身段姣好，玲珑优雅，完全继承了江月的优点，但她笑容明媚，落落大方，这份气度，更像徐家人。

徐修默默地欣赏，直到某一刻，他越看越满意的女儿突然低头转身，露出了几分女孩的羞涩状。

徐修挑眉，朝客厅门口看去，视线越过数位宾客，一眼看到了他的二儿子，以及“影帝”穆廷州。

穆廷州不喜应酬，圈里圈外的人都知道，所以陆家孩子的周岁宴，穆廷州意外登门，一身黑色西装俊气逼人，立即成了所有宾客的焦点。男人爱看美女，女人同样爱看俊男，在场的女客们，无论单身还是已经结婚，都忍不住暗暗欣赏“影帝”的风采。

明薇可能是第一个发现穆廷州的，走出视频镜头的穆廷州，冷俊锐利如一把玉雕的长剑，让人不好意思光明正大地看。明薇目光一撞到他便本能地移开了，也不知道怎么回事，别的情侣恋爱后关系越来越亲密，明薇与穆廷州却是恰恰相反，她没与穆廷州确定关系前还敢看他，现在穆廷州成了她的男人，明薇反而刚注意到穆廷州的男性魅力似的，紧张得放不开。

不过两人有合作，一直不看反而惹人怀疑。继续与身边的女明星聊了一会儿，见同伴笑吟吟地看向穆廷州，明薇便也转了过去，普通朋友般远观穆廷州与陆总等人客套。穆廷州比她想象的能装，视线从她这边掠过，片刻都没有停留，反倒是肖照看见她，远远朝她笑了笑，温雅知性的男人令人如沐春风。

明薇笑着点点头。

徐修看在眼里，忽然记起十月家宴，饭桌上次子收到微信笑得格外灿烂，侄女打趣问他是不是谈恋爱了，次子并没有否认。徐修了解自己的儿子，刚刚儿子给明薇的笑容，绝不是礼节性的客气。

难道……

徐修嘴角抿紧，眸色复杂，见女儿附近有位商场老朋友林总，徐修丢下长子，一个人朝那边走了过去，云淡风轻地与朋友叙旧，然后适时扫眼女儿，流露出一丝兴趣。林总人精，误会徐修对当红的女明星有兴趣，老油条般笑了笑，故意侧身，对几步外的明薇道：“这位是明小姐吧？我小女儿特别喜欢你，因为你，她最近一直嚷嚷要学古筝。”

能来陆家赴宴的都是帝都赫赫有名的大人物，明薇刚刚已经明着暗着了解几位商业大腕的身份了，闻言受宠若惊地笑了：“谢谢林小姐的喜欢，还请林总替我向她转达我的荣幸。”

林总点点头，朝明薇招手，然后指着徐修道：“你跟肖照那么熟，这位是谁，应该不用我介绍了吧？”

明薇哪能不认识呢，笑容真诚了几分：“您好，徐董。”

女儿笑靥如花，确实有点母亲的影子，徐修越看越舒服，一边与明薇握手一边温和地道：“你跟肖照是朋友，以后见面叫我伯父就好，不用客气。”

林总暗暗惊讶，认识徐修这么久，即便是泡妞，他也没见过徐修将身段放得这么低。

明薇并不了解徐修的性格，因为肖照那层关系，对面徐修又一副和蔼儒雅大叔的做派，明薇便从善如流，改口道：“伯父。”

徐修浑身舒畅，虽然他更想女儿娇娇地叫他爸爸，像侄女喊她爸爸那样。

“爸……”

身后突然传来一声“爸”，正中了他心中所想，巧得让徐修多年未曾紧张的心都跳快了几下。明知不是女儿喊的，徐修还是忍不住看了女儿几眼，却见小丫头不知何时垂下了眼帘，长长的睫毛又细又密，娇嫩脸蛋浮上浅浅红晕，羞涩动人。

而刚才叫他“爸”的人，已经走到了他与女儿中间，身体微微挡住女儿，疑惑地问他：“爸，你怎么来了？”

看着自己的二儿子，徐修淡笑着反问：“我为什么不能来？”

肖照无言以对，看看明薇，再回想老爸刚刚同明薇说话时异常温柔的笑，肖照心突突跳。他太了解这位父亲，生性风流，身边的女人不知换了多少个，而且老爸也非常擅长对付女人，收服女人迅速，甩起来干净利落，从未惹过任何麻烦。

自幼丧母，肖照并不介意老爸在外面的风月生活，但他绝不希望老爸将主意打到明薇身上。

“明小姐，好久不见。”

父子默默对峙，穆廷州越过肖照，自然而然地站到明薇另一侧，成功吸引明薇转身，改成背对徐家父子。

“穆老师来了。”明薇尽量保持微笑，紧张地看眼穆廷州，见他目光还算克制，明薇悄悄松了口气，“《青龙》拍完了，穆老师想好下部戏了吗？”

穆廷州看着她，意味深长道：“最近私事比较忙，暂时无法分心。”

明薇听懂了，轻轻瞪他一眼，怕穆廷州越说越离谱，她连忙找个借口离开了这边。

穆廷州单手插兜，克制地没有目送近月未见的秘密女友，而是望向客厅门口，那里，徐修、肖照一前一后出了客厅，去别墅外面的草坪了。

“你似乎很紧张明薇？”草坪平坦空旷，确定远处的人听不到他们谈话，徐修停下脚步，审视地观察肖照。

肖照平静道：“她是我朋友，非常要好的朋友，跟别的女明星不一样。”

徐修明白儿子话里的意思，儿子误会他对女儿有非分之想，徐修不生气，但他无法接受儿子这么关心女儿的深层动机。徐修做事最不喜拖泥带水，看眼陆家别墅，徐修拍拍儿子的肩膀，压低声音道：“明薇妈妈嫁进明家前，曾与我有些交情，现在我有九成把握明薇是你同父异母的妹妹，另外一成，你想办法拿到她的 DNA 样本，我会做鉴定。”

肖照：“……”

是他耳鸣听错了，还是老爸得了癔症？明薇，他认识了一年多的明薇，怎么可能是……

徐修很满意儿子的表情，低笑道：“还是你爷爷眼睛毒，一眼就看出薇薇像咱们家人了。”

薇薇……

肖照无法接受老爸对明薇的亲昵称呼，可明薇难道真是他同父异母的妹妹？

“鉴定结果出来之前，先别告诉其他人。”父子之间不用说太多，徐修点到为止，留儿子一人慢慢消化，他重新返回客厅，默默注意女儿。这种感觉很奇妙，突然出现的女儿，本该是陌生人，但父女间或许真有血脉感应，遇到明薇之前，徐修不曾幻想有个女儿生活会如何，但现在，他迫不及待想早点与女儿相认。

明薇并未注意到徐修的窥视，客厅一个偏僻角落，穆廷州却敏锐地捕捉到了一个老男人对他女朋友的觊觎。那是肖照的父亲，穆廷州原本对徐修有几分对长辈的尊敬，但现在，别说肖照的父亲，便是肖照爷爷这样，穆廷州也不会再有任何尊重。

五十多岁的男人，简直是为老不尊。

穆廷州去了二楼，二楼宾客少，穆廷州坐到沙发上给女朋友发微信：我找地方？

收到男朋友的召唤，明薇抿抿唇走到窗边，一边紧张留意附近的宾客是否靠近，一边飞快回复：再等等，开席后我会去二楼参观陆太太的工作室，到时候发你消息，你偷偷过来，林暖会帮咱们盯梢。

林暖非常热心肠，得知两人要在陆家约会，林暖立即想到了办法。明薇猜测，林暖肯定跟陆太太打过招呼了，不过陆太太一看就不是喜欢四处乱说的人，还是信得过的。

穆廷州不太满意这个安排：开席前先见一次。

明薇回了三个"打耳光"的表情给他，不懂羞耻的老男人，要不要这么饥渴？当她不知道他所谓的见面就等于亲吻？

"薇薇走了，咱们去外面。"有人叫她，明薇抬头笑笑，神色自然地收起手机。

中午十二点，周岁宴正式开始，明薇随女客一起热闹了一番，后来大家开始边吃边聊了，明薇佯装要去洗手间，微笑着离开席位，朝别墅走去。所过之处不断有人与她打招呼，明薇一一回应，笑得太频繁，一时没留意前面，差点撞到人。

"不好意思徐董，没撞到您吧？"看清前面手持酒杯的男人，明薇尴尬道。

"叫伯父。"徐修笑着说，目光温柔。

明薇看出徐修对她比较关照了，但她将这份和蔼归功于肖照头上，便没有多想，再次道歉后，明薇提着手包，优雅从容地继续前行。徐修很想多跟女儿聊两句，但他懂得分寸，过犹不及，初次见面太热情，让女儿也误会他别有居心就不好了。

端着酒杯，徐修若无其事地回了座位，环视一周，看见肖照呆呆地坐在一桌酒席旁，神不守舍。徐修越发笃定儿子因为不明真相动了不该动的感情，所以当他发现穆廷州也离开草坪去了别墅后，徐修并没有联想到什么。

陆家别墅，二楼。

陆太太是影服设计师，虽然嫁入豪门，但她并没有放弃工作，陆总疼老婆，特意改造了一间宽敞明亮的工作室。明薇推门进来，就见房间中整整齐齐陈列着衣架、画板等专业工具，有的戏服已经做好了，颇具时尚感的优雅长裙，一看就是为现代剧准备的。

窗帘已经拉上了，明薇绕到最里面的那排戏服后，心虚地左右看看，这才联系穆廷州。

穆廷州秒回：稍等。

明薇看了，脸突然就热了，偷偷摸摸地在别人家里幽会，这感觉又羞耻又刺激。

手机调成静音，明薇拍拍自己热乎乎的脸，心不在焉地打量眼前的几套戏服。

大概六七分钟后，工作室的门突然被人推开了，明薇心怦怦跳，做贼般蜷缩着身体，眼睛透过两套戏服中间的缝隙往外看。穆廷州刚关好门，正一寸寸打量陌生的房间，见他要朝这边转过来了，明薇慌忙缩回脑袋，双手搭在身前，紧张得像第一次约会的学生。

她的心咚咚地跳，前面也传来了男人不轻不重的脚步声。

知道被他发现了，明薇硬着头皮站直身体，背靠墙壁朝穆廷州笑，笑完眼帘就耷拉下去了。

年轻女孩穿着一袭白裙，面颊红润，如刚刚成熟的待人采撷的果子，乖乖地缩在墙角。穆廷州喜欢这颗果子，等了快一个月才等到这次见面，现在终于可以品尝了，穆廷州不由得加快脚步，绕过几个人体模特，他终于站到了她面前。

明薇低着头，看到他一双大长腿，看到他靠过来，不知是要抱她，还是亲她。

明薇喜欢跟他亲吻，但她想先聊聊天，缓解一下那种紧绷的气氛。

“有人看到你上来吗？”按住他伸过来的大手，明薇口干舌燥地问。

他就是火，才靠近，她便热得不行了。

“没注意，你的朋友在外面。”穆廷州反握她的手，软软的柔若无骨，他情不自禁捏了捏。

明薇脑袋垂得更低了。

穆廷州彻底贴上来，一手搂住她细细的腰，一手捧起她发烫的脸颊。她被迫抬头，一双眼睛明润水亮，慌乱紧张地望着他，看一眼就闭上了，与曾经冷言冷语挖苦讽刺他的那个小新人判若两人。穆廷州喜欢，也不解，先碰碰她鼻尖，幽幽问：“怎么这么害羞？”

明薇恼羞成怒，脑袋挣开他的大手，随手推他。

她往外使劲儿，穆廷州却压得更紧，重新掰回她的脸，低头就要亲。

明薇不高兴，一头扎进他怀里，双手扯他衣摆，闷闷道：“就知道亲，说说话不行吗？”那么急，一点都不像高冷禁欲的“影帝”。

“你想说什么？”穆廷州搂紧她的腰，低头埋进她发中，心醉神迷。为什么要说话？日常聊天，微信、电话已经说得够多了，见面不容易，他想把有限的时间完全用在最想跟她做的事情上。只是，她真想说话，他也愿意奉陪。

说什么？

明薇竟然毫无头绪，他们是男女朋友啊，可是见了面，她居然也不知道该说什么。

她埋头不语，穆廷州却记起一件事，扶她站直，他皱眉问：“肖照他爸，对你似乎有些特别。”

明薇没反应过来，茫然地看着他。

穆廷州没有狩猎女人的经验，但他了解男人的劣根性，换个老男人，譬如那位林总，穆廷州会直接提醒明薇，可徐修毕竟是肖照的父亲，身为多年挚友，穆廷州冷静地给肖照留了面子，委婉解释道："徐董平时不苟言笑，今天，他笑的次数多了点。"

明薇回忆了下，今天几次与徐修照面，徐修确实都在笑，她还是没有想到那一层，轻声道："我跟肖照是朋友，徐董爱屋及乌吧。"

穆廷州抿唇："徐董见到他侄女，笑得都不如今天灿烂。"

这下明薇懂了，但她不信年过五旬的徐修会对她动那种恶俗心思，再看穆廷州，眉皱着脸绷着，明薇忍俊不禁，垂眸笑："徐伯父笑得灿烂不灿烂我没看出来，我只觉得，有人身上好像在冒酸水呢。"

穆廷州看着她，反应过来，嗤道："你这是侮辱我的智商。"

男人吃醋是因为缺乏自信，觉得女朋友可能会被人抢走，可他穆廷州会担心明薇被一个五十多岁的男人抢了？徐修没那个本事，他没那么糊涂，明薇也没那么傻……应该没那么傻吧？

眉峰一挑，穆廷州抬起明薇的下巴，凝视她道："难道你觉得，他有让我吃醋的本钱？"

这个姿势太霸道总裁，明薇一边拽他的手一边嘟囔："我没说……"

"那就好，如果你欣赏他，我会质疑你的审美水平。"穆廷州低声道，然后双手分别攥住一只她不安分的小手，举高抵到墙上，身体前倾。这样耻度更高，明薇红着脸扭头，手上用力，穆廷州轻松镇压，歪头去找她诱人的唇。

明薇躲了两下，他火热的唇接连落到她脸上鼻尖，第三下，终于堵住了她的唇。

恋人间的亲吻会上瘾，经常亲还好，隔十天半个月才亲一次，只会增强那致命的吸引。

明薇嘴酸了，胳膊也酸了，试着抗议，他双手攥得更紧。明薇的胳膊真的受不了了，手臂不能动，话也说不出，她本能地用身体推他，结果才扭了一下，穆廷州突然不亲了，睁开眼睛，长长的睫毛在她肌肤上扫过。

停顿毫无预兆，明薇傻傻地睁开眼。

他的黑眸近在咫尺，里面墨色沉沉，深不可测。

明薇不知道他在看什么，趁嘴唇分离，她小声抗议："松开我，胳膊酸……"亲就亲，玩什么花样，偶像剧都没这么拍。

穆廷州默默地放开手。

胳膊垂下去，明薇舒服地松了口气，如兰的气息，全吹在了穆廷州脸上。穆廷州本就在自制力崩溃的边缘，被她这么一吹，他欲火更盛。见她红着脸乖乖地缩在他怀里，穆廷州喉头滚动，到底尝过两个月的冷暴力，虽然很想不顾一切，穆廷州还是忍住了，腰以下保持距离，只用胸口压住她，试探着在她耳边道："如果，我以男朋友的身份对你产生性冲动，还会被你质疑人品吗？"

明薇："……"

她算是看透了，不说话的穆廷州，比乱说话的穆廷州招人喜欢一百倍！

"会！"脸庞红透，明薇狠狠推穆廷州，不想理他了。

可她没推动，穆廷州迅速压牢她，黑眸犀利地盯着自己的女人，她好像生气了，但更像羞臊，脸蛋那么红，眼睛那么水灵，更诱惑他。穆廷州全身发紧，试着跟她讲道理："我身体心理都很健康，与自己喜欢的女人接吻，有反应属于正常的生理现象。"

明薇捂住耳朵不想听："该走了，咱们同时消失太久，容易起疑。"

穆廷州拒绝："时间太短。"

明薇扭头，指指他的腕表，努力用命令的口吻道："再给你五分钟。"

五分钟也太短，但她冷冰冰的，穆廷州也担心她真的生气，便重新将明薇抵到墙壁上，搂着她的腰忘情深吻。明薇颤巍巍攥着他的衣服，陌生的环境热情的男友，她整个人都要烧着了，浑浑噩噩地忘了时间。

工作室外，林暖悠闲地靠在二楼栏杆上，认真玩手机。楼下忽然传来脚步声，林暖低头，楼下肖照恰好仰头，视线交织，林暖看懂了肖照在找什么，肖照也领悟了林暖守在那儿的意义。想到穆廷州正与他百分之九十的妹妹私会，想到明薇单纯信任他的笑脸，肖照胸口噌蹭冒火，走出林暖视线，他拿出手机打穆廷州电话。

穆廷州的手机设置的是振动模式，手机一振动，明薇也感受到了，吓得好像班主任来踢门一样，慌得直推穆廷州。

穆廷州不想理会，明薇捂着脸背转过去，喘着道：“你先接电话。”

短暂的中断，穆廷州恢复了些理智，目光灼热地盯着刚刚还在他怀里动情躲闪的女友，他沉着脸掏出手机：“有事？”

男人声音低哑，肖照没亲过人还没看过动作片？猜到穆廷州做的好事，他也不废话，冷声道：“下来。”

穆廷州蹙眉：“你先说什么事。”

肖照咬牙切齿：“我让你下来。”

他脸黑，穆廷州脸更黑，直接挂了电话。

明薇背对他问：“肖照吧？”

穆廷州“嗯”了声，刚要走向她，手机又振动了。

明薇笑了，摸摸脸，走远点劝他：“好了，你快下去吧，可能有急事找你。”

亲了这么久，够了，再亲下去，恐怕会留下痕迹，让人看了笑话。

理智上，穆廷州明白自己必须走了，可她近在眼前，他挪不动脚：“你……”

“快走吧。”明薇受不了他，跑到他身后，用力往外推他。

穆廷州无奈，反身抱住她又纠缠了一分钟，这才带着不停振动的手机烦躁离去。

工作室的门再次关上，明薇摸摸还残留他温度的嘴唇，回想方才过于热情的拥抱，她心如鹿撞。

原来这就是恋爱，又喜欢，又刺激，见面了紧张慌乱，可他前脚刚走，后脚她就开始想了。

第十四章

今夜的你，让我神魂颠倒

穆廷州面无表情地沿着楼梯往下走，拐个弯，看见站在客厅的肖照，他目光变冷。

打扰他约会，肖照最好有个充分的理由。

肖照有理由，但事情没有百分百确定前，他不可能将自家老爸的风流韵事告诉穆廷州，这也是出于对明薇、明薇妈妈的尊重。

“你离开的时间太久了。”肖照故作平静，以专业经纪人的态度批判穆廷州。

穆廷州抿唇，但人都出来了，他也不能再上去。

丢下肖照，穆廷州一个人往外走，肖照回头看眼二楼，想到老爸那番话，他心底再次涌起一阵无力感。回到宾客中间，穆廷州、肖照并排坐着，一个垂眸对着酒杯默默回味与女朋友的热吻，一个神色复杂，心事重重。

“薇薇快过来！”

隔了几桌，有女人喊明薇的小名，穆廷州、肖照几乎同时扭头，就见明薇笑着落座，若无其事地与一个女明星聊了起来。穆廷州与明薇在一起时霸道贪婪，大庭广众下，他还是很会掩饰自己的，很快便收回视线。

肖照看看明薇，视线不自觉地转向父亲那一桌。

远远地，徐修微不可察地朝儿子点点头。上次他与江月的见面十分突然，徐修相信江月的言行全是她的内心反映，也相信明薇确实是他的女儿，但此事关系到他的遗产继承，关系到徐家人是否认可女儿，徐修必须拿到书面证据。

肖照收到父亲的暗示，推推眼镜，径自离座，朝明薇那桌走去。

“明小姐，方便借一步说话吗？”肖照停在明薇面前，笑得温文尔雅。

明薇不懂他在卖什么关子，但还是笑着站了起来，一边朋友般闲聊一边往远处走。离宾客远了，明薇疑惑地问肖照：“出事了？”她还好奇刚刚穆廷州为什么被肖照夺命连环催呢。

肖照没说话，得知明薇可能是他妹妹后，第一次近距离观察明薇。

明薇很漂亮，这他早就知道了，明薇的气质、性格也都很好，做正事时大方认真，私下相处活泼灵动，是个非常招人喜欢的女孩。肖照一直都很欣赏明薇，以前他将这种欣赏单纯归功于明薇的性格，现在，肖照突然怀疑是不是真的有血脉感应的因素。

真是同父异母的妹妹吗？

肖照细细打量明薇的五官，试图看出明薇与自家人相像的地方。

明薇被他看脸红了，窘迫地低头，脸上噌蹭冒火。肖照这么看她，莫非她的嘴唇被穆廷州亲肿了？可她出来前照过镜子，只是有点红，补妆后已经不明显了，肖照怎么会看出来？

女孩露出羞涩模样，肖照终于回了神，意识到自己的反常，肖照咳了咳，低声道："其实也没什么事，就是想嘱咐你一下，廷州情商低，行事霸道，你，你别一个劲儿地迁就他，该甩脸就甩脸，他那人就欠管，你越惯着他毛病越大。"

明薇扑哧笑了，乐不可支地点点头，俏皮地看着肖照："有你这么当经纪人的吗？"

她笑得单纯好看，眼睛澄净得像清澈湖水，年轻鲜嫩。肖照看呆了，脑袋里冒出各种念头，这么水灵的姑娘，如果真是他妹妹的话……那他希望能多跟这个妹妹相处几年，好好弥补兄妹间错过的时光。可明薇已经跟穆廷州在一起了，恋爱中的女孩，要么拍戏要么惦记男朋友，哪还有时间分给一个半路冒出来的哥哥？

肖照突然特别后悔，后悔当初想方设法帮低情商的穆廷州接近明薇，后悔……

"肖照？"男人中了邪一样呆呆地站着，浑然不似平时的肖经纪人，明薇收了笑，担心地问他，"你没事吧？我怎么觉得你今天状态有点不对劲儿？"

"有吗？"肖照掩饰地笑，目光挪到明薇头顶，他突然正色道，"别动，你头上有东西。"

他太严肃，明薇吓了一跳，身体僵硬地等着。

肖照抬手，在她头顶轻轻拨弄两下，好笑道："看来你最近很累啊，居然都长白头发了。”一边说着，一边狠心扯了三根头发。当时穆廷州下楼时，肖照查过资料，其实拔五根头发去做鉴定更妥当，可肖照不敢拔五根，怕明薇疼，也怕明薇生气打他。

一次被拔三根头发是什么感受？

明薇“嘶”了一声，捂住脑袋抬头，控诉地瞪肖照。

肖照干笑：“抱歉，误伤了两根。”

明薇狠狠瞪他一眼，看向他的手：“白头发呢？”

肖照后退两步，看着地面道：“扔了。”

明薇更不高兴了，低头找找，绿油油的草地，哪能看见细细的头发丝，不过明薇此时最在意的不是白头发长啥样，而是她才二十三岁，居然有白头发了？明薇无法接受，确认肖照没有别的事，她再次赶向别墅，要去仔细照照镜子。

事情办得顺利，肖照暗暗松了口气，看眼指间捏着的三根发丝，去了车库。收好珍贵的三根发丝，肖照抬头，却见一道高大身影不知何时走了过来，马上就凑到他车前了。肖照及时调整情绪，推开车门下车，随口问穆廷州：“你怎么来了？”

“你为什么摸她的头？”穆廷州审视他问。刚刚肖照与明薇过于亲昵的举动，很碍他的眼。

“我为什么要告诉你？”肖照现在看明薇越看越顺眼，看穆廷州则恰恰相反，语气自然不好。

穆廷州难得被肖照噎了下。

肖照讽刺地笑，先走了。

穆廷州望着他背影，忽地觉得，今天徐修、肖照父子俩都不太正常。

肖照不说，穆廷州打明薇的电话。

明薇人在卫生间，一手撑着洗脸台，一手一片一片地拨头发，脸都快贴镜子上了。手机铃声响，明薇烦躁皱眉，发现是穆廷州，心情才稍微好了点，闷闷不乐地接听：“嗯。”

穆廷州听出来了，疑道：“不高兴？”

明薇对着镜子嘟嘴："肖照说我有白头发。"

穆廷州隐约懂了，嘴角不自觉地上扬："这么说，你现在在找白头发？"

明薇歪着脖子，眼睛费劲儿地通过镜子看脑侧，心不在焉道："是啊，有一根就有第二根。"

穆廷州笑，想象她傻乎乎翻头发的样子，又想见她了："你等我，我帮你找。"

明薇才不要，红着脸挂断电话，担心穆廷州真的找过来，明薇急忙梳好头，匆匆回去了。落座几分钟后，明薇正同身边的人聊天，余光忽然瞥见一道黑色身影，明薇下意识仰头，看到穆廷州淡漠俊美的侧脸。

他没有说话，也没有眼神交流，只是简单地从她身边经过，她心里就甜了。

宴席结束，众人各回各家。

穆廷州现在处于一部戏拍完的休息阶段，肖照也比较空闲，便暂且搬回父亲的别墅。亲弟弟难得有空，徐凛知道后，这两晚也都回父亲这边。不过徐修、徐凛都很忙，父子三人只有早饭一起吃，晚上基本聚不到一块儿。

肖照扯完明薇头发的第三天，徐修给长子打电话，叫他晚上早点回家。

父亲有命，下午徐凛处理完公司事务，直接开车回了别墅，进了客厅，就见父亲与二弟面对面坐在沙发上，中间的茶几上摆着一份文件。气氛有些微妙，徐凛重新观察二人，父亲背靠沙发闭目养神，二弟双手撑头，好像遇到了什么烦心事。

"爸。"徐凛低声打招呼。

徐修睁开眼睛，看看长子，朝茶几上的文件点点下巴。

徐凛心领神会，坐在二弟旁边，拿起文件。

是份亲子鉴定证明。

徐凛心乱了几秒，很快又恢复了冷静，处理公司事务般问父亲："要接回来吗？”

母亲死后，父亲身边陆陆续续有过很多女人，有的可能处过一段时间，更多的都是临时消遣，徐凛心中有数，这种前提下，突然冒出来几个弟弟妹妹，完全在情理之中。大家都是成年人，只要父亲愿意认，他不介意多个弟弟或妹妹，至于能否培养出手足之情，要看缘分。

徐修看向次子。

肖照很烦，如果只考虑明薇，多个可爱的妹妹，他很高兴，但这件事没那么简单。明家一家四口过得温馨幸福，突然得知生父另有其人，明薇能承受住打击吗？明薇的心情是一方面，事情传出去，明强、江月肯定也会遭受舆论点评，网民们最喜欢八卦，一个个指不定说出什么难听的话。徐家是占便宜的，明家却是吃了亏，明薇肯定不希望她的家人沦为笑柄。

还有，明桥……

明桥，那个小小年纪却冷艳动人的丫头，是他同父异母妹妹的妹妹。

肖照猛地起身，去了落地窗边。

都是什么破事！

弟弟很少有这么大的情绪波动，徐凛皱皱眉，直接问父亲：“那人，什么身份？”

徐修淡淡道：“明薇，你也见过。”

徐凛脸庞绷紧，眼帘垂了下去。如果他没记错，明薇比二弟小五六岁，当时母亲已经去世，父亲找女人情有可原，可他怎么能碰一个有夫之妇？

“当时薇薇妈妈还单身。”长子微妙的表情太精彩，徐修看出来了，冷声澄清道。

徐凛懂了，没再追问父亲当时为何没负责。

“您打算怎么处理？”

“我会想办法，你们先别声张，暗中多照顾薇薇，她在娱乐圈，红得这么快，肯定有人酸。”

徐修微眯凤眼，别有深意地道。

十一月明薇主要拍了一支唇膏广告，十二月中旬，她受邀参加某地方卫视举办的国剧颁奖典礼。《大明首辅》三月份播出的，成功报名参选，《南城》十月下旬开播，针对这个奖项的报名，只能等明年了。

如此，明薇今年只有一部《大明首辅》参选，那么按照同剧组演员坐在一块儿的规则，她又被安排在了穆廷州、陈璋中间……

"明公主，好久不见。"入席前，影视圈一众宾客们先在会厅休息，陈璋来得早，看见明薇，他笑容灿烂地离开座位，上前几步，衣冠楚楚地朝明薇行了一个标准的欧式宫廷礼，一手放在背后，一手举到前面等着明薇。

论名气，早两年成名的陈璋比明薇红，本就是宴会厅的焦点，现在他做出这样的举动，被他恭维成公主的明薇立即成了不少女星羡慕的对象。某个小圈子，王盈盈看得眼睛都要红了，如果当初不是明薇抢了她的公主角色，此时被陈璋恭维的肯定是她！

"就你会抢风头。"注意到特邀记者们一直在拍这边，明薇笑着将手交给陈璋，轻声道。

陈璋礼节性地亲吻她的手背，起身时头靠近明薇，幽幽道："明年各个颁奖礼，咱们就算在一起，你也是俞家大小姐，微臣当然要珍惜喊你公主的机会。"

明薇无法反驳，由陈璋陪同着，去跟新老朋友们打招呼。

几乎她前脚刚走，宴会厅入口便多出两道身影，穆廷州、肖照均穿黑色西装，一个冷傲一个温润，刹那间夺走了一大片镜头。穆廷州早已习惯，神色淡漠地跨进大厅，目光却早就捕捉到了一抹曼妙身影。第一次出席颁奖场合，她穿了一条浅粉色薄纱长裙，背对他站着，露出一小片白玉似的肩膀。她扎着略显稚气的丸子头，与她明华公主的角色很配，扭头与人说话，露出白里透红的甜美脸庞。

这是穆廷州第一次看她穿这样仙气飘飘的长裙，而她确实如仙子下凡，清雅脱俗。

注意到女朋友身边有个男人始终以护花使者的身份陪同着，穆廷州眼神微冷。陈璋这家伙是不是还没死心？

“张导在看你。”就在穆廷州准备过去找明薇时，肖照及时低声提醒道。

穆廷州视线偏转，果然看到了《大明首辅》的导演，应酬在所难免，穆廷州不得不先去寒暄。

“太傅来了。”注意到穆廷州，陈璋玩笑般对明薇说。

陈璋是知道她与太傅恋爱过的，明薇心虚，面露异样。

只看一眼陈璋便懂了，“影帝”忘了太傅又如何，明薇这么好，通过《青龙》五个月的合作，“影帝”再次爱上明薇早在他意料之中，所以他努力调整自己的感情，从未想过乘虚而入。既然真正的护花使者到了，陈璋识趣地走向别处。

明薇佯装没发现自己的男人，笑着去问候一位她喜欢的老戏骨。

“晚上好，明小姐。”

期待又紧张，不知过了多久，身后终于传来熟悉的清冷声音。曾经他喊“明小姐”喊得客气疏离，带着拒人千里的高傲，但现在，“明小姐”从他口中说出来，低沉的冷音调，莫名像情人在她耳边调情，明小姐、明小姐……

充斥着欢声笑语的宴会厅仿佛突然安静了，宾客们身影消失，只剩下满厅奢华璀璨的灯光。明薇心怦怦乱跳，缓缓转身，看到她熟悉的俊美脸庞，星空般的黑眸定定地看着她，幽深明亮，与之相对一秒，都需要极大的勇气。

“穆老师。”梦幻感消失，喧哗回归，明薇努力保持大方微笑。

穆廷州笑了，很淡很克制的笑，然后未经明薇允许，他主动托起她柔软的小手，弯腰低头亲吻她手背之前，他凝视她的眼睛，笑着说了一句意大利语：“今晚的你，美得让我神魂颠倒。”

明薇目瞪口呆，心跳骤停了一瞬。

明薇大学时为什么学意大利语？因为她喜欢意大利语，小时候随爸爸妈妈去各个国家旅游，听过各种外国语言，唯独对意大利语情有独钟，觉得意大利语最浪漫。现在，她的男人居然毫无预兆地用意大利语在公众场合与她调情。

手背上传来熟悉的灼热唇温，宛如压垮骆驼的最后一根稻草，明薇身心俱酥。

“你们继续。”一吻结束，穆廷州绅士地松开明薇的小手，最后看眼自己的美丽女人，他翩然而去。

明薇的心依然在狂跳。

“他刚刚说什么了？是不是夸你漂亮了？”刚刚那一幕太帅，附近与明薇有些交情的女演员纷纷凑过来，善意地打听。明薇与穆廷州是荧幕情侣，也是网友最热衷凑对的情侣，两人擦出花火也是情理之中。

明薇当然不能承认，故意气呼呼地错翻道：“他说女指挥官的戏服更适合我。”

众星愕然，重新看眼小仙女似的明薇，再联想《青龙》女主刻板禁欲的造型，女星们齐齐望向已经走远的“影帝”，有的怀疑“影帝”玩套路存心叛逆毒舌吸引明薇，有的则深深怀疑起“影帝”对女人的审美，三十多岁的男人，除了明薇没有任何绯闻，难道是因为身边女性没有做指挥官那样打扮的？

不论她们怎么猜，明薇暂且是糊弄过去了。

录制即将开始，众人按照各自的剧组排位落座，明薇果然又夹在穆廷州、陈璋中间。

镜头特别关照他们三人，明薇尽量不往穆廷州那边看。众目睽睽，穆廷州背靠椅背姿态慵懒，视线也不曾频繁往明薇那边转，不过能并肩坐着，余光能看到她的身影，耳朵能听见她与陈璋聊天，对于又是一个月没看到女朋友的“影帝”来说够了。

典礼正式开始。

重要奖项都放在比较后面，很快就轮到了第四个奖项，年度最佳新人女演员。明薇凭借明华公主一角成功入围，王盈盈凭借她大红的古装剧女主也入围了，剩下三个演员无论电视剧知名度还是自身人气，都远远输于她们。

演艺生涯第一次入围，明薇很紧张，紧张得手都要抖了，然而再紧张还是要保持微笑。

另一边，王盈盈盛装打扮，因为入行比明薇早一些，她看起来冷静多了，烈火红唇从容地扯出一个妖娆的笑容。如果说今晚的明薇是公主，王盈盈的扮相就是女王。而王盈盈非常有信心，《大明》虽红，明华公主只是花瓶人物，没有多少施展演技的空间，而自己的宫斗剧角色经历坎坷，悲欢喜怒深刻多了。

颁奖台上，女嘉宾微微低头，对着话筒宣布："年度最佳新人女演员，获奖的是，明薇！"

声音一出，台下立即爆发出洪亮的掌声，甭管心里在意不在意，有人领奖，同行就得鼓掌。

包括王盈盈，在听到"明薇"两个字时，瞳孔狠狠缩了一下，但镜头在那儿，下一秒，王盈盈充分展示了她迅速进步的演技，瞳孔不缩了，笑容加大，一边扭头寻找明薇，一边笑着鼓掌，"真诚"地恭喜。

明薇激动坏了，捂着脸，只露出一双水汪汪的大眼睛。

陈璋探头，隔着明薇对穆廷州道："公主获奖了，咱们一块儿护送公主上台？"

穆廷州瞥他一眼，理理衣服，站了起来。

两大男神同时朝明薇伸手，激起又一波掌声狂潮。

荣耀加身，明薇胸口积满的狂喜却一下子沉淀了下去，浮躁没了，化成浓浓的感动，眼中泪花闪烁。她运气真的很好，一出道就进了一个大剧组，在那里，她遇见了耐心指导她演技的导演、前辈们，遇见了陈璋这个热情的好友，更遇见了她的"影帝"太傅。

或许她真的有点演戏的天分，但上面种种，少了一环，可能都没有现在的她。

"谢谢。"明薇一手攥住一个男神的大手，同时举到面前，诚挚地亲在中间。

陈璋笑，穆廷州盯着陈璋被明薇亲过的地方，慢慢握紧了明薇的小手。

明薇这时候哪会注意到男朋友的小情绪，激动完了，她自信大方地抬起头，在两大男神的护送下，一步一步跨上颁奖台。男神止步，她一人前行，面容娇嫩甜美，浅粉薄纱长裙下，一双修长美腿若隐若现，毋庸置疑，是今晚最亮丽的风景。

元旦当天，这期颁奖礼如约在各大网络平台亮相。

“啊，明公主好美！美爆了！”

“太苏了，明薇人设太苏了，穆廷州、陈璋好宠她！”

“不愧是 wuli（我的）公主，拿奖实至名归！”

有两大男星绿叶不遗余力地做陪衬，有撑得起公主名号的颜值气质，这一届颁奖礼，明薇虽然不是最高女演员奖项得主，但她硬是抢了在场所有老牌花旦女星的风头。对于明薇及其亲朋好友来说，这是极大的风光，然而……

有得必有失，枪打出头鸟，这是亘古不变的道理，尤其是在腥风血雨的娱乐圈，一个明星的成功之路，必然伴有各种“丑闻爆料”，或真或假。

明薇也不能例外。

颁奖典礼过后不久，网络上突然有人发帖：扒一扒公主裙下的那些金主们。

“八卦战士”是一位知名的娱乐圈爆料大 V，一月五号，也就是周六晚八点的黄金时间，该大 V 发布了一条图文并茂的长微博，标题：《扒一扒公主裙下的那些金主们》。

明薇是今年最红的女明星，前几天她成功斩获最佳女新人奖，几乎奠定了她未来的花旦地位。常言道，一个成功女人的背后，经常会有无数个成功的男人，今天八爷就来扒一扒，作为被穆廷州、陈璋双双视为公主的明薇，成名路上一共遇到了哪些“金主”。

以下人物按照认识明薇的时间先后排序。

金主 5 号——费尔南多，外大老师。费尔南多是明薇在校期间的意大利语外教，师生感情非常好，据说明薇从事自由翻译的初期业务，很多都是费尔南多介绍的。所以说，各位在读学生们，千万要跟老师处好关系，这对你们毕业找工作有很大作用。

（附图：费尔南多替明薇拉开车门，明薇低头进车。）

金主4号——奥兰多，意大利服装名牌高层。A品牌就不用我介绍了，“影帝”穆廷州唯一代言过的品牌。巧合的是，明薇进《大明首辅》剧组之前担任的便是奥兰多的随行翻译，其间奥兰多也与穆廷州有过接洽，有理由推断出，明薇是通过奥兰多先生结识的穆廷州。

（附图：酒店大厅，奥兰多低头亲吻明薇的脸颊，明薇笑靥如花。）

金主3号——程耀，正华集团CEO。程耀是帝都四少之一，换女友比换手机还快，据可靠消息，他曾是明薇的秘密男友。对了，正华集团是《大明首辅》投资商之一，就是不知道明薇成功进组是否与程耀有关。

（附图：《大明首辅》拍摄现场，明薇公主打扮坐在树上，程耀一身西装在旁探班，目光专注。）

金主2号——穆廷州，“影帝”。明薇迅速蹿红，穆廷州绝对是第一大功臣，失忆期间太傅、公主的浪漫，恢复后青龙、指挥官的再续前缘，也是网友们最希望在一起的荧幕情侣。咳咳，但愿八爷的这篇文章不会影响大家的期待。

（附图：《青龙》剧照。）

金主1号——穆崇，知名导演。Surprise，大家都没想到1号金主会是穆导吧？刚接到八卦内容时八爷也很吃惊，其实事情经过是这样的，众所周知，明薇是穆导新作《白蛇》的女主演，但据说选角时，明薇与某王姓演员同时试镜。两人演技孰优孰劣我不知道，只知道最终穆导拍板定了明薇，因此，明薇最新金主非穆导莫属，在此八爷预祝《白蛇》大卖。ps：网传穆廷州会出演许仙哦。[doge]

（附图：穆崇与明薇的ps照。）

全文完。

最后一行字看完，明薇脸色很难看。这个大V太狡猾，全篇都没有明说她靠男人出头，但他先指出费尔南多老师替她介绍意大利客户，又配上两人同上一车的暧昧图片，分明是诱导网友猜想师生间有非一般的关系。第二张配图，奥兰多亲吻明薇脸颊，亲脸是老外常见的问候方式，热情单纯，但对于大部分没跟老外打过交道的国人来说，突然看到这样的照片，第一联想恐怕也带点颜色。程耀那个就更不用提了，直接暗示明薇靠程耀走后门才进的组，后面穆廷州、穆崇的分开看没什么，但合在一起，父子俩与同一个女人闹新闻，简直恶意满满。

五个金主，暗指她水性杨花，又抹杀她的个人努力，把她的功劳全部算在了这些男人身上。

偏偏文章通篇不带任何侮辱性字眼，明薇这边想通过法律途径告他都不行。

沈素建议明薇不要理会，这种捕风捉影的事情，只会越抹越黑。

明薇知道，可凭白被人泼了一身脏水，她能忍住不出面辩解，但看着那些质疑她的评论，明薇胸口堵得慌。相关人物，费尔南多老师回国了，奥兰多也在意大利，估计都不知道中国媒体在黑他们，程耀的话……

刚想到程耀，突然收到程耀的微信，叫她看微博。

明薇心跳加快，迅速打开程耀的微博页面。

程耀发了一段解释。

忙完工作看到自己上了头条，既然与我的女神有关，我还是解释一下吧。我是前年认识明薇的，当时明薇还是翻译，我喜欢她漂亮又有气质，立即展开追求，可惜明薇对我没兴趣，一直不肯答应。后来得知明薇去试镜《大明》，我心想机会来了，赶紧去找陆总，计划用投资帮明薇进组，我再去明薇面前邀功，哈哈哈，据说这是霸道总裁常用的套路，然而我万万没想到，明薇已经被剧组选中了！

当时我内心一片凌乱，但我得在陆总面前维持面子啊，只好保持微笑坚持投资。折腾到最后，明薇还是没接受我，她成了一个好演员，成了我真心敬佩的女神，我也靠《大明》赚了一点钱，皆大欢喜吧。

元旦刚过，新的一年，女神好好拍戏，走自己的路，让别人羡慕去吧！@明薇明薇心里暖暖的，她与程耀缘分很短，好在两人分手分得还算愉快，还能继续做朋友。

明薇顺手转发微博：“谢谢程总夸赞，新的一年，大家共勉。”

三个国内相关人，程耀这边善意地否认了恋情，只剩穆廷州父子。

穆廷州……

手机突然响了，明薇一把抓起手机，却是老爸打来的，都十点多了，老爸老妈一向习惯早睡，现在居然还醒着。猜到爸爸是为了什么，明薇眼睛酸酸的，稳了稳才接听。

“薇薇别理那些浑球，一个个就知道躲在电脑后面胡乱造谣，看你红了嫉妒，谁都想踩上一脚，好像把你拉下来他们就能上位似的。薇薇听话，刚刚你妈被气哭了，你聪明点，别再中他们的套，别人越要踩咱们，咱们就得越坚强，能让人羡慕嫉妒恨一辈子才是本事。”

明薇笑了，老爸说话粗，可句句在理，听了浑身舒坦。

明薇抹抹眼睛，笑着道：“知道了，爸你把电话给我妈。”

明强便将手机递给老婆，江月眼圈红红的，女儿受了委屈，她比谁都难受。

明薇好好安慰了老妈一番，安慰完了，她好像也没那么在意了。挂了电话，明薇刚想松口气，手机又响了，吓了她一跳。低头看看，这次终于是她最想的那个人了。

走到床边，明薇躺下来接听。

“刚洗完澡，你跟谁通电话？一直打不通。”穆廷州湿着头发坐在电脑前，大V的长微博看完了，现在在看程耀与明薇的互动。

“家里，我被黑了，我妈比我还紧张。”明薇强颜欢笑，扫眼笔记本屏幕，心里也有点忐忑。一下子挂了她与三个男人的暧昧照片，时间从大学跨到毕业，穆廷州真的不会怀疑吗？仔细算起来，明薇认识穆廷州快两年了，但穆廷州从太傅变成“影帝”后，一下子忘了前面一年的经历，也就是说，穆廷州认识她才勉强一年，喜欢她的时间更短。

明薇想知道穆廷州是怎么看她的，但又问不出口。

“你的前男友很会表现，是不是还没死心，明女神？”看完微博，穆廷州离开座位，走到落地窗前。腊月了，窗外寒风呼啸，据说这几天冷空气来袭，有可能下暴雪。

他居然还有心情调侃她？

明薇嘟嘴，哼道：“别光说别人，你准备怎么表现啊？”

穆廷州淡笑，眼里温暖如春：“你已经是我的了，我为什么要表现？在我的未来计划中，我会公布你我的关系，会向你求婚，但绝不是在这种影响心情的情况下。”他曝光恋情、求婚示爱，是因为他想对她说对她做，而不是为了向别人证明什么。

明薇眼睛湿了。

他还在计划向她求婚，所以他完全信任她，这样就够了。

“最近可能会下雪。”她默默感动，男人在另一边预报天气。

明薇“嗯”了声：“你要出门吗？记得多穿衣服。”

穆廷州笑：“好，晚安。”

明薇挂了电话，呆呆地躺着，虽然穆廷州的话起到了一定的安慰作用，但好像还是少了点什么。明薇心烦意乱，还没练出宠辱不惊的魄力，她管不住自己的手跟眼睛，爬下床，重新去刷微博。那条长微博下面有人骂她，也有粉丝维护她，明薇刷了一会儿，想到什么，偷偷点开穆廷州的页面。

明薇好奇穆廷州的粉丝会不会说什么，没想到页面打开，居然刷出一条新微博。

穆廷州：“新的一年，期待《白蛇》，@明薇。”

发表时间，二十秒前。

明薇捂住脸，对着屏幕傻笑，心底缺少的那点东西，被他用一条微博填满了。明薇承认她是虚荣的女人，她喜欢男朋友的情话安慰，也期待男朋友来些实际的支持，现在，穆廷州两点都给了。而且穆廷州真的很会抓重点，大V那条关于金主穆廷州的总结，最后一句是“但愿八爷的这篇文章不会影响大家的期待”，穆廷州这家伙直接隔空给出了回答，回答那个大V，他确实接了《白蛇》男主，不但接了，也会继续期待，至于那个“新的一年”，应该是在酸明薇与程耀的互动吧？

短短八个字，内涵还真多。

明薇越笑越甜，咬咬唇，转发穆廷州的这条："穆老师，你演许仙还是法海？"

傻男人，酸什么酸，她与程耀的互动是客套，跟他的互动才是发自内心的。

别墅卧室，收到明薇胆大包天的调侃，穆廷州黑眸微眯，手指搭在键盘上，刚要回答，右上角突然跳出来一条艾特。穆廷州将微博设成了只能接收到好友艾特，他点开新消息。

肖照："官博公布之前，禁止剧透！@明薇@穆廷州。"

穆廷州："……"

明薇："……"

两大主角闭了嘴，粉丝们炸了，纷纷跑到肖照那边骂他。

"禁止你妹哦！太傅公主发回狗粮容易吗！你还我的狗粮！"

"地址给我，我四十米长的钛合金大刀再不用就生锈了。"

……

原本被那篇文章弄得浮躁猜忌的"廷薇"粉们，被三条微博一打岔，萎靡消极的氛围一下子没了，一会儿在穆廷州那边撒娇求继续发狗粮，一会儿跑到明薇这边安慰明薇别埋小人，好话说完了，再去肖照那里诅咒"棒打鸳鸯"的肖照一辈子单身。

欢乐的评论感染了明薇，再想那条长微博，几乎不会对她有什么影响了，程耀、穆廷州都表态了，喜欢她的人已经有足够理由继续信她，至于那些轻易动摇的以及本来就讨厌她的粉丝，明薇何必放在心上。

似乎只剩下一件事。

明薇给穆廷州发微信：伯父伯母那边，会不会添麻烦？

穆廷州秒回：不会，不然白在娱乐圈混了大半辈子。

明薇失笑，但也确实放心了，穆崇夫妻都是娱乐圈老人，哪会在意这种捕风捉影。

解决了心事，明薇放松地去沐浴，电脑关得太快，因此错过了一条微博。

徐凛：“《白蛇》是东影与徐氏集团联合投资的项目，女主演方面，东影一开始推荐的就是明薇，我方因一些非专业因素推荐了另一位演员。意见不合，陆总建议试镜，最后由我与陆总、穆导共同选择明薇。现因我方干涉选角给明薇带来不必要的麻烦，我深感抱歉，希望《白蛇》之后，徐氏能与明薇展开更多合作。@明薇。”

这条微博，正开心洗澡的明薇没能及时看到，徐家三少徐端的别墅里，一直密切注意本次八卦事件的王盈盈第一时间看到了。王盈盈很生气，程耀、穆廷州支持明薇，她多少还能理解，但徐凛这条根本就是故意打她的脸！

“你大哥怎么回事啊，明知道我是你女朋友，他怎么胳膊肘往外拐？”余光瞥见徐端裹着浴巾从浴室出来了，王盈盈立即瞪着眼睛抱怨。明薇的五个金主是假的，王盈盈却真的抱过几个金主，因此王盈盈很擅长对付男人。发完牢骚，王盈盈红唇一撇，吧嗒挤掉两滴泪，委屈地指着笔记本让徐端看。

徐端凑过来浏览完堂哥的微博，再看看哭得梨花带雨的亲亲女朋友，徐端也很生气。搂着王盈盈安慰了一会儿，徐端拿起桌上的手机，背靠书桌给兄长打电话。王盈盈见了，嘟着嘴凑到徐端身边，靠着他偷听。

嘟嘟两声，电话通了，那头沉默。

徐端气势莫名矮了一截，瞅瞅委屈可怜的女朋友，徐端尽量委婉地道：“大哥，咱们家从来不关心娱乐圈的八卦，明薇被人黑，你急着解释做什么？程耀、穆廷州跟她有绯闻，我怕别人将你拉下水，说你也跟明薇有一腿。”

这么一说，徐端突然觉得堂兄的表现太异常，明薇那么漂亮，虽然不是他喜欢的款，但可能正好是大哥喜欢的呢？

“你跟王盈盈在一起？”无视堂弟的质问，徐凛冷声反问道。

徐端一愣，王盈盈轻轻摇头。

徐端正要否认，手机里又传来堂兄冰冷无情的声音：“三弟，我已经派人查过了，大V手中的爆料都是王盈盈提供的．她如何搜集的资料，我没兴趣知道，只请你转告她，马上退出娱乐圈，这件事我不会再追究，如果她不听或继续暗中陷害明薇，我的手段你清楚。”

言罢，通话结束。

徐端难以置信地看向王盈盈。

王盈盈都听见了，一边为徐凛的威胁害怕，一边本能地替自己辩解：“他冤枉人，我为什么要害明薇？真是我害的，我有多傻才会让大V指出被明薇挤下去的演员姓王？徐端，你大哥肯定被明薇迷惑了，故意偏心帮她！”

王盈盈扑到徐端怀里，故作伤心气愤地哭。

徐端眨眨眼睛，视线在手机与女朋友身上来回睃巡，他不相信自己的女朋友会主动害明薇，可大哥行事最公正，如果王盈盈没做过，大哥不会无缘无故冤枉她。大哥喜欢明薇？不可能，大哥天天忙工作，与明薇根本没有交集，二哥那边倒有可能。

“你先别哭，我跟二哥打听打听情况。”徐端安抚地拍拍女朋友，急着给肖照打电话。

徐家别墅，徐凛正在向父亲汇报情况：“查过了，王盈盈与程耀交往过，后面四条爆料都是她自己搜集的，前面那条外教老师的，是薇薇的大学室友韩小雅提供的，上学期间她与薇薇关系很差，薇薇成名后，韩小雅断断续续黑过明薇一段时间，网上动静不大，但在外大学生论坛有些影响。”

有钱有势，他们想知道什么，只是几个电话的问题。

徐修颔首：“你看着处理。”

声音未落，斜对面次子有电话，徐修随意看了过去。

肖照取出手机，看到来电显示，笑了，抬头道：“三弟的。”

“给我。”徐修沉声说。

肖照一边递手机，一边默默替堂弟点了根蜡。

那边徐端听电话通了，理所当然认定对面是二哥，嬉皮笑脸道：“二哥，我知道你跟明薇是好朋友，可我是你亲弟弟，你不能太重色轻友吧？盈盈是我女朋友，二哥给我个面子，赶紧劝劝大哥把那条微博删了。”

“怎么，你还想跟那个女人结婚？”

徐端是喜欢王盈盈，喜欢王盈盈在被窝里的妖娆热情，但他还真没考虑过结婚这件事。碍于王盈盈在怀里，徐端没有直接否认，刚想找个折中的说辞，徐端突然意识到了不对劲儿，那声音怎么像是大伯？

“大伯？”徐端心惊胆战地叫了声。

“明天开始，再让我知道你与那个心术不正的女人在一起……”

“不了，大伯您放心，我今晚就跟她分手！”徐端根本没有勇气听完亲伯父的威胁，忙不迭保证道。

徐修很满意，打完一棍再给个甜枣：“明晚去你爷爷那儿，咱们一家吃顿饭。”

徐端连连答应，等那边挂了电话，他才全身发软地放下手机，一低头，对上王盈盈控诉的泪眼。

这就尴尬了，但徐端不敢得罪伯父，仔细一想，徐端也明白了，心情复杂地推开王盈盈：“我伯父很忙，既然他肯为了这件事浪费时间，那他一定拿到了证据。你以前的事我不管，看在咱们交往一场，我劝你改行后别再招惹明薇，别存侥幸心理挑战我伯父的权威。”

王盈盈浑身发冷，她害怕，也不甘，真哭了：“我是你女朋友，她是徐家什么人，你大哥他们为什么那么偏心她？娱乐圈明星互掐的多了，就算我掐她了，凭什么要一下子打死我，不让我在娱乐圈混？”

徐端本质上是个花花公子，看上一个人容易，放弃也容易，面对王盈盈的眼泪，徐端只是爱莫能助地耸耸肩：“你问我我问谁？我只知道如果你没先动坏心思，我大哥他们也不会盯上你。走吧，我给你一笔钱，以后你老实做人，别再找事。”

徐端推开王盈盈，面无表情地去换衣服，走出三步，身后突然传来女人崩溃的哭声，她冲过来乞求地抱住他的腰，求他别丢下她不管。

徐端心软了，但想到大伯父不容忤逆的冷峻脸庞，徐端叹口气，再次将王盈盈推到一旁。

三天后，王盈盈被经纪公司解约的消息不胫而走。

娱乐圈再次炸锅，早就有人猜到跟明薇争抢《白蛇》女主的王姓演员是王盈盈了，如今王盈盈被迫退圈，说明了什么？说明明薇大有来历啊，谁敢惹明薇，直接搞得你无法继续在影视圈立足！

几乎同一天，各大媒体内部都得到了通知：对待明薇，以后只许夸，不准踩！

王盈盈退圈事件平息后，明薇收到了徐凛的正式邀请，请她、穆廷州父子吃饭。

电话中徐凛言辞简练，态度郑重，明薇的第一反应却是婉拒。不是她不想去，而是觉得徐氏集团并没有需要向她请客赔礼的地方，徐凛那条澄清试镜过程的微博已经让明薇受宠若惊了。然而徐凛再三坚持，声音还那么冷，明薇便没了拒绝的勇气，几乎被迫答应了。

明薇同徐凛说完，立即联系肖照，两人关系那么熟，明薇想到什么就说什么："你大哥是不是太客气了？"

王盈盈被经纪公司解约，网友们纷纷猜测她后台强硬，明薇自己清楚，她哪有什么后台啊。但现在明薇突然觉得有些网友可能猜中了，王盈盈还真可能是因为她爆出的"黑料"与徐家有关，被徐家干净利落地收拾了。

只是，王盈盈黑的是穆崇偏心明薇，又没黑徐家处事不公，徐家的反应是不是大了点？

"他就那样，不喜欢欠别人一分一毫。"肖照笑着说，劝明薇，"去吧，廷州也去。"

被人拿男朋友调侃，明薇脸红，挂了电话。

第二天晚上，明薇仔细打扮了一番。穆廷州应该还没告诉家长两人恋爱的事，但明薇还是想在长辈面前留个好印象。她套上一件奶茶色的毛衣，简单化个得体的淡妆，镜子中长发披肩的女孩立即比平时淑女乖巧了几分。

准备就绪，明薇拎起包包下楼去了。

半小时后，明薇提前十五分钟抵达约好的酒店，下车前，明薇给穆廷州发微信：你们到了？

酒店顶层的某包间，穆廷州正一人独对徐家三父子。徐修、徐凛、穆廷州都是话少的人，肖照今晚是徐家阵营的，并不想发挥经纪人的作用活跃气氛，所以包间安静得好像没人一样。换个男明星，八成会被徐家父子震慑到，穆廷州却丝毫不受影响，闲适地靠着沙发，悠然品茶。

针落可闻的包间，有人手机忽然振动。

徐修父子同时看向穆廷州。

穆廷州拿起手机，见是女朋友发来的消息，他眼神不自觉地暖了，嘴角也微微上扬，简单回复：嗯，在等你。

如果不是明薇要来，他才不会出来应酬。

肖照一看就知道穆廷州在跟谁聊天，余光扫眼斜对面的老爸、兄长，肖照心颤了一下。穆廷州与明薇恋爱的事他还没敢告诉父兄，大哥应该不会太在意，但老爸……还没相认的女儿早早被亲儿子撮合给了别人……

肖照垂眸，决定继续隐瞒，多瞒一天是一天。

酒店大堂，收到穆廷州一语双关的回复，明薇又甜又慌，要见穆廷州是第一重紧张，见穆崇便又多了一重。然而明薇怎么都没想到，当她推开包间房门，里面虽然有四个男人，可让她忐忑一路的男朋友家长，竟然被徐修取代了。

明薇呆了呆。

里面徐修、徐凛已经站起来了。不着痕迹地打量一番小仙女般乖巧漂亮的女儿，徐修心情大好，打扮得这么淑女，女儿肯定是为了他这个长辈特意选的衣服，看来女儿对他的印象还不错。

"薇薇来了，路上没堵车吧？"徐修率先开口。

薇薇……

面对和蔼微笑的徐修，明薇不受控制地起了一身小疙瘩，差点没忍住去看穆廷州。上次在陆家别墅，因为徐修对她和颜悦色，穆廷州吃了一点小醋，明薇当时觉得穆廷州想太多，但现在，明薇真的没单纯到相信一个大集团董事长，会因为她与肖照的朋友交情，便在第二次见面直接喊她的小名。

当自由翻译时，明薇其实遇到过不靠谱的公司老总，那些老总就像徐修一样，关系不怎么熟，叫得比谁都亲热，一听就是怪叔叔。而且，明薇一直想不通徐凛为何要公开支持她，今晚之前她认为自己沾了肖照的光，如今明薇心中警铃大响，暗暗将徐修列为危险人物。

“还好吧。”明薇略显拘谨地说，“早知伯父也在，我该换身正装的。”

徐修微怔，女儿这身既休闲又得体的打扮，不是为了他？

“这身很漂亮。”就在徐修困惑的时候，穆廷州不紧不慢地走到明薇身边，旁若无人地夸她。

明薇脸红了，刚想打趣两句好让穆廷州的夸赞听起来像普通的绅士恭维，穆廷州却突然握住她的手，黑眸直视徐修道：“伯父不是外人，今晚我正式介绍一下，我跟明薇恋爱有段时间了，那个大V的事，我替她谢谢伯父与徐总的关照。”

徐修、徐凛几乎同时看向了明薇被穆廷州握住的小手。

明薇感觉到了，突然被男朋友在两个金融圈大人物面前曝光恋情，明薇脸更红了，想维持大方，一抬头却对上两双酷似的幽深凤眼，像两头狼。明薇心一慌，顾不得探究徐修父子的心思，她本能地低下头。

“穆先生好福气。”徐凛面无表情地恭喜道，主动打破沉寂。

穆廷州淡笑：“我也这么觉得。”说完牵着明薇走到沙发前，两人并肩坐，明薇不好意思，试着挣脱他的手，甩了三下才甩开。偷偷瞄眼对面的徐家父子，明薇小声问穆廷州：“你怎么没跟伯父一起来？”

“他太忙，没时间。”穆廷州偏头，看着她的眼睛说，一双不掩欣赏的黑眸仿佛会放电，电得明薇心慌意乱的。她再次垂眸，羞答答的，活脱脱一个被男朋友轻易掌控的小女人模样。

对面沙发，肖照低头玩手机，徐凛默默喝茶。徐修正襟危坐，终于接受了女儿在跟穆廷州谈恋爱的事实，原来前年次子心甘情愿陪穆廷州给刚出道的明薇当助理，不是因为他对明薇上了心，而是纯粹陪跑的，穆廷州才是惦记他女儿的人。

“廷州做事总是出人意料，以前琳琳天天追在你后头，我还以为你们会成一对儿。”品口茶，徐修以长辈的口吻说，面带真诚的遗憾。

明薇抿唇，徐修明知道她与穆廷州在恋爱还故意提这茬，摆明不安好心，就是不知道他是故意夸张，还是徐琳真与穆廷州有过很多共同回忆。明薇垂下眼帘，耐心地等待男朋友反击。

穆廷州淡笑，看着明薇道：“如果我喜欢一个人，我会主动走向她，无须她来追我。”

明薇听了，努力抿着嘴，怕自己忍不住笑出来，这话真好听。

被人当面调戏自己的女儿，徐修目光变冷。

“先吃饭吧。”空气中的火药味儿越来越强烈，肖照咳了咳，硬着头皮道。

徐修冷冷斜了儿子一眼。

肖照假装没察觉，叫侍者上菜。

穆廷州牵着明薇离开沙发，走到餐桌前，他绅士地帮明薇拉开座椅。明薇现在已经冷静下来了，如果徐修对她真有那层意思，今晚穆廷州的告白无疑是对徐修最好的提醒。抱着这个目的，饭间穆廷州几次为她夹菜，明薇都回以甜美笑容。

肖照脑袋都大了，饭桌下偷偷伸腿踢穆廷州，警告他别太过分。

穆廷州不予回应。

“我有事先走了，你们慢慢吃。”徐修看不下去了，又不能摆岳父的谱，沉着脸先行离去。

明薇想要送一送，被穆廷州拉住手，不叫她起来。

很快，徐凛、肖照兄弟俩折了回来，穆廷州继续吃自己的，明薇尴尬地笑笑。

徐凛颔首，表示自家并不介意她小小的失礼。

明薇松了口气，一低头，就见穆廷州又夹了一筷子菜给她。徐修都走了，再秀恩爱也没意义，明薇便小声道：“我自己来吧。”

穆廷州意外地看她。

明薇莫名想笑。

徐凛觉得有些刺眼。二弟喜欢新妹妹，是因为两人早已熟悉，徐凛对明薇了解不多，所以他会照顾这个突然多出来的妹妹，但兄妹感情并不深，然而今晚亲眼目睹穆廷州对明薇的占有姿态，徐凛体内的兄长属性便不知不觉被刺激了出来。

父亲在时没有他开口的份，现在父亲走了，徐凛挑好时机，闲聊般问明薇："你们打算何时曝光？恕我直言，穆先生在影视圈的地位早已稳固，恋情曝光对他影响不大，明小姐演艺事业刚刚起步，可能……"

说到这里，徐凛点到为止。

面对徐家父子，明薇自然与穆廷州保持同一阵营，徐修暗示穆廷州与徐琳有旧情，明薇不爱听，轮到徐凛用事业攻击她与穆廷州的恋情根基，明薇同样不喜。明薇拿起餐巾擦擦嘴角，浅笑道："谢谢徐总关心，我会处理好这方面的。"

徐凛抿唇。

肖照叹气，拍拍兄长的肩膀道："明薇主意大得很，大哥别多管闲事了，哪天她被廷州气到了，自然能理解咱们的苦心。"

明薇瞪眼睛，旁边穆廷州放下纸巾，低声道："走吧，我送你下去。"

明薇犹豫，他们俩单独下去，被人拍到怎么办？

"一起吧。"徐凛、肖照同时离开座位，前者面容冷峻，后者挑衅地朝穆廷州笑。

穆廷州只看明薇。

明薇心虚，拎起包包朝门口走去，穆廷州想紧跟着她，却被肖照抢先一步溜出房门。

穆廷州定在原地。

徐凛淡漠伸手，做了一个"请"的手势。

年关将近，帝都下了一场大雪，明薇运气不错，赶在雪前搬了家。其实明薇很喜欢跟林暖住在一起，但随着她名气的加大，去那边公寓蹲守的记者越来越多，不可避免地打扰了小区居民的生活，林暖不介意，明薇过意不去，年初便在沈素的介绍下，在一处多位明星聚集的公寓区买了房，装修三月放风半年，终于可以入住了。

明薇叫妹妹过来住，寒假中的明桥才住两晚，便狠心抛弃姐姐先回苏城了。明薇羡慕妒忌恨，然而白娘娘这个经典蛇美人角色对演员的神韵、言行举止要求太高，明薇最近忙着针对性培训，最早也要小年才能回家。

送走妹妹，明薇继续去培训，忙了一天回来，晚上接到男朋友的电话。

“吃过饭了？”

“嗯，跟李老师一起吃的。”

“没陪你妹妹？”

“人家不用我陪，已经回家享受我妈的关怀了。”摊在沙发上，明薇酸酸地哼道。

穆廷州沉默几秒，低声重复：“她回苏城了？”

明薇无精打采地“嗯”了一声。

穆廷州走到阳台上，只穿一件黑色毛衫，今晚无风，但零下十几度的气温格外冻人，男人心里却燃着一把火。远处灯光点点，穆廷州移到阳台东侧，眺望明薇新公寓的方向，漫不经心般问：“晚上在哪儿吃的？”

一个非常没有营养的问题，特别是前面已经问过晚饭吃了没。

明薇当穆廷州找不到话说了，但还是说出了用餐地点。

“那家菜怎么样？”转回室内，穆廷州随手关上窗。

明薇无聊道：“还行吧，有点辣。”

穆廷州陪明薇吃过无数顿饭，当然知道女朋友的口味，喜欢清淡的或偏甜的食物。陷进沙发，穆廷州由衷地建议女朋友：“外面饭菜多少都有卫生问题，时间允许的话，还是自己买菜回家做，营养健康。”

明薇听了，默默吐槽，这不是废话吗，她也知道自己做健康，可她懒，忙了一天谁还想做晚饭，如果妹妹在，炒两三个菜还有点意义，一个人吃，明薇没那份心情。

“懒得弄。”

穆廷州笑："我帮你。"

他愉悦的心情透过手机清晰地传了过来，准确击中明薇。明薇错愕地眨眨眼睛，再看看手机，终于反应过来了，穆廷州这家伙问了半天晚饭，原来竟然是在偷偷地挖坑。只是，她虽然掉进坑了，突然很开心怎么办？

"你怎么帮？"双腿抬到沙发上，明薇下巴抵着软软的抱枕，却不知道她刚刚这四个字比抱枕还要软，像四根羽毛先后扫过穆廷州心头。

"明早钥匙给我。"人都进坑了，穆廷州直接开条件。

明薇心咚咚跳，直白简练，还真是他一贯的作风。

通话结束，明薇心跳依然不稳，环视一圈房间，明薇立即动手收拾，将原本就干净整洁的房间打扫得更干净，阳台上晾晒的衣服都收进来放到衣柜最里面，保证明天穆廷州到了，绝看不到任何不适合看的东西。

晚上入睡前，男人发来日常问安：晚安。

明薇紧张又甜蜜地睡了。

第二天早上，明薇一边好奇穆廷州会怎么过来找她，一边挑了件浅驼色大衣，打扮好了，接到穆廷州的电话，说他已经到了楼下。明薇立即下楼，钥匙抓在手心，走出公寓，悄悄地四处张望。冬天的早晨，外面冷冷清清，明薇方圆三十米，只有隔壁公寓楼层底下站着一个高大男人，他穿着某家快递小哥的制服，头戴员工帽，帽檐压得很低，露出半张古铜色的侧脸，胡子拉碴。

明薇只看一眼，便继续寻找穆廷州的身影，然而四周无人，只有那个快递小哥朝她走了过来。

明薇再看第二眼，注意到快递小哥与穆廷州相仿的身高，她眼睛慢慢瞪大。

"明小姐，可以帮我签个名吗？"快递小哥穆廷州走到她面前，帽檐下，一双深邃的黑眸认真地看着她。

以防惹人注意，明薇没敢一直盯着他看，接过纸笔，她低头签字，小声笑他："穆老师可以去当专业化妆师了。"穆廷州肤色白皙，现在化成巧克力色，还弄了一圈不修边幅的胡子，如果不是熟人，就算近了恐怕也认不出来。

"你有需要，我乐意效劳。"穆廷州接回纸笔，顺便收了她手心里的钥匙。

接头工作完成，明薇笑着上了车。

下午三点多，穆廷州发了一张图片过来，明薇点开，就见她空荡荡的冰箱被穆廷州塞满了食材，目测能吃三天。明薇心头一突，故意发个问号过去试探：怎么买这么多？

穆廷州：节省化妆次数，吃完再去买。

明薇头大：你吃完下楼不是也要化妆吗？

穆廷州：我为何要下楼？

明薇：……

真是请佛容易送佛难啊，穆廷州居然打算在她这边长住了，两人刚进展到接吻的阶段，一下子就要同居，是不是太快了？

明薇正心情复杂，穆廷州又发来微信：当然，如果你不愿意，我可以离开。

明薇抿唇，她好像也没有不愿意，就是摸不清穆廷州是想单纯地住在她那里，还是存了别的念头，但这个问题，明薇肯定不会问出来的，临时转移话题：我四点培训结束，不堵车的话，四点半应该能到。

穆廷州：那我四点半开始。

明薇：好。

休息结束，明薇继续培训，四点十分左右同李老师道别，开车上路，不幸地遇到了堵车。明薇有点着急，给穆廷州打电话："堵车了，可能要五点才回去。"

穆廷州声音平静："五点饭还没好，不用急。"

明薇无语，她是怕他等急了，他怎么说得好像她着急吃饭似的。

挂了电话，明薇看看前面的车龙，还是烦躁。穆廷州急不急见她她不知道，可她想他了，上次见面还是跟徐家父子吃饭，有外人在场，她与穆廷州除了拉拉小手，连句比较私密的话都没说上。

天色越来越暗，五点十分，明薇终于回了公寓。

明薇这里还有一把钥匙，开门那一瞬，明薇莫名心虚，好像这不是她的房子似的。进来后，厨房那边传来一点动静，猜到穆廷州人在厨房，明薇放松了点，做贼般换上棉拖鞋。提着包包往前走，明薇最先注意到茶几上多了一个花瓶，里面摆着几枝鲜艳的玫瑰，明薇刚要数数，厨房门被人打开了。

早上的快递小哥再次变成了气度雍容的“影帝”，身高腿长，一件黑色毛衫衬得他面如冠玉。

明薇僵硬地笑，她好慌，在自己家中看到男朋友，感觉太不一样。

穆廷州一言不发地朝她走来。

明薇努力看向他身后：“饭都做好了？”

穆廷州点点头，人距离她还有三四步。

明薇口干舌燥，勉强挤出一个笑：“那我去洗洗手。”说完试图走向沙发，想先把包包放沙发上。然而她才转身，手臂突然被他攥住，下一刻，明薇便被男人拉到了怀里。她心跳如擂鼓，穆廷州娴熟地搂住她的腰，低头。

明薇闭上了眼睛。

他的唇落下来，细细轻吻，如温柔的风化解了她的过分紧张，可就在明薇身体柔软下来的时候，他攻势加急，身体的力量山岳般压向她。身高快一米九的男人，明薇哪支撑得住，腰被他圈着，她不受控制地往后挪。她退一步，他进两步，一直将她抵在墙上，无处可退。

包包早就掉地上了，明薇无力地攥着他的毛衣。

他如以前一样热情，但环境变了，他肆无忌惮，得寸进尺，一边亲着明薇，一步将明薇长发拨到脑后。明薇意乱情迷，知道他做了什么，却不知道他的意图。他终于松开她的嘴唇，明薇本能地抢夺空气，正放松，脖子突然被他重重嘬了一口。

明薇没忍住，发出一声短促轻叫。

第一次听她发出这种声音，穆廷州想也不想便继续亲她脖子。

明薇受不了，电流浑身乱窜，再来几下，她可能站都站不住了。

"我饿了……"脑袋扭开，明薇喘着说。

穆廷州抬头，她脸颊红透，眼里浮动潋滟水雾，媚得勾人。

"吃完再来。"双手捧住她的脸，穆廷州看着她的眼睛说，不是询问，是通知。一个月甚至更长时间才能见一面，简单的亲吻已经无法满足他。

明薇低着眼帘，胡乱"嗯"了声，只想先摆脱现在火烧火燎的境地。

穆廷州不怕她赖账，松开明薇，他先转身去了卫生间。

明薇靠在墙上，等穆廷州关上门，她摸摸脖子被他亲的地方，情不自禁又打了个激灵。一个热情又电力十足的男朋友，她能撑得过今晚吗？

捡起包包放好，明薇快步去了卧室。

确认门锁好了，明薇脱掉大衣外套，走进主卧卫生间。镜子里的她长发微乱，脸颊比涂了腮红还红。明薇拍拍脸，先洗手，再准备解决生理问题，未料一低头，竟在小内内上发现一抹红。明薇怔了怔，跟着哭笑不得，穆廷州行啊，一个吻，把她的"大姨妈"给催来了。

有了"大姨妈"，就像有了护身符，明薇不紧张了，收拾收拾，神色如常地出了卧室。

穆廷州在往外端菜，松鼠鳜鱼、碧螺虾仁、蜜汁山药，蘑菇豆腐汤，色香味俱全。

明薇顿时生出浓浓的幸福感，狡黠地问穆廷州："你打算在我这边住多久？"

穆廷州帮她拉开椅子，看着她道："如果你不介意，我会住到你回家过年。"

那就是一周了，明薇"大姨妈"只有四天。

看眼面前宛如专业大厨做出来的美味饭菜，明薇夹个虾仁放在嘴里，狠狠咬了一口。认了，她认了，颜值高厨艺好，这么极品的好男人，多少女粉丝做梦都想与他春宵一度，现在他主动送上门来，她其实才是占便宜的那个啊。

穆廷州还在等待她的回答，见女朋友只顾吃饭，穆廷州低声道："你不说话，我当你默认了。"

明薇嘟嘴，瞪他一眼：“你不说话，我也不会当你是哑巴。”

穆廷州微微皱眉，她语气这么不好，莫非不愿意？

明薇忍笑，指着次卧道：“一会儿我给你换套新被子，晚上你住那边。”

穆廷州幽幽地盯着她。

明薇低头吃饭，心想穆廷州要是敢直接说晚上跟她睡一间，她就把饭碗扣他脸上去。有些事情做出来是暧昧是刺激，说出来却一点都不美好。

穆廷州心里是那么想的，但他不敢说，怕明薇还没做好准备，又质疑他的人品。

饭后，穆廷州负责洗碗，明薇坐在客厅看电视，是一场真人秀节目，最近特别红。

十几分钟后，穆廷州忙完走了过来，像一团人形火焰，远远便烧了明薇的心。

“影帝”的公主

第十五章

我是你的男人

电视里几个明星哄堂大笑，却衬得客厅更安静了，眼看穆廷州越来越近，为了掩饰紧张，明薇随口问他："你是不是没参加过这类节目？"

"没意义。"穆廷州坐她旁边，想到什么，挑眉道，"你要去？"

明薇点头，她确实接到了两个真人秀节目的邀约。

穆廷州有自己的行事准则，他不强迫明薇与他保持一致，只提醒她："演员与明星有交集，也有区别。"

这话大有深意，明薇陷入了沉思。

穆廷州背靠沙发，默默等着。

几分钟后，明薇有了决定："算了，我先集中精力拍戏吧。"现在真人秀那么火，如沈素所说，确实是提升名气的便捷途径，但人的精力有限，明薇演技还远远不够，早早将精力分散到其他方面，影响她作为演员的根基。

说完了，明薇偷偷观察穆廷州，就发现穆廷州虽然没发表意见，他嘴角却难以察觉地往上翘了翘。明薇突然很开心，在演戏这方面，穆廷州绝对可以做她的师长，如今决定得到前辈的肯定，对明薇来说，就像交的作业被班主任点名表扬了一样。

"有你想看的节目吗？"既然穆廷州不喜欢真人秀，明薇拿起遥控器，开始调台。

穆廷州扫眼时间，才晚上六点多。

"你平时就靠看电视打发时间？"茶几上摆着水果盘，穆廷州拿个橘子，一边剥皮一边问。

明薇听出他话里有几分不屑，便道："要么看电视，要么上网，你呢？"

穆廷州笑了下，对着橘子道："看没看过的书，尝试没做过的事。"

明薇立即想到了穆廷州已经掌握的各种技能，拳击、散打、绘画、厨艺，以及他发音标准的意大利语。

明薇望洋兴叹："一般人没有你的智商。"

"与智商无关，要看你想不想。"橘子剥好了，穆廷州掰下一半递给明薇。

明薇睫毛扑闪扑闪，垂眸道："你吃吧，我现在不太方便。"

穆廷州不解："为何不方便？"

明薇脸红，抓起抱枕抱在怀里，闷声道："生理期，不敢吃凉的。"

穆廷州已经试着分析了几种理由，譬如明薇对橘子过敏或是最近得了口腔溃疡，但他怎么都没料到会是女人的生理问题。穆廷州智商高，记忆力也好，记得曾经在什么地方看过女人生理期要注意休息，而且他搜索失忆期间相关事件时，无意看到过明薇生理期冒雨拍戏的新闻。

"白天培训累不累？"放下橘子，穆廷州关心道。

明薇一直在悄悄观察他，听男朋友得知她"大姨妈"造访后想到的第一件事是她的身体，而不是失望他错失了福利，明薇心底便腾起一团暖意，迅速蔓延到全身各处。明薇摇摇头，浅笑道："不累，李老师很讲究劳逸结合。"

穆廷州放心了，抢过遥控关了电视，劝明薇："早点睡，注意休息。"

明薇惊讶地看他。

穆廷州神色认真，没有一丝言不由衷。

明薇突然就觉得穆廷州还是挺正经的，只是穆廷州一个人在公寓等了她一天，她吃顿饭就睡觉好像有点对不起他，就算不做什么，好歹说会儿话啊。明薇想跟男朋友多待一会儿，便坐在沙发上没动，好笑道："七点都没到呢。"

刚吃过晚饭，她气色红润，看起来的确很精神。穆廷州也想女朋友，再次看眼腕表，他不容商量地道："八点睡，不能再晚。"

明薇怔住，穆廷州现在的眼神与语气，跟太傅太像了。

"不高兴？"她呆呆地望着他，穆廷州疑惑问。

明薇回神，笑着摇头，朝电视仰仰下巴："不看电视，那咱们做什么？"

穆廷州最想亲她，可她身体不舒服，亲吻不再合适。

"你定。"坐回她身边，穆廷州无意中流露出几分宠溺。

热情似火的男人突然这么老实，明薇竟然有点不习惯，想了想，期待地道："我想看你画画。"

穆廷州微怔，随即道："好。"

明薇兴奋地去找纸笔，一分钟后，卧室里传来她犹豫的声音："我这里只有水性笔与铅笔，你用哪个？"

穆廷州无奈答："铅笔，铅笔刀也拿出来。"

明薇都要往外走了，闻言又拿了一回铅笔刀。

东西准备齐全，穆廷州将垃圾桶放到茶几旁，先削铅笔。高高大大的男人安静地坐在沙发上，脑袋低着，侧脸专注，眼睫毛长度完全不输明薇。脸俊，他的手也很好看，一下一下重复简单规律的动作，简直像行为艺术。

明薇一手托腮，越看越入迷。

"你在看我，还是在看铅笔？"穆廷州突然歪头，黑眸直接锁定她的眼。

明薇厚着脸皮道："我在看你削铅笔。"

穆廷州但笑不语。

铅笔削好了，穆廷州将明薇准备的硬皮书放在腿上，铺好A4纸，问明薇："画什么？"

明薇指指茶几上他买的十一朵红玫瑰。

穆廷州便背靠沙发，左手四指托着硬皮书，拇指按住画纸，右手持笔速描。明薇本来坐得比较远，这会儿忍不住挪到穆廷州身边，近距离看他画。穆廷州画得很快，很快纸上就出现了一瓶玫瑰花。

明薇崇拜得五体投地，接过画纸赞叹道："你可以靠卖画谋生了。"

"给你画一张？"她这么喜欢，穆廷州低声道。

明薇脸红。

穆廷州重新铺纸，明薇紧张问："我坐哪儿？"

"不用动。"穆廷州低头说。

明薇呆呆的，接着就见穆廷州维持刚刚的姿势径自画了起来，客厅安静，只有铅笔尖摩擦纸张发出特别的沙沙声，雪白的A4纸上，一个明眸浅笑的女孩儿渐渐勾勒成形。明薇去国外旅游时请街头画家帮她画过，对方需要她长时间保持一个造型，但今晚她的男朋友一眼都没看她，画出来的却比卖画为生的艺人更灵动传神。

画完了，穆廷州继续在画纸右下角题了两行小字：

绿树阴浓夏日长，楼台倒影入池塘。

水晶帘动微风起，满架蔷薇一院香。

俊逸清贵的字迹，如穆廷州之人。

明薇忽然无法形容她现在的感受，在这个人心日渐浮躁的二十一世纪，在这个充斥着真真假假明争暗斗的娱乐圈，她居然遇到了一个会画画、一个能信手题首与她名字相关的诗的男人。明薇高中学的文科，她对这四句诗有印象，但她连诗名都不记得了，如果不是穆廷州写出来，她恐怕都要忘记她曾经见过这首诗。

“不满意？”穆廷州低头看她，刚刚画完玫瑰，她可是马上抢过去了。

“满意。”明薇轻轻将画拿了起来，不得不说，穆廷州笔下的她，似乎比本人更好看。

“明天我买个相框裱起来。”越看越喜欢，明薇美滋滋地说。

穆廷州笑：“这纸质量不好，改天我再送你一张。”

明薇不要，她就喜欢这张，意义不一样，这张画给了她强烈的震撼与触动，换一幅就没有。担心不小心弄皱了画，明薇先将画送进卧室收好，出来之前，明薇悄悄走到镜子前，简单理了理头发。

距离八点还有半小时，明薇让穆廷州教她素描。

两人并肩坐在沙发上，一开始穆廷州一边示范一边语言提点明薇，明薇虽然有点不纯洁的小心思，但她学得很认真，可惜天分不够吧，穆廷州一笔勾勒出来的是平滑漂亮的弧线，明薇那一笔简直是月球表面。

穆廷州不得不握住她的手，纠正她的笔法。

他左手按着纸，右手从她背后绕过去再握住她的手，明薇上半身不得不往他那边歪一点，长长的柔软发丝垂落下来，随着她的动作，几次拂过穆廷州侧脸。被撩的第一下，穆廷州皱眉帮她将头发别到耳后，轮到第二下，穆廷州继续帮她别，只是一偏头，却对上她红润的脸颊，像诱人的水蜜桃。

教素描的穆老师突然不见了，男朋友穆廷州重新上线，右手依然握着明薇，但穆廷州的心已经全部放在了女朋友身上。她红红的小脸，她清新的发香，她纤细的腰，她柔若无骨的手……正偷偷看她，那缕碍事的头发又掉了下来，柳条般挡在两人中间，她甜美的侧脸变模糊了，却更动人。

喉头滚动，穆廷州毫无预兆地抽走了她手中铅笔。

明薇意外扭头，用如水的眸子疑惑地看他。

穆廷州什么都没说，双手攥住她的肩膀将她压到他怀里，他低头，直接吻住她的嘴唇。

意外，又是意料之中的吻。

明薇满足地闭上眼，他吻得温柔，还没有更进一步，明薇此时却觉得不够，第一次主动张开嘴诱惑他。穆廷州有着青竹君子般的外表与各种文雅技能，但骨子里他是一头早已成年的狼，几乎明薇刚动，他便感应到了，立即加深了这个吻。

吻得忘乎所以，终于分开时，明薇埋在男朋友怀里默默害羞，穆廷州下巴抵着她的头顶，目光无意掠过腕表，八点五分。

穆廷州皱了皱眉，说好要明薇晚八点睡的，可抱着娇娇小小的她，他真的舍不得松手。

也就在这一秒，穆廷州忽然觉得，他好像理解一些女人憎恶“大姨妈”的原因了：太碍事。

在穆廷州的“管教”下，明薇昨晚九点就躺床上了，生理期第一天，明薇确实有点累，沾床不久就睡着了，一晚睡得又香又甜。早睡早起，次日清晨，明薇自然醒，睁开眼睛，房间还很暗，摸出手机看看，才六点零几分。

肚子没有不舒服，但感觉懒懒的，不想起来，明薇点开微博，正要随便刷刷，隔壁次卧突然传来轻轻的开门声。明薇不由得竖起耳朵，穆廷州好像去卫生间了，在里面待了十几分钟，又去了厨房。

“明早想吃什么？”

昨晚他低沉的声音再次响在耳边，男朋友早早起来为她准备早饭，明薇一下子来了精神，悄悄起床洗漱，换好衣服涂完面霜，差二十分钟七点。明薇八点多就要出发去培训，所以今天早上两人在一起的时间并不多了。

走出房门，明薇意外看见穆廷州竟然站在飘窗前，侧对主卧，而穆廷州面前是一盆养得碧绿繁茂的牡丹。咚咚咚，明薇心跳变乱，那盆牡丹是太傅送她的，穆廷州看得那么认真，难道想起什么了？

“你起得好早。”平静片刻，明薇朝气蓬勃地打招呼。

穆廷州偏头，看见穿白色毛衫的女朋友，她扎着丸子头，白里透红的脸庞，眉目如画，嘴唇红润，气色非常不错。穆廷州直起腰，指着牡丹问她：“养多久了？开过吗？我家里也有一盆。”

明薇知道他有养牡丹，压下心头的淡淡遗憾，笑着道：“一年多吧，去年开了三朵。”

穆廷州点点头，转过来道：“半小时后开饭。”

明薇“哦”了声，跟他一起坐到沙发上，努力找话题：“昨晚睡得还行吗？”

穆廷州颔首。

明薇突然觉得，现在的穆廷州好像没有聊天的兴趣。沉默等于尴尬，明薇打开电视，看晨间新闻，余光却偷偷打量穆廷州，就见他背靠沙发，脑袋朝飘窗那边歪，不知道是在看那盆牡丹，还是看只打开一条小缝隙的淡蓝窗帘。

他在介意牡丹是太傅送她的礼物吗？可穆廷州根本不记得太傅，肖照应该也没无聊到提醒穆廷州一盆牡丹花的存在。又或者，穆廷州工作上面出事了，他该回去，却不知道该怎么跟她开口？

明薇更倾向后者，穆廷州是“影帝”啊，哪有一周时间可以奢侈浪费在她的公寓里。

“你住在我这边，工作会不会受影响？”明薇体贴地问。

穆廷州回头看她，对视几秒，他平静道：“我最近比较闲。”

明薇剩下的话顿时不用说了，看眼电视，她继续问：“那你过来，肖照知道吗？”

“你想他知道？”穆廷州奇怪地问。

明薇连忙摇头，两人同居这样的私密事，能瞒一个是一个。

穆廷州盯着她看了一会儿，皱眉问：“你是不是想说什么？”

明薇冤枉，幽怨地瞪了他一眼：“我是看你好像不太高兴。”

穆廷州怔住，随即移开视线，不再看她。这心虚的表现，明薇立即懂了，穆廷州确实不高兴了，可昨晚晚安前他还好好的，早上她也没招惹他。

“为什么？”明薇不解。

穆廷州垂眸不语。

明薇看眼飘窗那边的牡丹花，试着猜测：“跟那盆牡丹有关？”

穆廷州抿了抿唇。在她这边看到她“前男友”的东西，他高兴才怪。

明薇苦笑：“看来你知道那盆牡丹的来历。”或许那段时间，为了帮穆廷州恢复记忆，肖照说得比较多吧。

穆廷州还是不说话，不知道该说什么。

明薇也不想理他了，穆廷州要她分清他与太傅，也就是希望她把太傅当普通的前男友看，最好身边别留下任何属于太傅的痕迹，但明薇做不到，无论是那盆牡丹还是太傅“沉睡”前送她的木雕，她都会珍藏一辈子。

相对无言，明薇去了卧室，一个人在床上坐了十几分钟，最后看眼虚掩的房门，明薇认了，穿好大衣，拎起包包重新离开卧室，一眼都没往客厅看，面无表情直奔玄关。

“你去哪儿？”穆廷州之前一直盯着主卧房门，听到明薇要出来，他立即看向飘窗，等他瞥见明薇的打扮，立即离开沙发大步追了上来，拦在明薇面前。

“去培训。”明薇看着他的胸口说。

“粥快好了，吃完再走。”穆廷州伸手抢她包包。

明薇躲开，试图从他旁边闪过去：“刚刚李老师打我电话，让我提前过去，你自己吃吧。”

穆廷州不信，见她红唇紧紧抿着，脸色也不好看，他低声问："生气了？"

明薇扭头，她不知道穆廷州什么时候会记起太傅，也不知道穆廷州以后还会不会因为太傅朝她摆冷脸，索性一次说清楚："太傅跟程耀不一样，我喜欢太傅，就算太傅'死了'我也喜欢他，忘不了他。但那份喜欢更像怀念，不会影响我对你的感情，你能接受咱们就继续，你接受不了，那就算了。"

穆廷州盯着她的眼睛："什么意思？"

明薇直视他道："你不是看到那盆牡丹不高兴了吗？那我告诉你，我会一直养着那盆牡丹，你要是一直不高兴，一不高兴就不想理我，那不如换个女朋友，免得在我这边吃干醋。"她还要应付"大姨妈"，谁也别指望在这个时候惹她还能听到什么好话。

"我没有不想理你。"她说了一堆气话，穆廷州只强调重点。

明薇别开眼，冷笑："那刚刚你理我了？"

这点穆廷州确实无法否认，但他有自己的理由："我只是在想我与太傅你更喜欢谁。"

明薇还在生他的气，想也不想就道："他。"

穆廷州黑眸微眯，无形中流露出几分危险，淡淡道："理由。"

明薇笑了，讽刺地瞥他一眼："我跟他在一起时，他从不惹我生气，更不会对我摆冷脸。"

穆廷州冷静反击："但你也没在喜欢他的时候，继续养前男友送的花。"

明薇气结，一句话都不想跟他说了，继续往外走。

穆廷州让开，却在明薇即将从他身边经过时，突然攥住她的肩膀将她压到旁边墙上，再次盯着她问："更喜欢谁？"

"他。"明薇绷着脸说。

尾音未落，男人猛地低头吻她，明薇现在嫌他，不高兴给他亲，一边扭头躲闪一边双手并用地推他。穆廷州不满她的抗拒，用身体压牢她的身体，然后一手攥住她的双手反剪到背后，一手扣住她后脑强吻。

明薇空有拒绝的心，奈何他吻得热烈又霸道，她的怒火就这样被他一点一点亲没了。

亲着亲着，他松开她的手，左手温柔强势地搂住她腰往上提，右手拨开她的头发，用一种明薇从未领教过的方式，轻轻地摩挲她的脖子，不知是故意的，还是从哪里学来的调情方式……明薇身体越来越软，差一点就要主动去抱他了。

可身体虽然被他哄好了，明薇心里还憋着气，就是不肯抱。

穆廷州感觉到了，恋恋不舍地松开她柔软的唇瓣，他大手上移，捧着她的脸，黑眸无奈地看着自己倔强的女朋友："他给你做过饭？给你画过画？"

明薇紧紧地抿着唇，细细密密的睫毛耷拉着。

"明明我对你更好。"穆廷州笃定地说。

明薇苦笑，太傅与"影帝"有着一样的脸，有着一样照顾女朋友的体贴方式，根本就是一个人，谈何比较。如果给太傅时间，他难道不会给她做饭？如果没有太傅，"影帝"也不会因为吃飞醋耍小脾气。

面对穆廷州荒谬的比较，明薇还是那句话："他不会气我。"

"我保证刚刚是最后一次。"穆廷州没再反驳，只认真地保证。气大伤身，穆廷州也不想她生气，既然知道哪些行为会惹到她，他小心避开就是。女朋友一生气就不理他，那种被她无视的挠心挠肺的感觉，穆廷州再也不想体会。

男朋友终于端正态度了，明薇心情舒服不少，抿抿嘴道："再乱吃醋，我……"

她想做什么？不理他还是赶他走？穆廷州不想知道，也没给她说出口的机会，身体前倾，重新亲吻她甜美的嘴唇。为了快点讨好她，这次穆廷州准确地撩拨她最怕被碰的地方，明薇想躲，被他霸道禁锢，一下一下地亲在脖子上。

明薇心都要飘起来了，难耐地扯他的短发，小声求他："够了……"

"原谅我了？"穆廷州埋在她的脖颈间问。

明薇捶他后背。

穆廷州继续亲，明薇一激灵，不情不愿地"嗯"了声。穆廷州松口气，看眼裤子，他快步去了卫生间。这样亲她，对他而言何尝不是一种折磨，她的每一次回应，她在他耳边的每一声呼吸与低叫，都在摧残他的自控力。

明薇也心慌意乱地回了主卧，凑到镜子前看，好家伙，白净的脖子上竟然被穆廷州啃了几个小红印出来。明薇气坏了，脱下外套毛衫，又从衣柜里挑出一件高领的毛衫，幸好红印位置偏低，全部挡住了。

"粥好了。"穆廷州在餐厅喊她。

明薇看眼镜子，嘟着嘴出去了。

见她换了一件高领毛衫，穆廷州面露诧异，刚刚他闭着眼睛亲得心驰神醉，并不知道自己做了什么好事。

明薇却认定穆廷州在装无辜，恶狠狠瞪了他几眼，然后才走到餐桌前。穆廷州熬了红枣黑米粥，搭配牛奶三明治，卖相非常不错。明薇气顺了点，默默吃了两口，闷闷问他："我要下午才回来，你白天怎么打发时间？"

"我带了几本书。"穆廷州早有准备。

明薇略带幽怨地哼道："如果太无聊，我建议你回你的别墅去。"

穆廷州抬眼看她："回去更无聊。"

明薇抿唇，心里却甜了下。吃完早饭，明薇提醒穆廷州小心行动，别让人看出房间有人，这才出发。穆廷州没那么笨，窗帘拉好，他安静地坐在客厅看导演专业书籍，每隔半小时离开沙发起来走动一圈，放松眼睛。

再一次闲逛，穆廷州逛到了飘窗前，盯着那盆被明薇照顾得很好的牡丹，真是越看越不顺眼。看了几分钟，穆廷州从次卧拿出几件他带来的化妆工具去了卫生间，二十分钟后，一个肤色蜡黄的中年男人大摇大摆开着一辆路虎驶出了公寓。

整整一天，穆廷州都没有联系明薇，明薇虽然知道他有书籍可以打发时间，但还是不太放心，培训一结束，明薇立即往回赶。今天路况还行，明薇开了半小时就到公寓附近了，经过一家水果店，明薇挑了几样水果。

停车上楼，明薇拿钥匙开门，进去后，撞见穆廷州主人般躺在她的沙发上，手里捧着一本书，腰下一双大长腿特别扎眼，仿佛一张男模广告大片。情侣见面，明薇最先注意到穆廷州的腿，穆廷州却皱眉盯着她手中的水果："不是不能吃？"

明薇脸一红："给你买的。"

穆廷州目光微变，放下长腿坐正了。

明薇换了拖鞋，迎着男人幽幽的注视往里走，才后知后觉地发现茶几上的红玫瑰换成了粉色的，水灵灵娇嫩嫩。明薇吃了一惊："你出门了？"

穆廷州默认，仰头看她："去了一趟花鸟市场。"

明薇听了，鬼使神差地转向飘窗，一眼就见太傅送她的那盆牡丹旁边又多了一盆牡丹，青瓷花盆比太傅送的大了两圈，盆中的牡丹也更茂盛茁壮，两盆摆在一起，新来的好像在耀武扬威，早来的显得可怜兮兮。

明薇：……

乱吃自己醋的"影帝"，还能再幼稚一点吗？

穆廷州并不觉得自己幼稚，看着他送的牡丹把太傅送的比下去，他身心舒畅。

任何事都怕比较，他在各个方面都胜过那位太傅，明薇的心早晚都是他的，完全属于。

看了一天书，现在女朋友回来了，穆廷州伸手将明薇拉到腿上抱着，热情地亲吻，缠缠绵绵腻腻歪歪快半个小时，穆廷州才意犹未尽地松开她唇瓣，睁开眼睛。明薇也刚刚睁开，眼波媚如春水，视线相碰，她羞答答低下头，乖巧得像熟透的蜜桃邀人品尝，哪里还有早上张牙舞爪的赌气模样？

穆廷州忍不住又吻了上去。

明薇回来的时候天还没有太暗，穆廷州也没开灯，等两人的嘴唇再次分开，客厅已经一片昏暗，但房间很暖和，被他紧紧地抱着，明薇身上甚至出了一层细细密密的汗，靠在他肩头轻轻地喘息。他呼吸更重，如苏醒的兽王。

"哪天结束？"额头贴着她的，穆廷州沙哑地问。

明薇闭着眼睛装糊涂。

她在他怀里，穆廷州不信她感觉不到他的变化，摸摸她散落下来的长发，穆廷州慢慢凑到她耳边，灼热的气息全部吹在她红红的耳垂上："你的任何决定我都会尊重，但为了避免不必要的试探，我需要知道你对婚前性行为的态度。"

明薇什么态度？

她想翻出胶条，密密实实地封住穆廷州的嘴。

"不接受。"明薇赌气说，试图挣脱他的怀抱。

穆廷州不肯放手，拉开距离审视地观察她的神色："真不接受？"感觉不太像，亲吻的时候，她同样热情。

明薇恨不得抱起那盆大牡丹砸他头上，恼羞成怒道："还做不做晚饭了？不做我叫外卖。"

穆廷州："……"

女朋友的肚子要紧，虽然没得到答案，穆廷州还是松开明薇，任劳任怨地去做饭。明薇打开电视，一个人心不在焉地看了几分钟，脸没那么红了，才去厨房看穆廷州准备。他今天换了一件浅灰色的毛衫，短发干练侧脸俊美，瞧着更显年轻。

"用我帮忙吗？"都让他一个人做，明薇有点不好意思。

"如果你无聊，可以抱着我看。"穆廷州低头切菜，嘴角上扬。

明薇忽然想起了家里的老爸老妈，小时候她跟妹妹在客厅玩，爸爸妈妈在厨房做饭，她好几次都看到爸爸从后面抱着妈妈，气氛温馨美好。后来她们大了，老爸会比较注意，但明薇相信，夫妻俩现在肯定还像以前一样恩爱。

"做梦吧。"明薇"哼"了一声，扭头往外看，不过转身前，情不自禁地偷偷看了一眼穆廷州的腰。男人身材修长，肩膀宽阔，腰那里却窄了下去，格外禁欲勾人。脑海里已经在幻想从后面抱他的情形了，但出于女孩子的矜持，明薇选择忍！

今晚穆廷州做得简单，只弄了两菜一汤，不过对于两人来说，已经够了。

“一周后我会不会胖啊？”喝了一碗冬瓜排骨汤，明薇有点担心自己的体重。

穆廷州随口建议：“饭后可以适当远动一下。”

明薇眨眨眼睛偷偷看他，穆廷州悠然品汤，看起来并不像说荤段子的老司机。

这一晚，两人继续相安无事，穆廷州正经的时候非常君子。

第三天明薇出发不久，穆廷州接到了肖照的电话，问他在哪儿。

穆廷州漠然反问：“有事？”

肖照不悦：“没事就不能找你了？少废话，你现在到底在哪儿。”

穆廷州没说实话：“城里太闷，我出来放松放松，地点你不用知道。”

肖照服了他，将手里的剧本丢到穆廷州的书桌上，一边往外走一边道：“又接到两个剧本，我觉得不错，你回来后看看，接不接记得给我答复。”

穆廷州：“好。”

正事说完了，肖照好奇地问：“你跟明薇怎么样了？她要回家了吧，你年前不想见她一面？”

穆廷州口是心非：“年后一起拍戏，不缺这几天。”

肖照半信半疑，但他无论如何都想象不到穆廷州会有搬到明薇家中的情商与手段，告诫穆廷州早点回来，便挂了电话。

应付完经纪人，穆廷州又接到了母亲窦静的电话，称她要去纽约谈一本书的版权，希望休息在家的儿子陪她去，明天出发，在纽约住三晚再回来。穆廷州算了下，母亲从纽约回来的当天，正好是明薇回苏城的日子。

穆廷州没有立即回答。

去年他车祸失忆，连续数月忘了家人，据肖照说，他对父母态度十分恶劣，二月份病好了，穆廷州马上又准备《青龙》拍摄，忙了大半年，一直没有时间补偿父母。父亲好说，对于母亲，穆廷州心存愧疚。

“妈，明薇二十八号回家，我想提前一天回来送她。”一分钟后，穆廷州做了选择。

窦静呆了半晌才跟上儿子的思路，惊喜道：“你跟薇薇在一块儿了？”

穆廷州三十多了，并不习惯向母亲倾诉恋情，简单道：“前不久刚在一起，偶尔见次面。”

窦静也算半个圈子中的人，清楚明星谈恋爱不容易，想了想，她决定不叫儿子陪了，兴奋地道：“那你好好陪薇薇吧，快过年了，她一个人在这边忙工作也不容易。妈有助理，叫你是想带你出去散散心，不过现在嘛，你肯定留在帝都更舒坦。”

老妈关心他，穆廷州也想尽儿子的责任，自家老妈的英语，应付老外很困难。

他再三坚持，窦静拗不过儿子，只好就这么定了。

傍晚明薇回来，穆廷州歉疚地说了此事。

明薇有点失望，但也松了口气，穆廷州在她这边住着，她做什么都不如平时自在，既然穆廷州有正事，那大家各忙各的好了，反正年后还有几个月共同拍摄的机会。“没事啊，你放心去吧，好好陪陪伯母，去年你可害伯母掉了不少眼泪。”

穆廷州仔细打量她：“真不介意？”

明薇嗤笑，瞪他道：“拜托你别把自己想得太重要。”

穆廷州自讨没趣，起身去做饭。

明薇盘腿靠在沙发上，听着厨房的切菜声，她又走神了，嘴上说得痛快，可心里怎么可能一点都不介意。两人都有家人，穆廷州难得有时间可以陪陪母亲，她要理解，就像她一早就计划忙完回家，并没想过要为穆廷州在帝都多留几天。

神色如常地吃完晚饭，两人靠在沙发上看电影打发时间，看着看着，电影被晾一边，两人又吻在了一块儿。明天就要分开，穆廷州的自制力越发不够用了，双手挪到明薇腰间，来来回回摩挲她的毛衫。明薇小手同样抱着他的腰，劲瘦有力的腰，摸着很带感。

“等我回来。”

最终，穆廷州忍住了，低低地在她耳边说。是他答应要为她做一周的饭，现在他食言了，就算分开也是他的责任，这种情况下，他无法心安理得地索取更多。

明薇感受到了他的挣扎，却误会穆廷州是在忌惮她的“大姨妈”，好笑地嗯了声。

穆廷州走后，明薇继续按照计划培训，二十五号晚上，正跟穆廷州视频呢，突然接到肖照的电话。明薇示意穆廷州别出声，这才接听。

肖照请她明晚去某家名餐厅用饭。

明薇犹记得上次她与徐家三父子气氛诡异的晚餐，谨慎地问肖照：“有什么事吗？”

肖照心情复杂：“主要是我爸要见你。”

明薇不高兴了，见视频中穆廷州一直在看她，她先关掉屏幕，然后走到窗边，斟酌几秒后道：“肖照，我一直都把你当朋友，所以，如果徐董对我有什么误会，我希望你替我解释清楚，免得大家都尴尬。”

肖照糊涂了：“我爸对你有误会？”

明薇抿唇，闷声道：“没有误会，他为什么要见我？我进娱乐圈只是为了拍戏，并不想高攀谁。”既然肖照肯出面替他老爸联系她，那明薇索性也不拐弯抹角了，直接摊牌。

肖照终于懂了，哭笑不得：“我的明公主，你想哪儿去了，就算你不信我爸，你总该信我吧。你跟廷州都是我朋友，我怎么可能明知你们俩在恋爱还……真不知道该怎么说你，放心吧，我用人格担保，我爸对你绝没那层意思，他找你是因为别的事，你去了就知道了。当然，如果你不信我这个朋友，可以叫上沈素一块儿。”

明薇错愕，原来徐修不是那层意思？

短暂尴尬后，明薇更困惑了："刚刚的话算我没说，只是，徐董到底有什么事啊？"

肖照叹气："这事真的不方便电话谈，与廷州有关，但暂且还不能告诉廷州，明晚见面后，你可以自行选择是否让廷州知情。"

明薇心中一沉，肖照这语气，怎么感觉不像好事？

电话刚挂，穆廷州立即打了进来，问肖照跟她说了什么。

明薇说了一半实话："他们父子请我吃饭，说有事商量，具体什么事明晚才能知道。"

"别去。"穆廷州已经认定徐修对明薇不怀好意了。

明薇重复一遍肖照的态度，靠到床上道："肖照应该不是那种人。"

穆廷州劝不动她，改成打肖照电话。

肖照对明薇客气，现在穆廷州也怀疑他想帮老爸撬朋友墙脚，还是一坑坑两个朋友，肖照直接爆了粗口，将穆廷州乱喷一通，喷得穆廷州连说话的机会都没有，喷完直接挂了电话。冷静片刻，肖照发穆廷州微信：放心吧，我爸有求于明薇，巴不得把明薇当公主供着。

穆廷州放心才怪，全网络都知道明薇是他的公主，徐修也想把明薇当公主，意思还不明显？

明薇与徐家父子的晚餐，定在晚上五点半。

明薇真的相信肖照，所以她没叫沈素，一个人来餐厅赴约，徐家父子包了一个豪华包厢，外间用餐，里面还有间休息室。明薇推门进来，看到徐家三父子都在，爷仨穿清一色黑色西装，乍一看真有点黑社会的味道。

然而这三个男人看到她后同时站了起来，徐修神色复杂，徐凛面无表情，肖照一手摸后脑勺，有点烦躁，又好像做了什么对不起她的事情似的。明薇正要打招呼，手机突然响了，明薇抱歉地朝三人点点头，摸出手机，居然是穆廷州。

明薇侧身接听。

"你在哪儿？"手机里面，男人语气急切。

明薇心里猛地一跳，小声问："你回来了？"

穆廷州下飞机前化了妆，头戴网球帽，暂且还没被人认出来，一边拦出租一边回答女朋友："是，现在过去找你。"

明薇感动得稀里哗啦的，报出餐厅地址时，声音都不自觉地甜了几分，不料刚报完地址，手机突然被人抢走，明薇大惊回头，就见肖照咬牙切齿地对着手机道："穆廷州你好样的，既然你这么不信我，咱们散伙吧，你爱找谁当经纪人就去找谁，别指望老子再伺候你！"

肖照骂完挂了电话，怒气冲冲地抬头对上明薇看热闹的笑眼，肖照推推眼镜，还手机时低声训道："要不是……我连你也骂。"

他气成这样，明薇反而更放心了，视线转向不远处的徐修父子，客气问道："徐董找我有事？"

徐修朝两个儿子使个眼色。

肖照、徐凛互视一眼，去了里面的休息室。

休息室内有床，徐修选择在外间与明薇谈话，也算是表明了态度，明薇彻底放下戒备，走到餐桌一旁的沙发上坐下，大大方方看着徐修。徐修可以坦然告知儿子们他年轻时犯下的风流债，面对女儿他却没那么容易开口。

沉默许久，徐修拿出那份亲子鉴定文件递给女儿。

明薇双手接过来，第一次接触这种文件，明薇不是很懂。徐修一直在观察女儿，然后在女儿抬起眼帘看过来时，他却垂眸，缓缓地回忆道："薇薇，我九四年去过一次苏城，当时你妈妈还没有嫁给明强……"

说到这里，徐修便打住了，但那个拉长的尾音暗示了无限内容。

明薇捏着文件的手轻轻抖了一下。

肖照说，徐修有事找她，绝对与男女情爱无关，现在，徐修递给她一份亲子鉴定文件，又告诉她，他曾在九四年，也就是她出生的前一年与妈妈有过一段故事。什么样的故事？明薇没经历过，可从小到大，她看过太多这类电视剧。

明薇脸白了，僵硬地低头再次看那张普普通通的A4纸。

徐修注意到她的动作，这才抬眼，看到女儿发白的小脸，便明白女儿懂了，并且受到了打击。徐修很愧疚，上半身前倾，紧张地对着女儿解释："薇薇，当时我还年轻，占了你妈妈的便宜，却没有耐性哄她……后来你妈妈一直没联系我，时间一长，我忘了她，直到去年看到你，我才慢慢记了起来……薇薇，爸爸很……"

"您别这样自称。"明薇心里很乱，长辈们的旧事，她有很多不明白的地方，但唯一肯定的是徐修没资格喊她女儿，至少在她弄清楚所有环节之前，她只有一个爸爸，那人姓明，叫明强，是天底下最好的父亲。

简简单单的一句话，却犹如一根针扎到了徐修心口。

女儿称他"您"，果然不想认他。

但这都是意料之中的，徐修知道，女儿需要时间消化这件事。徐修攥攥手，点头道："好，我尊重你的意思，现在你有什么想问的尽管问我，我绝不骗你任何事。"

明薇低头坐着，她希望这是一场梦，希望这份亲子鉴定是假的，可就在她想否认的时候，明薇忽然记起年前去陆家赴宴，肖照曾经拔了她几根头发，说什么她有白头发，其实是拿去做亲子鉴定了吧？

明薇苦笑着扫向休息室的门，怪不得肖照敢保证徐修对她没坏心思，原来她与徐修居然是……

"我爸爸知道吗？"呆呆坐了几分钟，明薇终于能说话了，目光落在了茶几上。

徐修如实道："这要问你妈妈，认出你后，我只与你妈妈见过一次，确认你是我女儿，我便回来了，没有打扰他们夫妻。薇薇，你妈妈并不希望我认你，但我觉得你是成年人了，你有权利知道真相。"

可明薇并不想要这样的权利，她宁可徐修从来没找过她，宁可一辈子被蒙在鼓里。

视线模糊，明薇将鉴定书放回桌面，及时站了起来，转身往外走。

"薇薇——"徐修紧跟着离座，却没有追上女儿，只对着女儿站定的背影道，"薇薇，我对不起你妈妈，也对不起你，我理解你现在的心情，但你确实是我女儿，是徐家的孩子，以前是我错过了，现在我想履行一个父亲的责任，好好照顾你……"

“我不需要。”明薇低声说完，拉开房门，戴上墨镜顺势抹掉脸上的泪，然后神色如常地离开。

正是晚饭时间，餐厅电梯忙碌，明薇没心情等，也怕被人认出来，便从一侧走楼梯，走着走着，下面传来噔噔噔的爬楼声，声音很急。

明薇突然有点慌，楼梯这边偏僻，会不会有坏人？

明薇一时忘了身世带来的打击，转身就要往回跑，刚爬一层，下面忽然传来熟悉的声音：“明薇？”

是穆廷州！

没有坏人，明薇腿抖得却更厉害了，憋了许久的眼泪也终于在此刻夺眶而出。

她慢慢坐在了楼梯上，依然戴着墨镜，手指按住眼角，试图阻止更多的眼泪。哭是本能，但听着穆廷州加快的脚步声，明薇混沌的大脑再次恢复运转。如果穆廷州问了，她该怎么说？关系到妈妈的名誉，别说穆廷州只是她男朋友，就算穆廷州是她老公，究竟要不要告诉他，她也要仔细想想才能做出决定。

楼下，穆廷州终于转到了明薇这层，见女朋友可怜兮兮地坐在那儿，埋着脑袋，穆廷州突然涌起不好的预感。她被徐修欺负了？

他很担心，脚步都放轻了，最后单膝蹲在她下面那层台阶上，一手扶栏杆，一手试探着摸摸她的头，低声道：“为什么坐着？”

明薇已经止了泪，不安地抬头，本来满心想的都是解释，结果却对上一张陌生的中年男人脸庞，肤色蜡黄没有光泽，唯有一双眼睛明亮深邃，担忧关切地看着她。期待与现实相差太大，明薇没忍住笑了，故意打趣：“你谁啊？”

宽大的墨镜挡住了她大半张脸，但穆廷州看到了她的笑，熟悉的调皮的笑。

心放下一半，穆廷州伸手摘她墨镜，再次看到那双水灵的眼，穆廷州才哑声道：“你男人。”

明薇冰凉的心暖了大半，继续逗他：“我男人没你这么黑。”

穆廷州摸摸她还湿润的眼角，认真问："被人欺负了？"

明薇摇头，抢过墨镜重新戴上，呼口气道："先回去吧，回去再说，我开车来的，你……"

穆廷州看眼楼上："他们还在？"

明薇声音低了下去："应该吧。"

穆廷州便道："那我先送你下去。"

明薇抱住他胳膊，小声道："肖照没欺负我，徐董也只是给我讲了一个故事，故事与你无关，你别问，哪天我想清楚了，可能会告诉你。"

穆廷州薄唇紧抿，他看得出来明薇很不开心，别人让他女朋友不高兴，他却什么都不知情，穆廷州不喜欢这种滋味儿。

"走了……"明薇软声撒娇，手还抱着他的胳膊。

穆廷州身形不动。

"好，你去找他们吧，但晚上别再来见我。"明薇松开他，佯装生气地往下走。

才走一步，身后男人忽地追下来，大手紧紧攥住她的小手，掌心温暖。

明薇走了，徐凛、肖照从里面的休息室走出来，看见他们威严冷峻的父亲坐在沙发上，眼帘低垂，面无表情地注视着茶几上的亲子鉴定。

兄弟俩谁都没说话，刚刚明薇的态度他们都听见了。

"薇薇自己开车来的，老大你去盯着点。"

大概一分钟后，徐修抬头吩咐长子，脸上已恢复了平时的冷静。女儿刚受了打击，徐修不放心。

徐凛点头，这就去了。

徐修指指旁边的沙发，示意次子坐。

肖照落座，看看父亲，他低声劝道："爸，你得给薇薇时间。"

徐修没那么急躁。老来得女，还是一个几乎完美的女儿，徐修确实期待女儿认他那一天，但他有耐心，可以用他剩下的所有时间慢慢弥补，直到女儿愿意喊他一声爸爸。但徐修觉得现在是向女儿坦白实情的最佳时机。

继续隐瞒，他便没有合适的理由接近女儿，找其他借口频繁见面，女儿可能误会他有别的动机。今晚说出来了，女儿这个年或许过得不是滋味，但她正好能趁过年回家好好跟江月夫妻沟通，等年假结束，她心情整理得也差不多了，基本不会影响她拍新剧。

“廷州那边，经纪人不做了？”徐修喝口茶，问儿子。

肖照习惯性推了下眼镜。穆廷州那么不信他，人在美国还千里迢迢赶回来，生怕他会坑明薇，肖照真的气得够呛，可给穆廷州当了那么多年经纪人，虽然吃了很多冤枉气，肖照从未真正动过散伙的念头。生在徐家，肖照的物质基础已经达到了顶峰，他对金钱报酬没有追求，只想做喜欢的事。穆廷州脾气很差，但穆廷州喜欢挑战各种新鲜事物，肖照在一旁看着，也觉得有意思。

徐修就知道儿子说的是气话，靠着沙发道：“年后你跟薇薇接触的机会多，争取先让她认了你。”

肖照苦笑，所以，明年他要开始跟穆廷州抢妹妹了？不受欢迎的哥哥外加超级大灯泡，会不会起到反效果，气得明薇连朋友都不想跟他做？

明薇开车回了公寓，她心情很乱，但还没乱到失去理智，一路开得稳稳当当，穆廷州叫了出租，约好半小时后再过来，免得惹人注意。

徐凛不远不近地跟着新妹妹，见明薇平安进了小区，他打电话通知父亲。

徐修松了口气，然后将等待期间编辑好的信息发送出去。

“叮”的一声，明薇刚停好车，信息就到了，明薇拿出手机，是个陌生号码。

薇薇，过去的事，对你对你妈妈，我真的很抱歉。

知道你妈妈过得幸福，我很欣慰，我也无意破坏他们夫妻的生活，但你是我女儿，乖巧懂事的女儿，从感情理智上，我都想得到你的承认。

我今年五十多了，前半生精力主要放在事业上，后半生，最大的心愿便是你。

为什么非要认你？其实应该有两个原因，一是咱们的父女血缘，你招人喜欢，另一个，我不骗你，我老了，金钱事业女人都勾不起我的兴趣，但从你妈妈那里证实你是我的女儿时，我突然找到了下半生的意义。

到底哪个原因占主导地位，我分不清楚，我也不介意你说我自私，我只知道你是我女儿，看到你我会忍不住笑。

对了薇薇，我认识你妈妈时，肖照妈妈已经过世，你与他们兄弟之间没有任何不愉快的因素。你两个哥哥都很喜欢你，身为最不讨你喜欢的爸爸，我不介意你先认下两个哥哥，并欢迎你与他们一起气我。

先说这么多吧，期待与你的下一次见面。

By 尚未得到名分的徐爸爸

明薇趴在方向盘上，不知不觉看完了这段过长的短信，看完了，人怔怔的，脑海里接连闪现徐修、徐凛、肖照的脸，慢慢地变成了爸爸妈妈，变成了一家四口的回忆。如果这一切都是真的，那明强……

明薇低头，眼泪从方向盘中间掉了下去。

徐修高帅多金，家大业大，可她不想要这样的爸爸，她想跟妹妹一样，都是父母爱情的结晶，她想姓明，真真正正姓明。趴了一会儿，明薇脑袋枕着一只胳膊，右手点开手机通讯录，看到排在一起的“a 爸爸”“a 妈妈”，明薇眼睛一酸，又埋了回去。

爸爸知道吗？如果他一直不知情，那么等他知道后，会怎么看她？

还有妈妈，她与徐修到底是怎么在一起的，这么多年，妈妈又是怎么过来的？

明薇放下手机，心乱如麻。她不敢给家里打电话，爸爸不能打，妈妈……明薇了解自己的母亲，柔弱没有主见，家里什么事都听爸爸的，万一爸爸不知情，现在她一打电话，妈妈肯定会哭，该被爸爸怀疑了……

明薇不敢试探爸爸对妈妈的感情，更害怕喊了二十多年的爸爸会不要她了。

安静的车库，白色卡宴驾驶座上，年轻的主人趴在那儿一动不动的，好像睡着了。

穆廷州同徐凛一样，亲眼看着明薇开进公寓的，明薇进去后，穆廷州让司机继续开，绕了半小时重新回到公寓。穆廷州手里有明薇给的另一把钥匙，他迅速上楼，找了一圈没看到人，刚要打明薇手机，忽然猜到一种可能。

穆廷州来了地下车库，一眼看到了停在那儿的白色卡宴，也看到了趴在方向盘上的女朋友。

没有原因，穆廷州就是知道她在哭，像她坐在台阶上，埋头不给他看。

穆廷州本能地往前走，耳边突然响起她低低的落寞声音："故事与你无关，你别问，哪天我想清楚了，可能会告诉你。"

脚步停下，穆廷州站在原地远远地看着她，看了五分钟，她依然没有哭够，穆廷州闭上眼睛，然后转身重新进了电梯。没有主人的公寓显得冷清空旷，穆廷州打开顶灯环视一周，他走到冰箱前，在少得可怜的食材中挑出几样，进了厨房。

明薇在车里待了二十多分钟，这还是记起穆廷州了，不然她也不知道自己什么时候才会下车。眼睛哭肿了，明薇戴好墨镜，匆匆上楼，心想要趁穆廷州过来之前洗脸补妆，尽量掩饰一下，然而推开房门，对上满屋明亮的灯光，明薇顿时愣住了。

她出发前好像关灯了啊，怎么……

正困惑，厨房那边传来推门声，明薇谨慎地站在门外，直到熟悉的男人走进视野。

"饿不饿？"穆廷州态度自然地问，目光比平时要暖。

他这么一问，明薇居然真的感到饿了，一边反手关门一边点头。

"我煮了面，马上就好，你收拾收拾，一会儿开饭。"穆廷州看着她说，说完又回了厨房。

明薇愣了几秒才反应过来，顾不得问穆廷州什么时候到的，她飞快去了主卧，脱外套洗脸化妆。十分钟后，眼睛依然有点肿，但这已经是明薇化妆技术的极限了，因为晚饭是面，明薇捞起一根簪子将头发盘起来，再看镜子，里面的女孩白白净净，还是挺好看的。

明薇惴惴地走出卧室。

穆廷州刚好把两碗面放在餐桌上，看眼明薇，他若无其事道："过来吃吧，明天我去买菜。"

有点讽刺明薇冰箱太空的意思。

明薇干笑，走到桌子前，看到两碗非常诱人的面。面条光泽透亮，一人碗里一半糖心鸡蛋，另有酱牛肉、泡菜、碎葱花点缀，热气腾腾，香气扑鼻。美食在前，明薇没出息地咽口水，由衷地夸穆廷州："面条都能做这么香，你真是太厉害了。"

穆廷州笑了笑，递筷子给她。

明薇真饿了，低头专心吃面，寒冬腊月，虽然房间温暖，但吃上一碗热腾腾香喷喷的面条，还是让人幸福又满足，而这满足，是身边的男人给她的。明薇不知道该怎么表达她的喜欢，穆廷州去刷碗，她跟了过去。穆廷州不用她帮忙，明薇就站在旁边看，看着看着，她红着脸挪到穆廷州背后，然后伸手抱住了他。

穆廷州动作一顿，身后她慢慢地靠近，先是脑袋抵住他的背，跟着身体也贴实了。

穆廷州看眼环着他的腰的两条小胳膊，继续刷碗："这是奖励？"

明薇摇头。不是奖励，是喜欢，喜欢他专门为她赶回来，喜欢他在她难过的时候，为她做了一碗美味可口的面。

"那有没有奖励？"穆廷州低声问，声音又轻又低，带着情侣间调情的味道。

明薇闭着眼睛笑道："你想要什么奖励？"今晚，只要他说，只要她有，什么奖励她都愿意给。

穆廷州确实有想要的，摆好刷完的碗筷，洗手擦手，忙完了，穆廷州握住明薇的手腕将人带到前面。灯光之下，她气色红润，美丽的眼睛里闪烁着羞涩的光彩，穆廷州一手抱她的腰，一手摩挲她的眼角，她脸颊越来越烫，穆廷州的目光却渐渐冷了，盯着她道：“我想要我女朋友躲在车里哭的理由。”

什么叫与他无关？她是他的女人，任何与明薇有关的事，便也与穆廷州有关。

明薇没想到穆廷州会放着现成的福利机会不把握，却要知道她为什么哭。

她低头，她不是存心要隐瞒，但这事关系到妈妈的名誉……

“就这么不信我？”穆廷州抱着她，下巴抵在她头上，亲密的姿势，像鸳鸯交颈。

明薇沉默，感受着穆廷州身上的温度，想到他因为担心她被徐家父子欺负，千里迢迢赶回来保护她，想到他为她做饭洗碗的专注侧影，包括现在他将她的喜怒哀乐置于身体享受之前，明薇突然不想再瞒他。

靠在他怀里，明薇闭着眼睛问：“假如我在遇见你之前交过一个男朋友，分手后才发现自己怀了孩子，因为某些原因不能打掉，那你会接受我跟这个孩子吗？又或者，我怕你不接受，结婚时隐瞒你了，你一直以为孩子是你的，然后有一天有人说出真相，你会怎么做？”边说着，眼眶又湿了。

她就是那个孩子，打乱一切平静的孩子。

信息量太大，又太敏感，穆廷州第一反应是把假设当真，以为明薇有了孩子，但他马上记起明薇前几天还在生理期，而且明薇与程耀、太傅分手后大部分时间都跟他在一起，根本没有时间去怀前男友的孩子。

既然故事的女主不是明薇，这个故事又与明薇、徐修有关，还害明薇哭得那么伤心……

穆廷州只是情商低，智商一直在线，各种线索串起来，立即懂了。江月与徐修恋爱过，然后阴错阳差，怀着徐修的骨肉嫁给了明强，现在徐修找上门想要认女儿，肖照想要明薇当妹妹，便也支持徐修。

明薇这么好，徐修当然想认，只想着要女儿，没有想过明薇会因为身世难过。

"确定了？"穆廷州轻轻地蹭她的头顶。

明薇点头。

"怕伯父知道后不喜欢你了？"穆廷州一语道出关键。

明薇眼泪决堤，泪水在他的毛衫上晕出两块痕迹，凉凉地传到他胸口。

穆廷州理解女朋友的心情，但作为局外人，他看得更透，低声安慰明薇："父女间的感情是日常培养出来的，徐修才见过你几次便要认你，足以证明你有多讨人喜欢，伯父照顾你那么多年，就算现在才知道真相，我相信他也会继续把你当女儿。"

明薇不信，哽咽着反驳："他认我是因为血缘关系，我爸……"

提到明强，明薇就说不下去了。

穆廷州很理智，拍着她的肩膀道："去订机票，明早你回家，先跟伯母问清楚，如果伯父早就知道了，你现在便是白哭。"

明薇为难，闷声道："我还有一天培训……"

"少培训一天不会影响什么，走吧。"穆廷州帮她擦擦眼睛，搂着她的肩膀往外走，他先坐到沙发上，再将明薇抱在腿上，双手绕过她用手机订票。两人一起挑时间，商量过后，明薇听穆廷州的，选了早上六点四十的航班。理由：该时间段人少，穆廷州要去送她。

付款时，明薇想抢手机，被穆廷州咬了一下耳朵，她就乖乖不动了。

机票买了，家里的话题告一段落，明薇人还在他腿上。周围的气氛不知何时变得暧昧起来，明薇低着头找话说："你提前回来，怎么跟伯母说的？"

"说肖照有事叫我。"穆廷州握着她的手道，一边说一边有意无意地捏。

明薇松了口气，真怕穆廷州实话实说，坏了她在窦静心里的印象。

"我给李老师打个电话。"靠了一会儿，明薇记起这件正事。

穆廷州松开手，明薇拿着手机走到客厅另一侧，向李老师请假，李老师笑着拜个早年，事情愉快解决。明薇盯着通讯录，犹豫再三还是没通知家里，准备明早自己打车回家，路上好好调整情绪，免得见到爸妈就露馅。

收起手机前，明薇看了下时间，八点多了。

“睡吧，明天早起。”穆廷州离开沙发，看着她道。

明薇垂眸，明早四点起来赶飞机，现在睡刚刚好，可她舍不得穆廷州，这次一走，就要等十几天后再回帝都了，彼时她与穆廷州都要忙着筹备《白蛇》，恐怕没有现在这样奢侈的见面机会。

但，穆廷州都劝她睡觉了，明薇不好意思再说什么。

“嗯，晚安。”朝他笑笑，明薇转身走向主卧。

身后传来脚步声，因为次卧也在这边，明薇没有多想，只是，当她停下脚步，趁推门的时候偷偷往后看时，却见穆廷州一路走到她这边。明薇震惊地仰起头，穆廷州平平静静地看着她：“今晚我陪你，不然我怕你睡不着。”

好义正词严的套路啊！

明薇脸红了，正紧张要不要假装拒绝一下，头顶又传来男人低沉稳重的声音：“不用紧张，我再饥渴，也不会在这种情况下要你。”

明薇：“……”

差一点，明薇就想狠心将穆廷州拒之门外了，但除了不会说话，穆廷州的其他优点压下了她的怒气。明薇没理他，自己推门进屋，拿出行李箱，默默收拾回家的衣物。穆廷州站在旁边看着，执着的视线带来无限压力，明薇还剩几件内衣没装，故作镇定地问：“你不用洗漱吗？”

穆廷州看她一眼，然后把他上次留在明薇这边的行李箱拿了出来，里面是他的换洗衣物。明薇偷瞄，就见穆廷州旁若无人地打开行李箱，从里面拿了一套睡衣，还有一条灰色四角裤，大大方方，一点都不带遮掩的。

明薇在心里呸了一口，等穆廷州去卫生间了，她飞快取出贴身衣物放进行李箱，并拉好拉链。

笔记本也装起来了，明薇坐在床尾玩手机，徐凛、肖照分别发了短信和微信，明薇没心情看，她现在只想知道家里爸妈的情况，对徐家父子三人没有任何兴趣。刷了十几分钟微博，卫生间水声停了，明薇心跳加快，又过了五六分钟，卫生间门突然被人推开，露出男人一双大脚，与灰色睡袍下一段小腿。

明薇立即低头。

穆廷州看见她脸红了，也不知道为什么那么容易害羞，明明现在是他身穿睡袍，不过，穆廷州喜欢她脸红的样子。他并不着急催她进去，不紧不慢地走过来，将吹风机递给她："帮我吹？"

"你自己弄。"明薇抱起自己的睡衣跑了，侧脸红扑扑的。

穆廷州好笑，站在原地目送她，直到明薇关上门，他才找个插头吹头发。

明薇昨天刚洗的头，今天便只洗了下身上，低头看看，明薇心慌意乱的，穆廷州说的好听，真的能做到吗？明薇胡思乱想，冲了好久才跨出来，擦干身体换好睡衣，明薇仔细擦掉镜子上的水雾，悄悄地打量自己。上衣搭配裤子的睡衣，挺保守的，明薇扣子一直系到顶，与夏天常见的短袖领子差不多，全身上下唯一危险的，是她这张红红的脸。

她脑海里正无限遐想，旁边的门突然被人敲了几声，吓得明薇差点叫出来。

"九点半了。"隔着门，穆廷州管家一样提醒她，"剩下的睡眠时间不足七小时。"

明薇捂着心口，没好气道："你先睡啊，我又没让你等我。"

穆廷州无语。

明薇绷着脸拉开门，看也没看挡在门前的男人，直接走到床边，先关灯，再背对穆廷州擦脚。穆廷州见她没洗头，随手关了卫生间的灯，至此，拉着窗帘的卧室再无任何光亮，黑漆漆的伸手不见五指。

明薇竭力保持镇定，慢吞吞擦脚。

床垫突然下陷，穆廷州上来了，拉开被子靠在床头，耐心地等。明薇有点渴，擦完脚换上棉拖鞋，去书桌那边喝水。习惯了黑暗，穆廷州勉强能看清她的身影，见女朋友喝完水终于过来了，穆廷州体贴地帮她掀开被子。

"谢谢。"明薇客气地说，爬上来，摆好枕头，背对穆廷州躺下，心却提着。

穆廷州靠过来，然后将几乎紧挨床边而躺的小女人抱到怀里，让她后背贴着他胸口，与此同时，穆廷州刻意让腰部以下与她保持距离。第一次跟男朋友同床共枕，明薇全身紧绷，但身后的男人却只是握住她的手，然后轻吻她的发丝："还有什么话想说吗？"

明薇摇头。

穆廷州便亲亲她的脸侧："那就睡吧，晚安。"

明薇这才确定，穆廷州是真的想做君子，做一个细心体贴的男朋友。紧张感消失了，明薇心软得一塌糊涂，忘了羞涩忘了矜持，她转身，依赖地钻到他怀里。穆廷州下意识放下左臂给她当枕头，明薇蹭了蹭，调整好姿势，她抱着他的腰小声道："真好。"

穆廷州笑，摸摸她的脑袋，没说话。

明薇心里装满了对他的喜欢，还有即将分开的不舍，她觉得这样抱着还不够，她想穆廷州亲她，想穆廷州热情强势的吻，可这家伙太不开窍，她都这么主动了，他居然还一动不动。明薇咬唇，试着继续往他怀里缩，结果一不小心撞到了什么了不得的东西！

明薇连忙后退，脸上火烧火燎，旋即整个人都转了过去，心怦怦乱跳，谁能想到他平静的表面下，藏着那么一大块儿礁石！

"睡了？"漫长的沉默后，穆廷州沙哑地问。

明薇低低"嗯"了声。

"睡吧。"穆廷州替她盖好被子，然后身体与她保持半臂距离，没再试图抱她。

黑暗中，明薇眨眨眼睛，偷偷笑了。穆廷州不碰她，她忍不住就觉得自己魅力不够大，或是穆廷州不够想她，刚刚切身感受到了穆廷州对自己的渴望，明薇就满足了，美美地睡去，至于穆廷州在想什么，或是什么时候睡着的，明薇毫无概念。

睡了不知多久，明薇好像听到闹钟响，但很快声音就消失了，明薇好困，翻个身继续睡。又睡了半小时，身上突然一重，明薇困倦地睁开眼，透过柔和昏暗的台灯光，看到穆廷州的俊脸，他歪坐着，双手撑在她两边。

明薇茫然地眨眼睛。

穆廷州摸摸她的眼角，低声道："四点了，起床吃早饭。"

明薇困，还想再睡会儿。

她赖床的模样太可爱，穆廷州再也管不住自己，低头要亲她。明薇呆呆的，嘴唇被他碰触，她猛地反应过来，一把推开他，窘迫地捂住脸道："还没刷牙。"

穆廷州无奈笑："那还不起来？"

明薇困意已经去了大半，尴尬笑笑，利落下床去洗漱了，换好衣服走出卧室，意外发现餐桌上摆着两份三明治，两杯牛奶同样冒着热气。意识到穆廷州比她起得更早，明薇感动极了，主动走到穆廷州面前抱住他："真贤惠。"

穆廷州不爱听这个词，抬起她的下巴，低头索吻。

明薇昨晚就在期待这个吻，现在终于等到了，她情不自禁环住他的脖子，踮起脚迎接。她想，穆廷州比她更想，大手掐着她细细的腰，好几次都险些失控，想不顾一切抱她去卧室的床上，做他梦里梦到的事。

"嘀嘀嘀……"

明薇的闹钟响了，担心今早起不来，昨晚明薇设了好几个闹钟。

穆廷州艰难地松开她的嘴唇，手却还抱着她。

明薇红着脸打趣他："是不是后悔了？"

穆廷州眸中情欲暗涌，抵着她的额头道："回来给我。"

明薇别开眼，媚态横生。

穆廷州再亲她一口，这才牵着她去吃饭。亲吻耽误了很长时间，饭后穆廷州提起明薇的行李箱，两人抓紧时间下楼。才四点多，公寓外面漆黑一片，穆廷州直接开明薇的车送她去机场，到了机场那边，明薇不敢再冒险，说什么都不许穆廷州下车。

穆廷州握着她手，不让她走。

天一点点亮了，还有一个小时飞机就要起飞，明薇戴好墨镜，主动亲穆廷州的脸庞：“我走了。”

穆廷州理智地放手。

明薇笑笑，拖着行李箱进了大厅。穆廷州同样戴着墨镜，靠在驾驶座目送她，看不到女朋友了，他拿起手机打电话。

机场大厅，明薇一边前行一边摸出手机，看到来电显示，她无意识笑：“这么快就想我了？”

穆廷州默认，补充道：“有话跟你说。”

明薇安静地等着。

“如果女人身边注定需要一位男士，从今以后，你生命中的那个男士是我，只会是我，所以，其他男人是否珍惜你，你都不用在意。”

空旷的候机大厅，此起彼伏的行李拖动声中，明薇听见她的男人这么对她说，傲慢张狂。

可她喜欢听。

带着这句典型的穆廷州式情话，明薇心情还算平静地抵达机场，打车回家，快到小区时，她先给穆廷州打电话报平安，然后就一心惦记家人了。熟悉的小区闯入视野，跨下出租车那一瞬，明薇竟然生出一种“近乡情更怯”的感触。

但无论如何，这都是她的家。

明薇提着行李箱跨进电梯，一分钟后，站在了自家门前。看看腕表，十点多了，门内安安静静，是不是出门了？明薇取出钥匙，推门进屋，换拖鞋的时候，主卧传来妈妈的声音：“这么早就回来了？”

熟悉的吴侬软语，似江南三月的春风，不经意地吹到心间，勾起那里最美好的记忆。

明微做了一路的心理建设，她以为自己一定能稳住，然而只是听到妈妈的一句话，明薇的眼泪就落了下来，身形怔怔地定在门口，视线模糊。江月在收拾东西，没有得到带着小女儿外出购物的丈夫的回应，江月疑惑地走了出来。

“薇薇？”见到本该明天回来的长女，江月先是惊喜，结果下一秒便看见女儿脸上带着泪，无比可怜地望着她。

江月慌了，忙不迭地跑过来，紧张地问女儿："出什么事了？你先别哭，是被人欺负了吗？"

对于子女来说，平时三分的委屈，见到亲妈则会变成七分，现在明薇有十分委屈，被妈妈一问，明薇哭得更凶了，扑到母亲怀里呜呜哭。江月抱着女儿，后知后觉地记起一个人，她脸白了，身体也开始颤抖："薇薇，他，他是不是找过你了？"

明薇哭着点头。

江月闻言，美丽的眼睛里无声落下泪来，担惊受怕二十多年，终于还是没能躲过这一天。

明薇听到了不属于她的哭声，她抬起头，看到捂着嘴哭的妈妈，明薇登时忘了自己的苦涩，连忙安慰起来："妈你别哭，不管我爸还认不认我，你都是我妈，只要你不嫌弃我，我就永远是你女儿，我养你一辈子。"

女儿会说话，江月又哭又笑，一边抹泪一边嗔女儿："说什么傻话，我跟你爸疼了你这么多年，怕你知道后伤心，你爸更是怕你有了亲爸忘了他，怎么会不认你。"

明薇呆住，难以置信地盯着老妈："我爸知道？"

江月点点头，看眼房门，再看看不哭了的女儿，江月拍拍脸道："走，咱们去你屋里说。"

明薇丢下行李箱，迫不及待地挽着老妈去了卧室。

娘儿俩亲昵地坐在床上，江月先问女儿与徐修见面的情形，了解大概后，她才不太好意思地讲述她年轻时的经历，包括徐修的乘虚而入，包括明强对她的小心呵护与照顾。

得知老爸对妈妈的深情，对她这个非亲生女儿的真心宠爱，明薇一下子找到了主心骨。既然不用担心被爸妈排斥，明薇终于有精力品评徐修了，愤愤道："你被人下了药，我不信他看不出来，就是存心占你便宜。"典型的霸道总裁作风，但本质上依然是仗势欺人。

江月叹道："不是他也会有别人，要怪就怪下药的那个，怪我自己不小心。薇薇，这是妈妈的命，事后他没纠缠我，我已经知足了，妈妈不恨他，也不希望你恨他。你要是觉得他好，私底下认了也没关系，你要是不喜欢他，那就别认，他家大业大，咱们至少别得罪他。”

江月怕事，绝不希望女儿替她抱不平，得罪徐修。徐修口口声声要认女儿，可女儿长这么大他一次都没抱过，能有几分父女情？不过是一时新鲜罢了，这样的生父，女儿真触怒了他，谁能保证徐修不会想法子教训女儿？反正江月对徐修没信心，在她眼里，徐修只是一个陌生的富豪。

“我才不认，我只有一个爸爸。”明薇抱住老妈，斩钉截铁地道。

江月笑，摸摸女儿哭肿的眼睛，想到丈夫，她又发愁了：“薇薇，你爸知道我是怎么怀上你的，但我没告诉他徐修的身份，怕他冲动去找碴，现在徐修要认你，你说我该告诉他吗？”

明薇想了想，犹豫道：“还是别说了吧。”对于老爸来说，徐修是欺负过他老婆的浑球，是要抢他女儿的小人，但徐修身份摆在那儿，老爸绝无可能报复回去，那么说出来，无异于在老爸面前竖立一座他永远翻不过去的大山。

这么一想，明薇更肯定了，低声嘱咐老妈：“别说了，我肯定不会认他，咱们就当什么都没发生过，继续过咱们的。”

江月也是这么想的，如今女儿也支持她，江月提了二十多年的心终于放下去了，语重心长地搂着女儿道：“你爸爸最喜欢你，对你比对桥桥还好，以后不许你再胡思乱想，也不许你嫌贫爱富，抛弃你爸爸。”

“我爸一点都不贫，给我爸同样的出身，指不定现在比徐家还有钱。”明薇哼道。

江月捏了捏女儿的小鼻子，心里却很满意女儿对明强的维护。

娘儿俩刚解开心结，外面突然传来明强惊喜的声音：“薇薇回来了？我看到行李箱了。”

江月看女儿。明薇嘿嘿笑，丢下老妈冲了出去，嘴里高声喊“爸爸”。

"影帝"的公主

第十六章

情人节

除夕夜，吃完年夜饭，明薇一家四口坐在客厅看春晚，气氛温馨。

每年春晚都少不了几个娱乐圈大明星，看到一个眼熟的女演员，明强转向大女儿："再过两年，薇薇也能上这个了吧？"女儿比这几个女星漂亮，演戏又那么拼，拍出来的电视也好看，明强对女儿有信心。

明薇靠着老妈笑："我努力！"

如果去年老爸这么说，明薇一定会觉得上春晚离她很远，但经过今年，人气高涨，明薇至少有了幻想的勇气。

"哎，那个是陈璋吧？"镜头从观众席上扫过，江月忽然看到一个熟面孔，立即让女儿看。

陈璋的镜头已经过去了，但明薇前几天跟陈璋聊过电话，知道今年春晚确实有陈璋，两个节目后，陈璋果然与另外三个当红鲜肉上台了，合唱歌曲。江月一边跟着节奏轻轻摇，一边好奇地问女儿："穆廷州比他们名气大多了，怎么没请他？"

女儿出道后主要合作过陈璋、穆廷州这两个知名男星，江月都有特意了解过。

男朋友的名字就这么从老妈口中说了出来，明薇心虚，忍不住瞥向妹妹。明桥与姐姐对视一眼，跟着若无其事地继续盯着电视，明薇也连忙自然地猜测道："应该邀请过，但穆廷州好像不喜欢这种曝光。"

江月点点头。

明强警惕地观察大女儿："你跟他真没关系？马上又要合作《白蛇》了，他演许仙，是不是又能占你便宜？"《青龙》还没上映，但官博放出过一张吻戏图，明强看了特别刺眼，一次两次专业亲吻他能接受，但他担心穆廷州那小子存心要跟女儿合作，趁机接近女儿。

明薇嘟嘴，瞪着老爸道："什么便宜不便宜的，爸你能不能专业点。"

知道老爸根本不介意她不是亲生的，明薇虽然有点遗憾父女间少了血脉缘分，但老爸还是那个老爸，日常相处，明薇并未觉得哪里不一样了，还是该撒娇撒娇，该抱怨抱怨。

"好好好，咱们都专业。"明强笑着赔罪，末了发表了一下他对穆廷州的看法："穆廷州确实有本事，什么都玩得精，但他太傲了，看谁都不放在眼里似的，跟这种人谈恋爱，女人多半要倒贴哄着他才行，薇薇你千万别被他的脸迷惑了，找男朋友得找你老爸我这样的，平时洗衣做饭端茶倒水啥都干。”他一边说着，一边咧着嘴看老婆。

江月故作嫌弃地瞪他，明桥嘴角上翘，明薇嘴上打趣老爸厚脸皮，心里却在想穆廷州。穆廷州确实傲，不喜欢她的时候，一句话都不屑多说，说了也都是气人的，但有一点老爸看错了，恋爱中的穆廷州暖着呢，一日三餐都包了。

思念一起，便再也刹不住，陪家人过了这么多次除夕，这是第一晚，明薇身在自家，心却飞到了另一个男人身上。微信时不时“叮叮”两声，大学好友、圈内朋友纷纷发来春节祝福，唯独穆廷州一直没有动静，就连徐凛、肖照都发了，而徐修的号码早被明薇拉进黑名单。

晚上十点多，明薇借口困了，先回了卧室。关上门，明薇走到书桌前，一边开笔记本一边给穆廷州发微信，编辑了一条别人群发过来的内容。消息已发送，穆廷州几乎秒回：一个人？

明薇开玩笑：跟我男朋友。

穆廷州：视频。

明薇看眼门口，先调低音量戴好耳机，再接通男朋友的视频邀请。

镜头出来了，穆廷州穿着一件黑色毛衫，所处房间与他的别墅装修风格一样，简洁大方。心虚地打量完背景，明薇这才看向男朋友，却对上穆廷州幽幽的注视，隔着屏幕依然电力十足。明薇心慌，只看他胸口，聊些没营养的日常：“伯父伯母都休息了？”

穆廷州“嗯”了一声，视线始终落在女朋友的脸上，见她又脸红了，穆廷州忽然想起自家晚饭期间的一个话题：“我妈问我，准备什么时候带你回家过年。”

明薇震惊地瞪大了眼睛，看着穆廷州，她半晌才反应过来，压低声音问：“你什么时候告诉他们的？”两人恋爱还没半年，穆廷州消息上报得也太快了吧，这么早就说了，拍摄《白蛇》时，她与穆崇相处会不会尴尬？

“前几天。”穆廷州简单道，捕捉到女朋友丰富的表情变化，穆廷州挑了挑眉，“怎么，你不愿意？我以为通知家长，是对这段恋情重视的表现。”

明薇抱住抱枕，幽怨道：“我没不愿意，只是，开机后我怎么面对伯父啊？”

穆廷州意味不明地笑了下：“不用担心，我爸对剧组成员向来一视同仁，不把我当儿子，自然也不会把你看成准儿媳。”

准儿媳……

明薇唰地红了脸，心里甜丝丝的，嘴上小声道：“女朋友是女朋友，未必就是未来的婚姻对象。”

她说着气他的话，下巴却抵着抱枕，不给他看她可爱的脸。明知道碰不着，穆廷州还是情不自禁往前移了移，注视她似羞似恼的模样道：“怎么，你计划跟我分手？”

明薇慢吞吞摇头，漂亮的大眼睛飞快地瞄了他一眼：“我没那么计划，但以后的事谁说得准，也许哪天你会发现我有很多缺点，突然不喜欢我了，或是你遇见一位更有吸引力的优秀女士，立即移情别恋了呢。”

那潋滟的眼神似两个钩子，准确地钩住了他的心，穆廷州喉头滚动，目光落在了明薇红润的嘴唇上：“你的笑容告诉我，你并不认为我是那种人。”

明薇当然知道自己是怎么想的，不用他做心理分析。不满意男朋友没有任何含糖量的回答，明薇挡住摄像头不给他看了，她却光明正大地凑近屏幕，欣赏男朋友的表现。镜头中，穆廷州皱眉，低声催她：“拿开。”

“不拿。”明薇忍笑说。

穆廷州抿唇，下一秒忽地又恢复如常，开始打字。

明薇好奇地等着，几秒后，穆廷州发了一行字过来：我现在非常期待你求我的时刻。

明薇看了几遍，没看懂：“什么意思？”

视频中，穆廷州意味深长地笑了。

明薇突然心跳加快，紧张地结束了视频。

正月初七，明薇与妹妹同一天乘机返京，T大还没开学，明桥暂时住在姐姐这边。住了两晚，正月初九，也就是二月十三号这天早饭后，明桥毫无预兆地道："一会儿我回学校，有个舍友已经返校了。"

明薇本能地劝妹妹："还没开始上课，多陪姐姐住几天。"

明桥直接问她："明天你不过节？"

明薇噎住，心虚地垂下眼帘，昨晚穆廷州还非常不客气地问她妹妹什么时候回校。

姐姐有自己的私人生活，明桥并不排斥，只是不想当妨碍姐姐与"影帝"约会的电灯泡而已。饭后，明桥想打车，明薇坚持亲自送妹妹去T大，当晚穆廷州又问妹妹走了没，明薇没说，只发了一条朋友圈：妹妹学校附近的花店。配图是一家摆满玫瑰的花店。

陈璋：需要我送大小姐吗？

明薇回：单身狗就不要互相伤害了。

肖照：我想送，就怕你不要。

明薇没理他。她可以拉黑欺负过妈妈的徐修，对客气疏离的徐凛，明薇不回应便可，只有肖照，两人原本是很好的朋友，明薇实在狠不下心删除肖照的好友，但目前也不想陪他插科打诨就是了。

穆廷州给她点了个赞。

明薇撇撇嘴，妹妹走了，这下他高兴了吧？

第二天情人节，却也是工作日，明薇这个演员也不例外。《白蛇》的戏服都准备好了，明薇在沈素的陪伴下去试装，忙完随沈素回了经纪公司，意外收到一大堆鲜艳的玫瑰花束，据说都是粉丝送的。明薇很开心，摆好玫瑰，拍了几张照片，最后挑出最美的一张上传微博，感谢粉丝们的热情。

发完微博，明薇坐在沈素的办公室，一一拆看玫瑰花束中附带的卡片。

在一片粉丝卡片当中，明薇发现了一个异类：

祝我的公主无忧无虑，享受每一天。

From：一位并不受欢迎的X先生

明薇咬唇，想到徐修在那条长短信的结尾，曾自称“尚未得到名分的徐爸爸”。类似的字眼，相同的语气，再看面前这一大捧包装奢华的三百六十五朵永生玫瑰，明薇并未感受到任何父爱，只觉得反感。

父女情是日积月累处出来的，是生病时老爸对她的呵护照顾，是暴雨天老爸到学校接她回家，是她遇到挫折老爸送的哄女儿开心的玫瑰。如果徐修以为他说几句祝福，送几朵进口玫瑰就能白白得到一个女儿……

“这捧扔了吧。”明薇对助理小樱说。

小樱没有多问，抱起玫瑰花束出去了。

明薇与沈素聊了会儿工作，下午四点左右，开车返回公寓。下车前，明薇看看手机，穆廷州没有任何消息，但明薇有种预感，这家伙可能已经偷偷溜到公寓等她了，毕竟他有她的公寓钥匙。

到了楼上，明薇尽量轻动作地推开门。

玄关静悄悄的，客厅能看见的地方也没有二十多天未见的男人的身影，地上更没有明薇幻想中可能会有的玫瑰花瓣。明薇有点失望，说不清是因为没看到玫瑰花还是没看到人，只是，当她带上门跨进玄关，忽然听到卫生间传来一阵水声。

明薇眼睛一亮，飞快换好拖鞋往里走，瞥见卫生间门关着，她下意识放轻脚步，到了门口，她顿了顿，然后像上次穆廷州吓唬她那样，突然敲门。

“咚咚咚”三声，在安静的房间里显得异常突兀。

明薇收起手，想象穆廷州被吓到的表情，她忍不住笑了。

房门忽地从里面拉开，明薇笑着抬头，却意外撞见结实健壮的男人胸膛！高高大大的“影帝”，只在腰间围了一条浴巾，下面两条大长腿半遮不遮的！

“你……”

震惊过后，明薇噌地转身，逃跑似的躲去了主卧。

望着女朋友逃窜的背影，穆廷州一边擦头发一边淡笑道："我化妆过来的，必须洗澡。"

明薇听见了，但这个解释并不重要，因为她的大脑已经完全被穆廷州半裸的身体占据。他还在滴水的黑色短发，他被水蒸气熏红的俊美脸庞，他深邃的眼眸，他线条硬朗的下巴，他过分诱人的锁骨，他整齐结实的八块儿腹肌，还有那双有力的大长腿……

真的不是故意来色诱她的吗？不然为什么不等穿好衣服再开门？

明薇捂住脸，紧紧闭着眼睛，试图挥散穆廷州的身影。

门外传来脚步声，明薇紧张得全身僵硬，确定门已经反锁，她才屏住呼吸，等他开口。

"我先准备晚饭？"穆廷州停在门前，平静地问，稀松平常的语气，仿佛并不知道今天是什么日子。

明薇胡乱"嗯"了声，回想客厅布置，真的一朵玫瑰都没有。人生中第一次有男朋友陪着过情人节，却没有收到玫瑰，明薇说不失望那是假的，好在阔别多日的男朋友在身边，那些锦上添花的东西没有就没有吧。

默默安慰自己一番，明薇进卫生间洗脸，然后换了一身休闲家居装。其实明薇提前选好今晚穿哪条裙子过节了，但穆廷州都没特别准备，她自己穿得那么正式，太尴尬。

走出卧室，明薇去厨房找穆廷州，穆廷州正在煎牛排，喷香的味道格外勾人食欲。

好吧，看在美食的分上，明薇决定不计较男朋友的不浪漫了。

"拍戏那么忙，你哪来的时间学厨艺？"扫眼她曾经抱过并享受抱着的男人的窄腰，明薇故意站在穆廷州身边问。

"按照菜谱做，并不会占用太多时间。"穆廷州对着自己尚未完成的作品说。

明薇轻轻哼了声，人与人之间的差距，有时候就是那么大啊。

"抱我。"耳畔，他突然低声说，简短的两个字，像命令。

明薇惊讶地看他，穆廷州侧脸俊美，神色专注地盯着锅里的牛排，仿佛没说过话。就在明薇觉得自己幻听了的时候，穆廷州腾出一只手，将她拉到了他身后。明薇偷偷笑，脑袋先贴上去，再贪婪地抱住她的男朋友。

两人亲密地抱着，但谁也没有言语，穆廷州专心准备两人的晚餐，明薇闭上眼睛，享受地闻他的味道。偶尔穆廷州要去拿调料，明薇也不松手，亦步亦趋地抱着他走，恋爱期间，真是做什么傻事都觉得甜蜜。

牛排、配菜都做好了，穆廷州暂且留在厨房收拾，明薇心情愉快地端菜摆菜，然后遗憾地嘀咕道：“可惜我这边没有红酒……”

“我买了。”穆廷州走出厨房，朝她举起手。

看到他手里的红酒，明薇笑得特别灿烂。

这是一顿与明薇预料的完全不一样的情人节晚餐，没有笔挺的西服与华丽的长裙，没有浪漫的烛光与鲜红的玫瑰，也没有缠绵动人的情话，但穆廷州就坐在她旁边，他什么都不用说，就那么优雅地坐着，慢条斯理地用餐，她便心满意足。

情人节，心仪的情人才是最重要的。

吃完晚饭才六点多，身为明星，外出约会简直是奢侈，然而困在房间，可做的事情又太少，明薇只能提议看电影。穆廷州不置可否，率先坐在沙发上等着，明薇挑了一部没有任何暧昧暗示的动画电影，播放后，她自然而然地挨着穆廷州坐了。

这一刻，明薇真的很放松，毕竟从见面到现在，除了厚脸皮秀身材，穆廷州没有任何热情举动。

眼睛盯着液晶屏幕，明薇腿上忽地一重，是穆廷州的大手压了上来。

身体保持不动，明薇心却陡然提到了半空，不是吧，连亲吻都没有，直接摸大腿了？

明薇一边不相信穆廷州会那么低俗大胆，一边僵硬地低头，却见穆廷州默默收回手，只留了一个精美包装的长条礼盒在她腿上。意识到这就是她的情人节礼物，明薇努力咬住嘴唇才没有笑出来，故作不解地问：“这是？”

"据说情人节不送礼物的男士，未来被甩的概率非常高。"穆廷州用讲解科学的语气说。

明薇瞪他，抱着礼盒转身，背对穆廷州拆礼物。去掉包装，里面是个奢侈的首饰盒，上面印有某家国际名牌的商标。明薇身为女人的那部分虚荣心得到强烈的满足，期待地打开首饰盒，然后便看见一朵玫瑰花，一朵红宝石雕刻而成的深红色玫瑰，再用银链穿成一条华丽的项链，在客厅明亮的灯光下，熠熠生辉。

明薇看痴了。

穆廷州从后面抱住她，双手绕过明薇，拾起项链，要替她戴上。

明薇屏气凝神地等着。

穆廷州拨开她的头发，扣好项链，他下巴抵住她的肩头，一手摆正玫瑰吊坠在她胸口的位置：

"这朵玫瑰，永远不会凋谢，一如我对你的爱。"

情人节的晚上，玫瑰花送了，甜言蜜语也说了，剩下的事情水到渠成。

穆廷州再次拨开明薇耳边的长发，低头，轻轻地亲她绯红侧脸，耳垂，脖子……

每一次碰触都像印了一点火在她身上，明薇闭着眼睛，心扑通扑通乱跳，全身被荷尔蒙控制，大脑再也无法思考。电视上还在播着动画电影，却丝毫无法吸引两个观众，明薇随着他的动作微微歪头，露出更多的脖颈肌肤给他。

这样的姿势终究还是不方便，穆廷州转过明薇，她羞涩地闭着眼睛，长长的浓密睫毛投下两小片可爱的阴影。她秀气的鼻尖儿上冒了汗珠，脸蛋红得像新开的桃花，白里透着粉，妩媚开始压倒清纯。女朋友太美，穆廷州看得移不开眼，指腹轻轻摩挲她的脸庞，明薇觉得脸热得发烫。

穆廷州也热，热得他吻住她嘴唇，想了快一个月的唇。

他高大的身体压过来，明薇无意识地往后倒，靠在沙发上，被迫迎接他热情的唇舌。红酒的味道在两人中间传递，明薇不知不觉好像有点醉了，左胳膊被他压得不舒服，明薇顺从本能地抬手抱住他的肩膀。

小小的举动鼓励了他，穆廷州胸膛压着她，双手挪到她的毛衫下摆，犹豫几秒，他不缓不急地伸向里面。他的手很热，但与明薇腰上还是存在温度差，微微的凉意让明薇从意乱情迷中惊醒，她羞涩地拦，碰到他结实的手臂，她试着用力往外拉，他却分毫不让。

不久前才被他摆正位置的红宝石玫瑰吊坠，一下子歪了，明薇窘迫地扭头，嘴唇却逃不过他的追逐，她应接不暇，他却能一心两用，双手绕到她背后，要解她的衣扣。可智商再高的男人，对于没有接触没研究过的东西都会手生，才耽误一秒，他的呼吸就重了起来。

明薇又紧张又想笑，心慌意乱地等着，旁边突然传来熟悉的手机铃声。

宛如被人撞破坏事，明薇下意识推他，却被穆廷州压牢，顺手解开了扣子。

“电话……”明薇捂住衣襟，嗫嚅着说，脸通红。

穆廷州幽幽看她一眼，一手仍然待在她的毛衫里面，伸出另一手去拿手机，瞥见“a 爸爸”三个字，穆廷州皱了皱眉。换个人，包括明薇的亲妹妹，他都不会把手机给她，但“a 爸爸”不一样，得知明薇的身世后，不管这位是哪个爸爸，穆廷州都不能擅自做主。

“快点。”穆廷州暂且松开她，目光落在她捂着胸口的手上。

迎着男人恶狼似的目光，明薇都不敢看他，抓起一个抱枕塞怀里，挪到沙发另一边接电话。

“今天情人节，薇薇怎么过的？”明强中气十足的声音清晰地传了过来。

明薇尽量自然地道：“一个人过呗，桥桥非要回学校，让她在这边多住两晚她都不愿意。你们呢，你是不是又带我妈出去浪漫了？”

“刚吃完饭，你妈非要看歌剧，我都看不懂，一会儿她看，我睡觉。”明强大大咧咧地说。

明薇笑，瞄眼那边对她虎视眈眈的男人，硬着头皮道：“那你们快去吧，我继续看电影。”

明强并不着急，担心女儿一个人过情人节太寂寞，继续找话题聊。老爸这么热情，明薇找不到机会打断，她也不好意思，怕穆廷州以为她急着继续。聊了大概五分钟，穆廷州突然靠过来，一句话都不说，直接抱住明薇亲耳朵，明薇慌了，不得不劝老爸："好了，你们俩快过节去吧，路上慢点开车。"

明强这才挂了电话。

穆廷州一把抢过明薇的手机，设置成了静音。

可经过老爸这一打岔，明薇后知后觉地意识到了几个问题，她白天忙了一天，试装时出了很多汗，还没洗澡，而且地点也不对啊，第一次怎么能在沙发上……

明薇缩在沙发角落，抱着抱枕拒绝穆廷州靠近，埋着头道："我，我想先洗澡。"

"我不介意。"穆廷州哑声说。

明薇红着脸抬头瞪他，又不是不给他，至于猴急成这样吗？

穆廷州看懂了女朋友的嫌弃，他抿抿唇，然后往后挪了一个位置。

明薇抱着抱枕跑了，背后空荡荡的。

穆廷州坐在沙发上，黑眸盯着女朋友的背影，看到她关了主卧门，但并没有反锁声。穆廷州喉头滚动，属于雄性的本能叫嚣着让他追过去，但他刚刚已经因为心急被女朋友鄙夷了，回想影视剧中那些低俗男人形象，穆廷州选择留在客厅，一个人看电影。

看着看着，穆廷州关了电视，背靠沙发闭目养神。

客厅很静，静得他能听见主卧传来的水声，水声停了，穆廷州手指微动，水声继续，他薄唇紧抿。

主卧，明薇耗费半小时，认认真真仔仔细细清洗了身上每一个角落。洗完了，明薇慢吞吞擦干，然后换上一件浅粉色吊带真丝睡衣。镜子上凝结了一层水雾，明薇摸摸脖子，一会儿犹豫要不要穿这件睡衣，一会儿又想……让穆廷州看到一个漂漂亮亮的她。

站了不知多久，明薇拍拍脸蛋，然后鼓足勇气拉开卫生间门。她微微低着头，不敢想象穆廷州此时的眼神，然而视线一点一点挪过去，一点一点环视一周，却并没有看到穆廷州的身影。明薇很奇怪，就在此时，听到客厅传来男人的脚步声。

明薇慌了，一鼓作气，再而衰三而竭，她刚才的冲动劲儿已经过去，现在……

明薇飞快跑到床头，先“啪”地按掉灯，再泥鳅般钻进被窝，整个人都埋在里面。

穆廷州推门而入，看到满室黑暗，在门口站了会儿，他返回关掉客厅灯，然后重回主卧，进门第一件事，关门，第二件事，开灯。房间亮了，穆廷州直接看向床上，那里铺着她粉红色的被子，乍一看平平整整，差点以为里面没人。

但穆廷州注意到了一团不起眼的隆起，那里面一定躺着他胆小如鼠的女人。

穆廷州徐徐走了过去，每一步都很稳，目光却一直盯着大床中间的隆起，离得近了，她好像紧张地动了动。穆廷州笑，停在床边，他扫眼地上的拖鞋，然后，无声无息地抓住被子一角，顿了顿，猛地扯开。

明薇万万没料到穆廷州会直接掀被子，身体骤然暴露在外面，还是穿着她特意挑选的吊带睡衣，明薇惊呼着睁开眼睛，恰好对上穆廷州那双幽深漆黑的眸了。他也没料到会看到这样活色生香的一幕，娇娇小小的年轻女孩蜷缩着躺在那儿，水江汪的眼睛惊慌失措地望向他，双手本能护住胸口，却挡不住她那双修长白皙的美腿。

他看得眸色更深，明薇臊极了，爬起来要去抢被他扯出老远的被子。

穆廷州反应过来，随手将被子甩得更远。

明薇急了，红着脸叫：“给我……”撒娇抱怨的声音，抱怨他胡闹，害她如此丢人。

穆廷州故意曲解她的意思，大手松开被子，直接扑到她身上，双手分别攥住她的手腕举到头顶。灯光之下，她紧张得轻轻颤抖，水盈盈的眼对上他的视线后马上就移开，咬着唇试图挣开手：“你把被子拉上来。”

她想循序渐进，想从最单纯的吻开始，突然就这样，明薇有点承受不住。

“没必要。”穆廷州看着她羞红的脸低声说。

明薇嘟嘴：“可……”

话未说完，他猛地亲下来，比以前的任何一次亲吻都急。明薇先是惊吓，等她反应过来时，已经彻底没有拒绝的机会。他大手用力攥牢她的手腕，薄唇炙热如火，烧在她的唇舌间，烧在她的脸颊上，然后沿着耳朵，朝下去了。

他是“影帝”，是高智商精英，他会做木雕会画画会厨艺，几乎无所不能。但他从来没有见过女人，遇到明薇之前，他也没有对女人产生过兴趣。如今，他认定的女孩没有任何遮拦地躺在他怀里，如花如玉。

穆廷州抓住明薇手腕重新举到头顶，憋了一晚的火，在此刻彻底失控……

天色大亮，然而拉得严严实实的窗帘，尽职尽责地挡住了所有阳光。

房间好像有人走动，进来了又出去，不知重复了多少次，当脚步声再次离开卧室时，明薇醒了。眼睛好不舒服，又干又肿，明薇揉了揉，习惯性地翻身，腰间忽地传来一股酸痛，比第一天来“大姨妈”还酸！

明薇顿住，意识清醒，昨晚的一幕幕也清晰了起来。

明薇脸颊通红。

脑袋里乱糟糟的，全是少儿不宜的画面，房门突然被人推开，明薇吓了一跳，想也不想立即闭上眼睛，一动不动。穆廷州推门进来，视线投向床上，瞥见女朋友红彤彤的脸颊，他嘴角上扬，一步一步走到床前坐下。

明薇屏气凝神，大气都不敢出。

“午饭快好了。”对峙三分钟，穆廷州好笑地俯身，亲她光洁的额头，“起来吧。”

明薇拉好被子，慢慢睁开眼睛，看到他神采飞扬的俊脸，再感受自己身上的酸痛，明薇又羞又恼火，闭上眼睛道：“起不来。”明知道她是第一次还那么狠，一点都不体贴。

穆廷州比明薇更清楚她身上的情形，由衷道："抱歉，昨晚失控了。"

明薇不想听，拉起被子盖住脑袋。

穆廷州很想躺下来再抱抱她，但锅里煮着汤，必须看着。

"我去做饭，你再躺会儿。"穆廷州摸摸女朋友的脑袋，又走了。

只剩她一个，明薇脸上的热度慢慢退去，昨晚运动量太大，早饭也没吃，一听穆廷州提吃饭，明薇肚子便咕咕叫。虽然身体很酸，但还是要起来的，明薇揉揉腰，掀开被子，艰难地坐正。

适应了一会儿，明薇卷起床单，姿势别扭地去了卫生间。将床单内衣塞进洗衣机，明薇揉揉头发，脱了睡衣淋浴。身上全是穆廷州留下的痕迹，公众面前高冷禁欲的男人，到了她这儿简直像变了一个人。

等她洗完出来，穆廷州已经做好了午饭，见明薇头发湿着，穆廷州主动提议帮忙吹头发。

明薇垂着眼帘将吹风机给他，坐在椅子上等着。

明薇的头发又细又软，顺滑润泽，穆廷州的手指在她发间穿梭，脑海里却是昨晚明薇小手抓着他头发的情形。静默的气氛刺激得暧昧念头滋生，穆廷州看看她的侧脸，低声道："昨晚你感觉如何？"

其实昨晚就想知道她的感触，可惜她身体太弱，他只是收拾残局的工夫，她竟然累睡着了。

"没感觉。"明薇硬邦邦地说，大白天的，谁要跟他交流这个。

穆廷州知道她在说气话，既然她不高兴，他暂且先不提。

午饭很丰盛，穆廷州做了四菜一汤，明薇吃得很满足，只是严重缺乏睡眠，吃饱喝足了，明薇又困了。明薇在沙发上坐了一会儿，打个哈欠，扭头对穆廷州道："我去午休，你随便干点什么吧，有事先回去也行。"

"我陪你。"穆廷州跟她一块儿站了起来，神色平静。

明薇警惕地斜了他一眼。

穆廷州正色保证："单纯午休。"

明薇半信半疑，哼着威胁道："这是你说的，做不到今晚就回去。"

穆廷州没接话，忽地托住她的肩膀将人打横抱了起来。明薇心慌，刚要骂他，穆廷州低头亲了她一口："昨晚累到你了，我抱你进去。"

明薇咬牙，红着脸别开眼。

一分钟后，穆廷州慢慢将明薇放到了床上，身体自由了，明薇立即移到床的另一侧，将一床被子都卷到她那边，背对穆廷州道："你把次卧的被子拿过来，咱们井水不犯河水。"

"我不用盖被子。"穆廷州直接躺她旁边，面朝她说。

明薇真的很困，反正房间暖和，不盖被子也不冷，她就不管穆廷州了，闭上眼睛睡觉。

睡了没多久，身上的被子好像被人扯了下，浅眠的明薇混混沌沌的，直到被人搂到怀里，明薇才反应过来，嘟囔着推他："我困……"

"你睡你的。"穆廷州幽幽地说，嘴却堵住了她红红的唇。

明薇抗议，被他霸道镇压，按着她的手，下巴往她领口蹭。

明薇有点被他撩到了，可她也是真的困，加上还没有完全恢复过来，便好言好语地跟他商量："晚上吧？"

"现在。"穆廷州拽她毛衫。

明薇抬手阻拦，态度比较坚决。

穆廷州看看她，松开手，埋到她脖颈间道："距离《白蛇》开拍还有半个月，我们该珍惜这段时间。"

明薇不以为然，小声嘟囔道："跟《白蛇》有什么关系？"现在两人要偷偷见面，真的进组了，连续四五个月住在一家酒店，约会只会更方便。

穆廷州亲亲她的脸，无奈道："拍摄期间，我可能挑不起你的性趣。"

明薇不懂了，扭头看他："为什么？"因为工作忙？这人是不是太低估他的雄性魅力了？

穆廷州与她对视片刻，忽然用头顶蹭了蹭她的下巴，简短提示："我也演法海。"

法海……

明薇脑中登时浮现出一个老和尚的形象，再看看男朋友一头乌黑浓密的短发，明薇幸灾乐祸地笑了，一本正经地拍拍穆廷州的肩膀，安慰道："穆老师放心，你颜值高，变成和尚，也是高颜值的和尚。"

穆廷州是个专业的演员，既然角色要求他剃头，他就会没有任何心理障碍地接受，何况他是个男人，并不在意别人如何评价他的外貌形象。但现在他是有女朋友的人，穆廷州担心明薇会介意他的光头。

"你的意思是，我留光头，不会影响咱们同居次数？"穆廷州抬起头，盯着明薇问。

明薇："……"

会不会，她也没把握啊，万一穆廷州光头的样子太搞笑，强行开车可能中途笑场翻车也不一定。

穆廷州读懂了她的答案，既然她可能会嫌弃，那便珍惜现在。

穆廷州捧住她的脸，继续刚刚的吻，明薇一开始还在笑他光头的问题，渐渐地被他的热情感染……

漫长的亲密结束，明薇趴在穆廷州的胸口，慵懒无力。

穆廷州有一下没一下地绕着她的长发，看着明薇满足的眉眼，他低低道："是不是相逢恨晚？"

明薇在心里骂他无耻，嘴上冷笑："相逢早了也没用，你二十四的时候，我还未成年。"

穆廷州无言以对。

明薇得意地笑，笑容还没完全漾开，穆廷州突然翻身，眨眼就把她压下面了。明薇一下子慌了，怕他动真格的，乖乖讨好："我开玩笑的，睡吧，真困了。"

她笑得乖巧，穆廷州用目光描绘她的眉眼，情不自禁地想象她十六七岁时的样子，一定是个活泼爱笑的高中生，走到哪里都会成为一群毛头小子的焦点。

这么一想，他真的觉得与她相逢恨晚。

但穆廷州没有告诉她，亲亲她清秀的眉毛，他翻身躺好，将她捞到怀里抱着，一起睡觉。

逍遥了三晚，年后同居第四天，穆廷州终于被肖照的电话叫走了，两个都是大忙人，又是新剧开拍在即，并没有太多私会时间。半个月后，

《白蛇》在杭州开机，两人这才再次同框。

为了掩人耳目，明薇故意晚穆廷州一天抵杭，走出机场上了保姆车，明薇靠着椅背给穆廷州发消息：下飞机了。

穆廷州：恭候多时。

四个字，撩得明薇心尖儿痒痒。

高速、市区都堵车，明薇傍晚七点多才到酒店，刚下车，附近就有粉丝认出她了，兴奋地过来要签名。明薇面带微笑，几乎来者不拒，好在酒店这边粉丝并不多，五六分钟后，明薇顺利进了电梯。

助理小樱一直将明薇送到房间才下楼去她的客房了。

明薇关上门，正犹豫要不要通知穆廷州她已经入住了，穆廷州的电话便来了。

情人节那三晚，两人曾亲密无间，但小半月的分离冲淡了那短暂的熟悉感。猜想穆廷州可能会说的话，明薇心怦怦跳，紧张地将手机举到耳边。

"开门。"

熟悉的低沉声音，熟悉的简短话语。

明薇又想他，又怕他，小声解释："我跟小樱约好八点一起吃饭。"只剩半小时，她想洗个澡，上下飞机都遇到粉丝围堵，坐飞机又那么累，明薇现在最想做的就是洗澡。

"不会耽误你。"穆廷州幽幽地说。

明薇脑海中的小天平不受控制地朝男朋友倾斜，"嗯"了声，一边维持通话一边去开门，随即马上往回走。通话还在继续，明薇听到穆廷州的关门声，一秒两秒三秒，明薇这边的房门被人推开。

明薇背对门口挂断电话，想装自然，但就是不敢回头。

恋爱就是这么奇怪，没确定关系前还能大大方方相处，不高兴就给他脸色看，恋爱了再跟他同处一室，周围的气氛便全变了，像有无形的火，温温柔柔地烘着她。但这温柔的火中，突然伸出来一双灼热的大手，抱住她的腰，烫得她心跟着颤抖。

他收紧双臂，明薇立即撞到他的胸口，他低头亲吻她脖子。

这样的亲吻像迷药，一点一点侵蚀她的理智，明薇反手按住他的头，白皙手指探进他尚在的短发。他继续亲，明薇一边躲一边底气不足地劝阻：“一会儿还要吃饭……”

“很饿？”穆廷州问，灼热的呼吸吹在她耳上。

明薇只是一点点饿，但还是点点头。

“我也饿。”穆廷州这么说，然后就在明薇窃喜暂且可以避免被他吞了时，穆廷州突然抱住她的腿，将她高高举了起来。明薇“啊”地惊叫，看不到穆廷州的脸，只看见中间的大床离她越来越近。男人的意图太明显，明薇羞恼地拍他结实的手臂，低声骂他：“你就不能多等两小时？”

“不能。”停在床前，穆廷州直接将明薇丢在床上。

事后，穆廷州埋在她的脖颈间，意犹未尽亲她的耳朵：“还去吃饭吗？”

明薇狠狠掐了他一把，掐在他汗淋淋的肩膀。

穆廷州闭着眼睛笑，俊脸躲在她的长发中，掩饰了浓浓的餍足。

几分钟后，明薇换了一身休闲装，刚被爱情滋润过的她，脸颊红扑扑的，大眼睛水盈盈般动人，如果马上与穆廷州同时出门，绝对会被人猜到两人做了什么。

“我先下去，你走时小心别让人撞见。”连续喝了半杯水，明薇声音还有点哑呢。

穆廷州点头，坐在床上，目不转睛地看着她。

明薇红着脸转身，抓起手包，走到门口又冷静一分钟，这才拉开房门。跨出去，明薇本能地观察左右，见走廊没人，明薇松了口气，轻轻带上房门，故作从容地走向电梯。

明薇离开不久，她左侧的套房有人不紧不慢地走了出来，然后靠在对面走廊上，耐心等待。一分钟两分钟，随着一声轻响，明薇的客房门开了。肖照继续懒散地背靠墙壁，黑眸透过金丝眼镜，敏锐地观察穆廷州。

刚做完一番激烈的“健身运动”，穆廷州白皙脸庞也泛了红，但他比明薇镇定多了，看到肖照，面无表情地随手关上房门，不知道的还以为那是他房间。

“三十五分钟。”肖照看眼腕表，别有深意地盯着穆廷州，“聊什么聊了这么……久？”

最后一个字，咬得特别重。

穆廷州目光变冷。

肖照见好就收，站直了，恢复正常语气道：“走吧，饿了半天了。”

知道明薇晚上抵达酒店，穆廷州计划等明薇一起用晚饭，身为男方的经纪人兼女方的亲哥，肖照也在等这顿饭。

穆廷州看他一眼，面无表情地走了。一个是好友，一个是女朋友，既然明薇不反感与肖照接触，穆廷州便决定置身事外，继续把肖照当朋友，同时正常与明薇恋爱，至于两人最后会发展成什么关系，穆廷州不插手。

楼下自助餐厅，明薇跟小樱已经挑好了位置，她们来得晚，餐厅客人本就不多，就算有人认出明薇，也礼貌地没有选择在这个时候打扰明薇用餐。

“薇薇快看！”小樱突然兴奋地道。

明薇心里有数，抬头，果然看见穆廷州来了，但明薇并未做好晚饭期间会遇见肖照的准备，对上肖照温文尔雅的笑容，明薇默默低头，不反感，也不热情。徐修与母亲的那一晚，母亲不是自愿的，徐修所为是人品问题，明薇不想认，也不想与肖照走得过近，让徐家人觉得她对徐修的拒绝只是欲拒还迎。

肖照没有错，但她与肖照真的不适合再做朋友，相信肖照能理解她，知道她没有恶意。

都是熟人，穆廷州、肖照光明正大地坐到了两位女士旁边。

穆廷州没说话，慢条斯理地用饭，与他真正单身时的表现相仿。

肖照扶扶眼镜，先朝热情的小樱点点头，再微笑着打趣明薇：“明小姐最近对我似乎有些冷淡，请问我哪里得罪你了吗？如果有，请明小姐直言相告，我会尽力改正。”

小樱瞪大了眼睛，疑惑地看明薇。

肖照装糊涂，明薇就扮无理取闹，对着餐盘道：“突然就想冷淡了，如果肖先生是个合格的绅士，就请不要再跟我搭讪，免得彼此尴尬。”

火药味儿这么浓，小樱紧张得不敢吃饭了，只有穆廷州什么都没听见似的，神色平静。

而刚刚被明薇炮轰了的肖照，非但没有冷脸，反而笑了，用一种宠溺的眼神看着明薇：“明小姐温柔大方美丽动人，我就喜欢跟你搭讪，你尽管随心所欲，就算你不理我，我也不会觉得尴尬，只会甘之如饴。”

明薇咬唇。

小樱红了脸，脑袋却越来越迷糊了，她一直觉得明薇与穆廷州是一对儿，可肖照刚刚那番话，听起来怎么好像在调戏明薇？穆廷州真的不介意吗？小樱抿抿嘴唇，偷偷瞄向那位高冷淡漠的“影帝”、明薇公主的公认CP。

“你影响我用餐了。”穆廷州优雅地擦擦嘴角，转身直视肖照道：“所以请你闭嘴。”

穆廷州让他闭嘴，肖照充耳未闻，见明薇幸灾乐祸地翘了嘴角，肖照便真的闭嘴用餐。

晚餐即将结束，肖照笑着询问两位女士：“明天发型师过来给廷州设计发型，你们要围观吗？”

明薇正在喝柠檬茶，闻言差点喷水，飞快抓起纸巾捂住嘴，背过去咳嗽。小樱也憋红了脸，想笑不敢笑，耷拉着脑袋假装不懂。可穆廷州一人演许仙、法海，许仙发型的确需要设计，法海……就是剃头啊！

穆廷州面无表情地盯着对面的女朋友，只是剃个头，她至于这么激动？

“抱歉。”终于不咳了，明薇红着脸转过来，“我……”

然而目光才对上穆廷州，明薇再次破功，实在受不了了，一边闷笑一边拎起手包快步离开，小樱飞快跟上。其实小樱不是很想笑，可看着明薇一直笑个不停，她也就忍不住了，离开餐厅时，两个女人互相扶着，笑得肚子痛，惹得路人频频侧目。

女朋友的表现，穆廷州全部看在了眼里。

"光头而已，有那么好笑吗？"肖照一本正经地质疑，实际是帮明薇朝穆廷州身上补了一刀。

穆廷州冷冷看他一眼，起身离座。

明薇回房后重新洗了一次澡，头发也洗了，出来时听到手机铃声，走过去一看，果然是穆廷州打来的。三十多岁才开荤的大龄健壮男友，真是甜蜜热情的负担，明薇拿起手机，一边插吹风机一边接听。

"开门。"

明薇无语："我要吹头发。"

穆廷州："我帮你。"

明薇拒绝："吹完还要给家里打电话，你等等。"好歹给她喘口气的工夫啊。

穆廷州不想等，可女朋友不给他开门，他只能忍。

明薇吹头涂护肤品用了十分钟，给家里老爸老妈报平安聊了十分钟，通知穆廷州可以过来时，已经快十点了。穆廷州随叫随到，推开门绕过玄关，看见明薇披散着头发坐在窗边的沙发上，低头玩手机。

房间里飘荡着她自带的沐浴露清香，无声刺激男人对女朋友曼妙身体的回忆。

"这个时间该睡觉了。"穆廷州走到沙发前，单膝蹲下，大手扶住女朋友的膝盖。

明薇嗔了他一眼，将刚刚搜到的图片给他看，笑着问："你会比他们帅吗？"

穆廷州低头，在她手机屏幕上看到几张男明星光头照，聚集在一块儿，她手机好像都更亮了。穆廷州其实已经忘了晚饭时明薇的笑场，现在明薇主动送上来讨罚，穆廷州便抢走手机放到旁边，就着单膝蹲地的姿势，直接埋到她胸前："你觉得他们很帅？"

男人温热的呼吸，透过单薄的睡衣喷在她身上。

这种位置，令明薇心跳加快。

穆廷州抱起再次脸红的女朋友，大步去了床上。

……

结束了，明薇摸出手机，快零点了。

闭上眼睛，明薇再次在心里骂他，穆廷州不是人！

"拍戏期间，我会克制。"猜到她在想什么，穆廷州提前保证道。后日开机，这两天他与明薇只有些准备工作，别后再聚，穆廷州控制不住也不想控制，但拍戏费心费力，一天工作下来，穆廷州体力支撑得住，但他绝不会给明薇增加不必要的负担。

"鬼才信。"明薇嘟嘴。

穆廷州笑，事实会证明。

明薇困了，撵他："睡了，你回去吧。"

穆廷州皱眉，下意识抱紧她，亲她的额头："一起睡。"

明薇坚定地拒绝。拍戏不同于休假，睡前醒后，一个人待着，她可以好好揣摩人物剧情、反思自己的表演，如果穆廷州在她身边，明薇肯定会分心。恋爱很甜蜜，但既然要工作，大家就该拿出最好的状态。穆廷州演技早已娴熟，明薇刚刚上路，平时必须付出更多精力。

女朋友道理讲得很清楚，穆廷州感情上不太满意，但理智上，他支持自己的女人。

"那我走了，需要我留下时，记得告诉我。"

明薇点头。

穆廷州又亲了她一口，贴贴她的脸，这才松开人，转身。

明薇趴在被窝里，水汪汪的大眼睛盯着他的一举一动，看着看着，视线挪到了穆廷州的头上。明薇笑了，突然爬起来扑到穆廷州背上，跪立着，双手揉他的头发，小声地呜呜："明天就摸不到了，什么时候才能长出来？"

拍摄预期长达五个月，也就是说，接下来的小半年，她都再也享受不到这种手感了。

穆廷州脸有点黑，背对她道："据说某些鸟类，啄异性羽毛是一种求偶方式。"

明薇一听，立即松开他脑袋，重新钻回被窝。

穆廷州继续坐了会儿，回头看看，穿上衣服，悄然离去。

门关上了，明薇探头出来，回想今晚的一切，她羞涩又甜蜜，拿出手机给他发微信：晚安，穆老师。附带一个摸头表情。

穆廷州：睡吧，别作。

明薇咬牙：开拍在即，请穆老师尽快入戏，背熟清规戒律。

穆廷州笑了下：然后你来勾引我？

明薇认输。

明天才开机，明薇昨晚没定闹钟，但还是被铃声吵醒了，明薇眯着眼睛接听。

"八点了，下楼吃早饭。"

精神十足的声音，来自她外表禁欲、内心凶猛的"影帝"男友。

明薇困，嘟囔道："不吃，直接吃午饭。"

昨晚一夜大餐，穆廷州理解她困倦的状态，但不吃早饭有害健康。

"发型师上午十点到。"穆廷州抛出一个诱饵。

发型师……

明薇秒醒，笑了："你先下去吧，我十分钟后到。"

女朋友终于愿意起床了，穆廷州却没有感觉欣慰，沉着脸走出房间。明薇不想跟肖照一起吃饭，穆廷州也不想了，可肖照仿佛在他房间安了摄像头一样，穆廷州前脚出来，那边肖照也拉开了门。

视线相碰，穆廷州无情道："她不欢迎你。"

肖照冷笑："拍《大明》期间，她更不欢迎你。"

穆廷州不记得，也不屑争辩，下楼去吃自助餐。肖照先挑好东西落座，穆廷州转身见了，扫眼别的座位，最终还是端着盘子朝肖照走去。恋情尚未公开，两个主演带着各自的助理吃饭是普通同事交情，如果他丢下肖照，一会儿明薇见了，肯定不会坐他旁边。

十分钟后，明薇、小樱并肩走了进来，远远看到那两个男神，一个“影帝”，一个徐家低调的二公子，明薇淡淡一笑，选好早餐，领着小樱去了离男神们最远的那一桌。肖照见了，嘴角苦笑一闪而逝，穆廷州深深看他一眼，低头吃饭。

饭后小樱跟着明薇去了顶楼套房，忐忑地问明薇：“薇薇，你跟肖照闹别扭了？”

早饭都不一起吃，她还能亲眼目睹“影帝”剃头的全过程吗？

明薇轻松道：“算是吧，一点小事，你不用管，安心做事就好。”

小樱点点头，看肖照的表现，应该是想赔罪讨好明薇的，不是大恩怨就行。

九点半左右，有人敲门，随即传来肖照愉悦的声音：“明小姐，廷州要剃头了，你有兴趣旁观吗？”

小樱捂嘴笑。

明薇轻咬嘴唇，做好不笑场的准备了，这才跟在小樱后面。

房门打开，走廊中站着四个男人，除了穆廷州、肖照，还有穆廷州的御用发型设计师吴渊，以及他的助理。明薇与穆廷州合作过两部戏了，当然认得吴渊，笑着打招呼：“吴老师，好久不见。”

吴渊微笑：“其实咱们见面的频率算高的了。”说着意味深长地看了看穆廷州。

穆廷州对自己的发型师、化妆师有着超高要求，能被他接受、并长期聘用的专业人士，基本上也成了他的朋友。也许粉丝们还在期待穆廷州、明薇恋爱的铁证，作为圈内人，吴渊自有判断。

明薇装糊涂，熟稔地调侃道：“穆老师请您来为他剃头，算不算大材小用？”

难道知名发型师剃出来的光头，会比菜鸟发型师剃得好看？

吴渊笑而不语。

穆廷州先去开门了。

明薇期待地跟进了房间。

专业设备摆好，穆廷州坦然落座，肖照双手抱臂在旁边看着，明薇矜持地坐在斜对面的沙发上，托着下巴看。当准备工作做好，吴渊弯腰站在穆廷州面前，举着推刀即将开始时，明薇突然特别紧张，尴尬地道：“我还是不看了。”

多好笑，剃光头的是穆廷州，穆廷州大大方方，她居然慌了。

说完了，明薇逃也似的走了，小樱当然跟着离开。

明薇一个人待在客房，莫名地坐立不安，什么都干不进去。光头的穆廷州会是什么样？万一太搞笑怎么办？会不会影响他的综合颜值？明薇肯定不会因为男朋友剃光头就不喜欢他了，但如果形象太别扭……

光头啊光头，亮亮的大脑壳。

越想越紧张，微信突然响了，肖照：剃了一半，需要照片吗？

明薇：再说话我删了你！

肖照没回应，过了会儿，突然发来一张图片，显示正在接收。

明薇心跳加快，本能地捂住照片，过了不知多久，她才眯着眼睛移开手，再心情复杂地睁开一条眼缝，然后就看到图片还在接收中……明薇愣住，仔细看看图片，终于看懂了，原来是个“接收图片”的动图！

明薇咬牙切齿，真把肖照删了，反正她与肖照没什么正事可聊的。

一分钟后，肖照发短信：娱乐圈某女明星名利、爱情双收，立即删除昔日经纪人好友。

明薇扑哧笑了。

“叮”的一声，肖照发来微信好友申请。

明薇就不加。

肖照发短信：好妹妹。

他嬉皮笑脸，明薇却心跳漏了一下，尽管她不想承认徐修，可肖照确实是她异母哥哥。

短信又来了：加我，给你看光头帅哥。

明薇犹豫，不加吧，肖照实在让她讨厌不起来，加了吧，刚删完就加回去，太便宜他了。

正当她摇摆不定，又一条微信跳了出来。

穆廷州：看照片，还是直接看人？

明薇呆住，想象穆廷州房间的情形，她试探地问：你在卫生间？

隔壁，正在卫生间检查自拍效果的穆“影帝”，看到这条回复笑了，像条狼。

因为肖照还在穆廷州的房间，所以穆廷州问她要不要看照片，明薇就猜测他是在卫生间自拍的，好奇问了问，穆廷州就不理她了。明薇还以为他突然有事忙，然而等了半小时穆廷州都没有回复，明薇终于意识到了不对。

该不会她那个问题太犀利，并不想让人知道他在卫生间自拍的穆“影帝”，不高兴了？

明薇连忙发了一个笑脸过去：照片呢？

等了几十秒，穆廷州：删了。

明薇便知道，男朋友真的在耍小脾气。

明薇笑：生气了？我就随便问问，我也喜欢在卫生间自拍。

穆廷州又不理她了。

明薇赶紧跑到卫生间，秒拍了一小段视频，作为证据发给穆廷州。

视频中的女孩年轻漂亮灵动朝气，隔壁房间，穆廷州背靠沙发，不知不觉重播了三四遍。

明薇催他：该你了。

穆廷州：过来，门没关。

明薇怂了，她想看穆廷州的光头造型，又害怕看到他，仿佛网恋男女第一次在现实中见面的心情。明薇不敢过去，找借口：走廊人多，我怕被人看见。

穆廷州：我今天都在客房吃，你不过来，没机会看我真人。

脾气真够大啊，明薇嘟嘴：这样啊，那穆老师好好休息，开机见。

收到回复，穆廷州抿了下唇，看眼对面的墙壁，他神色如常地放下手机，浏览网页，只不过每隔几分钟，穆廷州就会习惯性地看看手机。

明薇就不理他，中午跟小樱下去吃饭，饭后戴上墨镜帽子，去附近景点玩去了，故意挑幽静的地方，一个下午过得惬意又享受，晚饭也在外面用的。吃完了，大概傍晚六点多，接到穆廷州电话。

"一起吃晚饭。"男人的语气听起来与平时没什么不同。

明薇一手托着下巴，看着窗外优美的夜景道："我刚吃完。"

她那边有杂音，不同于酒店客房的安静，穆廷州皱眉："你在外面？"

明薇："是啊。"

穆廷州："什么时候回来？"

明薇下午也偷偷看了好几次手机，本来就没怎么生气，现在穆廷州主动低头，明薇就没再故意气他，实话实说道："再过十五分钟吧。"酒店、酒楼都在景点旁边，离得很近，明薇准备步行回去，散步消食。

"路上小心。"穆廷州低声叮嘱道。

明薇甜甜地"嗯"了声。

离开酒楼，明薇只用十分钟便走回了酒店，刷牙漱口，从卫生间出来时，接到穆廷州的电话。

"回来了？"

"嗯。"

"开门。"

明薇忍不住小声哼道："不是说我不过去，就没机会看到你真人？"

穆廷州："我已经在你门外了。"

明薇一听，哪还有心情讽刺男朋友，噌地朝门口跑去。拉开房门，明薇还没想好要不要立即看穆廷州的脑袋，男人直接从她身边进去了，明薇心情复杂地回头，却见穆廷州戴了一顶网球帽，帽子下面露出小半个秃脑壳，一身黑衣高大挺拔，头戴帽子，背影依然帅得没边。

明薇撇嘴，走那么快，肯定是不好意思让她看正脸吧？

关上门，明薇故作坦然地走向穆廷州。

穆廷州坐在了沙发上，帽檐压得很低，他又在低头玩手机，明薇连他脸都看不完整，更不用说脑袋瓜了。他坐沙发，明薇坐他对面的床上，盯着穆廷州瞧了会儿，她好笑道："怎么，穆老师不好意思抬头了？"

既然不好意思，那他为什么来？

刚说完，微信响了，明薇拿起手机，穆廷州：你不过来，我不会摘帽子，你也就没机会看。

居然跟她玩文字游戏！

明薇冷笑，干脆脱鞋钻进被窝，抱着笔记本哼道："爱给看不给看，我看电影了，您随意。"

穆廷州嘴角上扬，继续玩数独。

男朋友就在那儿坐着，还是换了新发型的男朋友，明薇嘴上逞强，其实根本看不进去电影，忍了十分钟左右，她偷偷歪了歪脑袋，视线紧擦着笔记本屏幕边缘射向对面的沙发。穆廷州一身黑衣，低头坐在那儿，明明是在玩手机，却散发出认真专注的迷人气场。

明薇心痒痒，好想去摘他的帽子，可她刚刚放了狠话。

明薇不肯认输，装模作样下去找耳机，戴耳机看。

半小时后，明薇再次偷瞄自己的男朋友。

男人一动不动，帽子底下却传来他略带讽刺的声音："掩耳盗铃。"

明薇脸红。

既然已经被戳破，好奇心迅速战胜千疮百孔的羞耻心，明薇一把放下笔记本，穿好拖鞋朝穆廷州跑去，注意到穆廷州将手机放到茶几上的小动作，明薇更开心了，坐到穆廷州旁边，低头往他帽子底下瞧。

穆廷州神色淡淡，一双黑眸波澜不惊地看着她。

明薇不争气地被电了一下，脸一红，情不自禁地低下头，有点想临阵退缩。

穆廷州等了她一天，好不容易等到女朋友主动来他身边，绝不会给她退缩的机会，大手一捞便将明薇抱到腿上，扣着她后脑亲，直接深吻。明薇小脸通红，乖乖地被他抱着，闹了一天的小别扭，再次被他这样亲，别有一种动人滋味儿。

一吻结束，穆廷州慢慢抬起头，黑眸沉沉地看着她："想睡觉？"

他声音暗哑，别有深意，明薇连忙摇头，视线移向他的头顶。

穆廷州一动不动。

明薇娇小地靠在他的胸膛，与他对视片刻，她慢慢抬起手，一点一点凑向他的帽子。碰到时，明薇紧张地吞口水，再看穆廷州一眼，他依然镇定从容。明薇心怦怦跳，鼓起勇气，彻底拿走那顶黑色网球帽。

他真的变成了光头，头顶反射灯光，那叫一个闪亮。

明薇想笑，但视线下移，对上穆廷州俊美清冷的脸庞，对上那双专注凝视她的眼睛，明薇刚刚涌起的玩笑心情荡然无存。心跳不知为何越来越快，脸上温度也越来越高，鬼使神差地，明薇竟然觉得，两人现在这样抱着不太合适。

明薇想先下去。

穆廷州却抱紧她的肩膀，俯身靠近她的脸，直视她水盈盈的眼睛问："能接受吗，明小姐？"

这一刻，他好像变成了一个陌生人，一个陌生的光头男，他情色满满地抱着她，却用绅士的语气问她愿不愿意接受他这个光头。颜值、话语、动作三重刺激，明薇一方面觉得陌生，与此同时，肾上腺素却脱离了控制，在穆廷州薄唇将要碰触她嘴唇的前一秒，达到了顶峰。

她闭上了眼睛，心为他战栗，这个男人，天生就有让女人着魔的资本。

这次明薇表现得比平时更热情。

穆廷州对着她的耳朵道："如果你喜欢，我可以留一辈子光头。"

明薇羞恼地抓他。

穆廷州抱她去泡澡，坐在浴缸中，明薇始终不敢看穆廷州，只趁他低头时偷偷打量，然后每看一次，明薇便忍不住觉得，光头的穆廷州似乎比留着短发更有味道。那是一种无法形容的感觉，但明薇已经能够想象，当穆廷州饰演的法海亮相时，粉丝们一定会高呼法海、白蛇CP，彻底将许仙甩一边。

影视剧中，留着头发的美男角色多如过江之鲫，穆廷州扮演的光头法海，便是众男神当中的那条龙。

明薇真的好喜欢，预想的尴尬或笑场全是浮云。

穆廷州突然抬眼，再次抓包女朋友的偷窥。

“我帮你洗头。”都亲热过了，明薇不怕他知道，厚着脸皮凑过去，示意穆廷州低头。

继头发之后，女朋友对他头顶的痴迷又超过了他的人他的脸，穆廷州淡漠拒绝：“不用洗。”

明薇偏要洗，人扑到穆廷州怀里，一手抓把泡沫，笑着往穆廷州头顶抹。

洗完澡，上了床，明薇钻到穆廷州怀里，闷闷地说了三个字。

穆廷州没听清：“什么？”

明薇当他故意的，转身气道：“快走吧。”

穆廷州后知后觉地反应过来了，刚刚她说：别走了。

看着她气鼓鼓的背影，穆廷州笑，掀开被子，他身体往下挪，然后，头顶贴住她的背。

微微的刺痒传来，明薇当场笑出声，笑着笑着，被穆廷州猛地转过肩膀。

灯还亮着，男人头顶自带柔光。

明薇眨眨眼睛，身随情动，举起白皙纤细的手臂，娇娇地抱住他的脖子，抬头送吻。

光头的“影帝”她好喜欢。

第十七章

我没有青梅竹马，如果可以有，我希望是你

《白蛇》开机，恰好在杭开商务会议的徐氏集团董事长徐修，抽空过来观礼了。

徐氏是《白蛇》第二大投资商，领导过来瞧瞧并不奇怪。

他出现得低调，明薇正全神贯注地看台上领导致辞，余光中忽然瞥见穆廷州朝另一侧扭头。穆廷州高高大大，戴着那顶黑色网球帽，鹤立鸡群，一点小动作也会引人注意，见他往外看，明薇下意识也侧头看了过去。

入场中央，一个穿黑色高定西装的男人徐徐走来，迎着两侧剧组成员好奇的打量，男人气度雍容，如王者莅临天下，半生岁月匆匆而过，在他脸上留下几道皱纹，却也送了他一种内敛儒雅的韵味儿，如上品良玉。

认出徐修，明薇立即收回视线，嘴角暗抿。

穆廷州身后，肖照轻轻咳了咳。

明薇没理他。

晚上开机宴，明薇、穆廷州与青蛇的扮演者王灵都被安排在了高层领导那一桌。早在白天徐修出现的那一刻，明薇就料到会有这种情形了，但开机、杀青宴对剧组意义重大，明薇人在剧组，不参加不合适。

“薇薇、廷州，这是徐董。”两大主演一来，制片人先从投资商们开始介绍。

“你好，明小姐。”徐修笑着伸出手。明薇露出一个客气微笑，简单握了握。

徐修也没有对女儿表现出明显的异常，客套过后，众人落座。

明薇左边是穆廷州，右边是青蛇王灵，而穆廷州的左边是导演穆崇。与徐修相比，明薇今晚更关注她男朋友的老爹，也是未来五个月她的顶头上司。穆崇与徐修差不多的年纪，同样是气质出众的帅气大叔，但不知道是不是心理原因，明薇就觉得穆崇看起来比徐修正派多了，更像一个严肃的文化工作者。

明薇看得入神，高跟鞋突然被人轻轻抵了下。

明薇反应神速，也没看穆廷州，低头吃饭。

生父、未来公公都在饭桌上，这顿饭明薇吃得味同嚼蜡。不过用餐期间，徐修除了与穆廷州聊了两句，没跟其他演员说话，只在餐后分别前，微笑着提醒小辈演员们：“慢慢拍，注意安全，不用赶进度。”目光依次扫过穆廷州、明薇、王灵，最后顿在了导演穆崇脸上。

穆崇面无表情。

徐修这就走了。

明薇也想走，被穆廷州用眼神制止，然后经过穆廷州巧妙的时间安排，十分钟后，明薇便与穆廷州父子一块儿等电梯了……

“爸，这是明薇。”进了电梯，都是自家人，穆廷州终于开口了。

明薇脸颊通红，她与穆崇早见过面了，穆廷州现在的介绍，自然是带女朋友见家长的那种。

穆崇看看明薇，淡淡“嗯”了声，冷漠的表情，与曾经的穆廷州几乎如出一辙。

虽然早就听说了穆崇的性格，但身为一个初次见家长的女朋友，面对男朋友父亲如此冷淡的反应，明薇多少有点尴尬。就在她犹豫是该乖乖沉默还是努力找个话题时，对面再次传来了穆崇的声音：“廷州妈妈很喜欢你，有空来家里吃顿饭。”

明薇瞬间多云转晴，笑靥如花，乖巧道：“好……谢谢伯父。”

穆崇点点头，电梯停稳，他原地不动，绅士地等明薇先出。

明薇心花怒放，回到客房立即给穆廷州打电话：“伯父真可爱。”

穆廷州无语，对她那么冷淡，哪里可爱了？

第二天正式开始拍摄。

在此之前，国内已经有过多部基于白娘子这段传说的改编，每个版本都有自己的创新，但白蛇配许仙、法海棒打鸳鸯是基本核心。东影这版《白蛇》更大胆，开篇便是白蛇与书生许贤相爱，违反天条，被天庭责罚，镇压于雷峰宝塔之下。

这个开篇相当于楔子，电影真正情节始于白娘子逃离雷峰塔之后，重回人间西湖，白娘子在断桥上偶遇医馆学徒许仙。许仙与白娘子昔日情郎许贤生得一模一样，名字也极其相像，白娘子便认定许仙是情郎转世，要与许仙再续前缘。

白娘子貌美倾城，又有蛇妖特有的妖媚风情，且情深意浓，许仙一见倾心，白娘子几番试探，许仙便彻底拜倒在她的石榴裙下，与白娘子洞房花烛。甜蜜日子没过多久，城里来了一位得道高僧法海，法海去雷峰塔与大师论禅，意外发现塔下镇压的白蛇早已逃之夭夭。

法海立志降妖除魔、拯救苍生，当即便搜寻白蛇行迹，并成功找到了白蛇。

白蛇嫁给许仙后，过得还算幸福，唯一一点小遗憾，是她没在许仙左肩找到前世情郎所有的竹叶胎记。法海上门，突然又遇到一个与情郎完全酷似的人，白蛇心头猛震，要求法海露出左肩给她看。

对一个高僧而言，白蛇此话无异于故意羞辱，法海直接动手除妖。

白蛇在雷峰塔下修行数百年，修为更上一层，法海根本奈何不了她，两人只能打个平手。斗法中间，白蛇侥幸扯下法海身上的僧袍，震惊地发现法海身上果然有片竹叶胎记。自此之后，白蛇不管冒牌货许仙了，想方设法往法海跟前凑，试图唤醒法海的记忆。

法海收服不了白蛇，苦无对策，只能回避。

白蛇追不到心上人，便又去与许仙做夫妻了，但是假夫妻，只为刺激法海。法海一边回避白蛇，一边又担心白蛇害人，便一直留在杭州城。亲眼目睹许仙被白蛇迷得神魂颠倒，法海向许仙言明真相。

许仙不信，用雄黄酒试探，白蛇不怕雄黄，但她知道这是法海的计策，便故意现出原形。许仙吓死，白蛇慵懒地看热闹，法海自作自受，不得不亲赴昆仑山借用灵芝草，仙翁不予，正派的法海只能跪地相求。

他跪了三天三夜，白蛇旁观了三天三夜，最终不忍法海自己受苦，白蛇给法海讲了两人前生的故事，然后叫上好姐妹青蛇，去盗取灵芝。灵芝被偷，仙翁大怒，欲往天庭告状，法海凡心已动，心知天庭出面白蛇难逃一死，便承诺期限收服白蛇。

救活许仙，白蛇知道自己会被追究，便赶走青蛇，法海暗中捉了青蛇，希望白蛇主动归案。白蛇得知后大怒，一人水淹金山，法海、白蛇再次斗法，生灵涂炭之际，仙翁突然出现，要与法海联手击杀白蛇。

法海只想将白蛇收回金钵，仙翁却招招要白蛇性命，眼看白蛇将死，法海冒死替她挨了一掌，并不顾一切挡在白蛇面前。仙翁质问法海以何面目见枉死的黎民百姓，法海深受感情与理智煎熬，迟迟做不出决定。

白蛇心软，流泪与法海道别，主动跳入金钹，千百年道行一朝消散，化成一条渺小白蛇。

法海按照约定，将白蛇重新镇压在雷峰塔底，而他也终生坐镇雷峰塔，为情为佛，只有他知。

这部戏，对明薇对穆廷州，都非常挑战演技，第一场戏便是难点。

按照剧本，白蛇要与书生许贤夜游花灯会。白蛇天生妩媚妖冶，举手投足全是风情，许贤痴迷地跟在后面，眼中是温柔缠绵。难点就在于明薇第一次演妖媚女人，穆廷州则是第一次演这种小白脸书生，还是一个被女人迷得魂不守舍的书生。

夜幕降临，湖面波光粼粼，花灯随波缓流，群演们也都准备就绪。

烟波浩渺，一艘乌篷船慢慢地漂了过来，船篷薄纱被湖风吹得起起伏伏。篷内，明薇身穿仙气飘飘的白裙，跪坐于矮桌旁，一手慵懒地托着下巴，一手提着鎏金细嘴酒壶高高举起，水流下落，她红唇轻张，清澈潋滟的美眸媚如丝地瞟着对面的青衫男人。船轻轻荡漾，她身体跟着轻摇，酒水却全部倒进了口中。

男人头戴黑漆方巾，俊美无双，此刻目不转睛地盯着饮酒的美人……

“卡！”

气氛没了，明薇连忙放下酒壶，低头擦拭嘴角，心中惴惴不安。这一幕拍了九次了，有一次是她提酒壶的姿势不对，有两次是她酒水没接稳，有两次是她眼神不够媚，剩下四次是穆廷州的问题，不知道这次是谁。

“许贤眼神还不够痴迷，从根本上讲，许贤只是一个普通书生，眼里要有情，神态也要表现出他小人物的弱。”监视器后，穆崇严肃地讲戏，因为NG了太多遍，穆崇此时语气很不好。

穆廷州垂眸静默，三分钟后再次拍摄。

明薇现在是一个人操两份的心，怕自己出错被准公公骂，也担心穆廷州被他亲爸骂出气来，所以拍摄时，她既要小心翼翼维持自己入戏的状态，又忍不住分出一点点精力观察穆廷州的表现，结果，当穆廷州按照角色要痴迷地望过来时，与他平时的禁欲脸判若两人，明薇扑哧笑场了，嘴里的水全喷了出去。

穆廷州眼疾手快接住她手里的酒壶。

明薇背对穆崇咳嗽，小心脏慌得都快没力气跳了，好不容易穆廷州成功诠释了角色，她却在NG十次后犯了这种最低级的笑场失误。穆崇会不会气炸肺，会不会觉得她根本没有演技，完全是靠与穆廷州的绯闻红起来的？

呛水咳嗽的本能暂且止不住，别人可能都以为她在笑场，然而明薇真是要哭了，被并不熟悉的未来公公监督拍戏，压力好大！

“休息五分钟。”

没有斥责，没有批评，只有一句冷若冰霜的话。

船内空间不大，摄影收音等工作人员都随导演退到了船外，给主演们时间酝酿状态。

明薇耷拉着脑袋沮丧极了，被骂了不好受，该被骂却没被骂，照样忐忑。

“你演得很好，别给自己太大压力。”隔着桌子，穆廷州低头安慰女朋友。

明薇抬头。

穆廷州眉眼温和。

工作受挫，明薇忍不住朝男朋友发泄小脾气，瞪着他道：“都怪你，平时冷冰冰的，现在突然变成那样，我不笑场才怪。”

穆廷州幽幽地望着她：“你这是迁怒。”

明薇嘟嘴。

穆廷州投降，想到什么，他笑了下：“晚上回去咱们对对戏。”

他声音暧昧，一听就在打坏主意，明薇瞪他一眼，却没有刚刚那么紧张了，劝穆廷州好好准备，她闭上眼睛，专心找状态。五分钟后，穆崇等人归位，明薇、穆廷州继续拍。这次稍微顺利了一点，眼神戏没NG。

“相公为何一直盯着我？”放下酒壶，明薇喝醉般伏在桌上，脑袋枕着左臂，右手点着桌子，一点一点伸向穆廷州。穆廷州眼睛看着她，喉头滚动，大手抬起来又守礼地放下，心虚地看眼外面，沙哑地劝道：“天色不早，咱们回酒……”

刚说完，察觉明薇陡变的眼神，穆廷州也意识到自己说错台词了，立即闭嘴。

剧本上，许贤急切，看到白蛇的媚态，想劝白蛇与他回家睡，可穆廷州居然说成了“回酒店。”

“回家回家，这句台词很难吗？”

NG了十次，好不容易过了一段，儿子居然又犯了一个低级错误。早在刚刚明薇笑场时，穆崇已经濒临发火的边缘了，怕吓到准儿媳妇才忍了下来，现在儿子自己撞上枪口，穆崇憋了许久的燥气顿时发作。

明薇僵硬地坐好，噤若寒蝉。

穆廷州淡淡回应：“抱歉。”

“继续。”穆崇冷声说。

许贤想回家，白蛇不想，拉着相公上了岸，在灯影中穿梭，这段主要表现白蛇的美，明薇有颜值加成，拍得很顺利，但一到两人互动镜头，就容易NG了。晚上六点开拍，十点结束，这四小时，明薇战战兢兢，回酒店的路上，真是身心俱疲。

“用我过去吗？”洗个澡，穆廷州打来电话。

明薇苦涩道：“算了吧，这五个月咱们就当不认识，全心拍摄。”

如果她与穆廷州不是恋人，没那么熟悉，拍互动戏份应该不会那么困难，《大明首辅》《青龙》都是正面例子。

穆廷州没有反对。

接下来几天，明薇都跟配角在一起，尽量与穆廷州保持距离，确实有了一定效果。

忙碌中，清明到了，江南处处风景如画，迎来了旅游旺季。虽然剧组尽量挑游客稀少的景点拍摄，但架不住粉丝们太热情，保姆车开到哪里，就一定会吸引一批粉丝循迹而来，围观拍摄。

这日中场休息，明薇坐在树荫下补妆，同时闭目养神，忽闻一道娇滴滴的声音："廷州哥哥……"

明薇眼皮动了动，强忍着才没有睁开，她够冷静，化妆师却八卦地看了过去，就见一个年轻漂亮的女孩躲在两个保镖后，踮起脚尖，热情灿烂地朝穆廷州摆手："廷州哥哥，他们不让我进去，你快替我做证。"

化妆师再转向穆廷州。

穆廷州侧对这边而坐，目光掠过那个女孩，不带任何感情地离开了。

化妆师笑了，认定那个女孩在故意吸引眼球，念头刚落，却听那女孩颐指气使道："肖照，你还不过来帮我，信不信我把你的秘密抖搂出去！"

这下连明薇也睁开了眼睛。

徐琳穿着一条蓝色小短裙，搭配干净的白衬衫，灿烂阳光下，年轻女孩肌肤晶莹剔透。威胁完肖照，她微微扬着下巴站在防护带外，笑容甜美，丝毫不在意附近的粉丝们咔嚓咔嚓对着她拍照的行为，而她也确实有无所畏惧的资格，徐氏集团唯一的千金，亲爸爸与大伯父都是金融界巨头，她需要顾忌什么？

扫眼那边戴着帽子仰头喝水的穆廷州，听着附近粉丝们的小声议论，徐琳反倒盼望能传出她与穆廷州的绯闻。穆廷州喜欢不喜欢她不要紧，当务之急是彻底打破穆廷州与明薇漫长的绯闻。

视线落到明薇身上，徐琳脸色冷了几分，她不管明薇是怎么想的，反正谁霸占穆廷州女朋友的位置，谁就是她的敌人，绯闻女友也不行。

穆廷州彻底无视徐琳，明薇假装不知道徐琳对自己男朋友的心思，他们两个可以置身事外，肖照却难办了。不让徐琳进来，徐琳大声喊他二哥怎么办？肖照了解这个堂妹，任性不懂事，什么事情都干得出来，可如果他放徐琳进来，岂不是暗示他或穆廷州与徐琳有什么关系？

短短几秒的头疼后，肖照有了对策，带着公式化的微笑走过来，用周围一圈粉丝能听见的声音笑道："原来是徐小姐，昨晚徐总打电话说你要来剧组玩，托我帮忙招待，但他说你明天到，早知你今天来，我一定会去机场接机。"

说完笑着对守卫防护线的保镖道："这位是徐副董事长的掌上明珠，过来看看。"

保镖一听，立即放行。

徐琳不太满意堂哥的说辞，但她现在只想近距离见穆廷州，因此越过肖照就要过去。

肖照笑容转冷，伸手拦住徐琳，继续用旁人能听见的声音道："徐小姐，我知道你是廷州的忠实粉丝，但廷州最近拍戏很辛苦，拍摄期间还请你保持距离，不要打扰剧组拍摄。"

徐琳气结！

周围听见肖照解释的顿时恍然大悟，原来这个女人也是穆廷州的粉丝，并且仗着家里有钱，利用关系搞特殊待遇来追星。回想穆廷州对她的冷淡态度，对比女人那声肉麻的"廷州哥哥"，粉丝们突然特别心疼穆廷州！

"影帝"又怎样，照样有他不能得罪的巨头公司，所以穆廷州虽然不喜欢徐家的千金，却又不得不默许那女人的接近，而他唯一能做的便是不理会徐家千金！

"人家在拍摄，没看我们都在外面看吗，真喜欢廷州就要尊重他，他忙着拍戏，你凑过去干什么？"

"就是就是，有些富二代啊，就喜欢仗势欺人。"

叽叽喳喳的闲言碎语，全都涌进了徐琳的耳朵。徐琳小明薇两岁，从小到大身边人都捧着她，突然被一群人当面指指点点，徐琳又生气又窘迫又委屈，恼羞成怒地朝肖照发火："都怪你，你……"

"我送徐小姐回酒店。"肖照一把攥住徐琳的肩膀，将人往外推。嘲讽指责还在继续，徐琳脸上无光，确实不想再留在这里，沉着脸跟着肖照走了。到了车上，徐琳气恼地打了肖照一下，肖照还没喊疼，她先哭了：“你就这么当哥哥的，我告诉大伯去！”

“去吧。”肖照漠然开车。

徐琳嘟嘴，还真把手机拿出来了，打一直很宠她的大伯父的电话。

徐修正在开会，手机静音，屏幕闪动，见是侄女的，徐修继续开会，半小时后散会了，他才往回打。徐琳已经进了客房，肖照正试图劝她回帝都，徐琳不爱听，接到电话，她立即委屈地告状：“大伯父，我来杭州找二哥玩，他故意当着一群人的面给我难堪，气死我了……”

兄妹俩闹别扭，徐修没放在心上，一针见血道：“你去那边是要追廷州？”

长辈这么犀利，徐琳不吭声了。

徐修继续道：“我让人给你订机票，马上回来。”

徐琳不高兴了，不服道：“为什么啊，爷爷都答应不干涉我恋爱自由了，大伯父你怎么也变老古董了？”老爷子不喜欢娱乐圈的人，之前一直反对她追穆廷州，徐琳花了一年的工夫才成功劝老爷子同意她追穆廷州的。

“廷州那种人你降服不了，留在那儿只会自讨没趣。”徐修一点都不委婉地说。

徐琳心都要碎了，一方面觉得长辈语气太硬，根本不考虑她的自尊，一方面又希望见多识广的长辈提点她。回头看了眼肖照，徐琳小声求助道：“那大伯父觉得他会喜欢什么样的女人？”穆廷州喜欢什么样的，她就变成什么样的，那么出色的男人，她认定他了。

徐琳豪情满志。

徐修还有公司事务要处理，接过秘书递来的合同，徐修最后跟侄女说了一句话：“肯定不是你这样的。”

徐琳：“……”

徐修挂了电话，签完字，想到远在江南的亲生宝贝女儿，徐修拿起手机，给女儿发短信：廷州各方面都还可以，在遇到更好的恋爱对象之前，你可以先接受他，开心工作、恋爱，其他事情，爸爸会替你解决。

明薇忙着拍戏，上午戏份结束，上了保姆车，她才有空看手机。

徐修的短信，明薇点开了，看完直接删掉。

刚删完，肖照发了一条微信过来：我今天的表现，能换白娘娘一声哥哥吗？

明薇笑：你先变成一条蛇给我看看。

肖照发了一条表情蛇过来。

明薇摊在椅子上，懒得陪他聊这些没营养的，而是发微信审问某"影帝"："廷州哥哥"是什么梗？

穆廷州从始至终都没把徐琳放在心上，徐琳来或走，穆廷州都不觉得那与他有关，自然想不到需要向女朋友解释什么。现在明薇这么问，穆廷州疑惑地回：什么梗？

明薇：她为什么叫你"廷州哥哥"？

穆廷州：我怎么知道，她一直那么喊。

一直……

想到徐琳追着穆廷州喊了不知多少年的"廷州哥哥"，明薇胸口突然有点堵，嘟着嘴回复：挺好听的，好像偶像剧里青梅竹马的女主喊男主。

穆廷州盯着这条回复看了几十秒，隐约懂了：吃醋了？

明薇发了一个呕吐的表情过去。

穆廷州笑：我没有青梅竹马，如果可以有，我希望女方是你。

明薇看了，怦然心动。

四月初，《白蛇》的剧情发展到了一个次高潮点，法海要找上白蛇了。

开拍前一晚，穆崇与穆廷州、明薇共进晚餐，饭后低声给两人讲戏，先对明薇道："白蛇真正爱的是她前世的情郎许贤，没在许仙身上找到竹叶胎记，她对许仙的感情便只是一种寄托，法海出现后，白蛇几乎本能地肯定法海才是情郎转世，所以明天初遇法海，白蛇有两种主情绪，一是等待了数百年的情爱，一是急于确认的迫切。"

明薇认真道："嗯，我努力。"

穆崇再看向儿子："法海此时只想替天行道，人设并不复杂，但你要把握好法海与许仙的区别，别串人设。"

穆廷州点点头。

小会议结束，三人一同走向电梯，穆崇离开后，明薇与穆廷州只是对个眼色，跟着便各自回房了。白蛇、法海见面就要开打，明日几乎全是打戏，两人都要养精蓄锐。许仙、法海相当于精神分裂，只是两个性格，对穆廷州来说并不难，所以他很快便入睡了，明薇关灯躺在床上，不受控制地想了很多。

法海与许仙，同一张脸，不同的性格，一个倾慕白蛇，一个把白蛇当妖，要压回雷峰塔下。

去掉复杂的经历，其实，这两个人设与"影帝"、太傅挺像的。

明薇失眠了。

与穆廷州热恋后，她很久没想到太傅了。有人说，治疗失恋的最快办法是迅速展开一段新的恋爱，明薇不知道这话到底有几分道理，但放在她身上，似乎确实对上了。如果"影帝"还是那个高冷傲慢目中无她的"影帝"，明薇绝对不会动心，她也不会快速开展新的恋情，太傅那么好，哪个男人能轻易让她走出那段恋情？

只有"影帝"穆廷州，因为"影帝"与太傅一样出色一样体贴，因为明薇知道他们是一个人。

可如果太傅有独立的记忆，如果太傅知道她在他离开后与"影帝"恋爱了，他会不会失望？

第二天拍摄，面对法相威严的高僧法海，明薇除了震惊、怀疑、痴念，还表现出了第四种情绪：愧疚。

明薇对面，穆廷州一手立掌，一手持擎天禅杖，身体不动，人却出戏了。这一刻，他本该只是法海，他看不懂白蛇眼中的复杂情绪，也无心计较，他本该只想着收了这条蛇妖。可角色之外的穆廷州，看得懂明薇前面的三种眼神，也明白那是角色需要，但他不懂明薇为何要流露出愧疚。

监视器后，理应掌握全局的穆崇，注意力都集中到了明薇身上，作为一位知名导演，或许穆崇没有提前分析出白蛇该有第四种情绪，但当他看到明薇表现出愧疚时，穆崇突然懂了，再看镜头中那个年轻的白蛇，穆崇眼神不知不觉柔和了下来。

“卡！”注意到儿子的出戏，穆崇第一次平静地喊停。

穆廷州并不意外，明薇心头一跳，不禁忐忑是不是自己的问题。

穆崇离开监视器，先提醒儿子，淡淡道：“出戏了。”

穆廷州默认。

穆崇随即毫不吝啬地夸奖明薇：“薇薇刚刚的眼神很到位，说说你的理解。”

明薇还在为准公公那声亲昵的“薇薇”震惊，听后面穆崇竟然在夸她，自她进组后第一次夸她，明薇先是高兴，跟着偷偷地心虚，瞄了穆廷州一眼，明薇微微低头，小声解释道：“既然白蛇怀疑法海才是她的前世情郎，现在被情郎撞破她把另一个男人认成了他，尽管法海不记得，白蛇还是会愧疚，怕情郎怪她吧。”

果然如此，穆崇再次夸明薇对角色理解得透彻。

明薇受之有愧，她是占了自身经历的便宜，情不自禁把法海代入太傅了。

“准备一下，继续拍摄。”沟通过了，穆崇重新回到监视器后。

明薇目送准公公转身，然后随意地看向穆廷州，却见穆廷州正用一种晦涩难懂的眼神看着她。明薇愣住，奇怪道：“为什么这么看我？”

剧组人员都在准备，现在不是私聊的时机，穆廷州也不想影响明薇的入戏状态：“进步很大。”

被“影帝”男友夸赞专业技能，明薇开心地笑了，没注意到穆廷州抿紧的嘴角。

“Action！”

这个镜头第二次拍摄，明薇发挥稳定，表现完美，穆廷州……

“Cut！”

穆崇扬声喝道，远远地批评儿子：“法海只想收妖，与白蛇没仇，眼神不用那么冷！”

穆廷州默默调整状态。

明薇同情地看着自己的男朋友，堂堂“影帝”，别的导演都客客气气对他，亲爹却不留情面……

嗯，今晚安慰安慰他吧。

今天明薇与穆廷州拍了几幕打戏，电影上映时可能只是一秒的闪现，但两人拍得很辛苦，一次次卡机，一次次被威亚吊起摆姿势，力争呈现最完美的镜头，可谓身心俱疲，因此下班时间一到，穆崇便宣布今日可以完工了，没有任何拖延。

明薇请了一位专业按摩师，三十分钟按摩结束，一身酸乏几乎也消失得无影无踪。懒洋洋泡个澡，想到晚饭期间穆廷州清冷严肃的脸，明薇靠在床上给他发微信：法海和尚，你元气恢复了吗？

穆廷州坐在书桌前，笔记本屏幕上，是明薇去年二月份的微博页面，收到微信，他看了看，放下手机继续浏览微博，过了一两分钟，男人又捡起手机，回复：想勾引我？

明薇瞪眼睛，心里又不得不承认自己有那么点意思。开机一个多月了，为了专心拍摄，她与穆廷州虽然就住隔壁套房，但两人几乎保持着一周一次的“动作戏”规律，今晚距离上次差不多又要一周了，明薇身体确实冒出了一点点让人羞涩的饥渴感。

可穆廷州干吗要直白地说出来？

明薇口是心非地回复：想太多，晚安。

穆廷州看了，直接关掉笔记本，一边往门口走一边提醒明薇开门。

明薇笑着打开一条门缝，开完立即跑回沙发，假装看剧本。

穆廷州熟门熟路地绕过来，看到女朋友假正经的姿态，他眸色变黯，走过去抢走剧本丢在茶几上，然后捞起明薇，一边搂着她的腰亲，一边带着她靠近墙壁，最后将明薇抵在了墙上，一如既往的热情。

他身强体壮，明薇攀着他，意乱神迷。

这一晚，暴风雨来势汹汹，且仿佛天荒地老般漫长。

夜深了，明薇懒懒地趴在男友的肩膀上，享受暴风雨过后的平静。

“喜欢吗？”穆廷州没有立即抱她回床上，继续站在墙边，大手稳稳托着她。

明薇无声笑，依然埋在他宽阔的肩头，轻哑的声音媚如水：“不喜欢。”

“那就再来一次。”穆廷州对着她的耳朵说。

明薇怕他来真的，忙撒娇：“我累……”

穆廷州不动，额头与她相抵，黑眸收尽她眼中所有的神色变化：“白蛇愧疚，你也愧疚？”

鹊桥相会两情缱绻，突然从他那边吹来一股冷风。明薇眼里的媚与慵懒慢慢地退了下去，她垂着的眼帘颤了几颤，感受着“影帝”男友犀利的审视，明薇在撒谎与说实话中间选择了后者：“法海许仙，与你跟太傅有些类似，昨晚我分析角色，确实代入了，想到他时，也确实有过那种情绪。”

怪不得她向穆崇解释白蛇的“愧疚”后，穆廷州脸会转冷，原来又吃醋了。其实明薇可以否认，但穆廷州绝不会信，与其雪上加霜惹他更生气，不如坦白。

穆廷州什么都没说，抱她去洗澡。

明薇看得出他在生闷气，主动坐他怀里，抱住他的脖子哄他：“不想那个行不行？我现在没愧疚。”她终究是个现实的人，既然已经相恋了，就不会在明知“影帝”太傅是一人的情况下，还自寻烦恼非要将两人分清。

穆廷州抱住她，低头亲她的额头。

明薇笑着闭上眼睛。

穆廷州看着女朋友被他滋润得红扑扑的脸颊，心情复杂。

他不喜欢假设某种事情会发生，但今天，得知她居然对太傅感到愧疚，穆廷州忍不住想，如果太傅突然回来，她会不会很快忘了他，毫不留恋地与太傅破镜重圆？又或是，如果太傅拥有独立的身体，重新出现，那么在他与太傅中间，明薇会选择谁？

穆廷州想知道答案，但他没有问，因为明薇自己可能也说不清。

接下来的拍摄，明薇与穆廷州都进入了工作狂的状态。明薇要对同一张脸的法海、许仙表现出不同的情感状态，穆廷州也要一人分饰两角。明薇压力更大，她觉得维持状态很难，所以提前跟穆廷州说了，希望这段时间私下尽量保持距离，不然再加上男友的人设，她就得多分清一种情绪。

穆廷州清楚明薇的演技，刚刚起步的新人，还没到驾轻就熟的地步，因此他用行动支持女朋友，除了临睡前一句“晚安”，或是工作上的交流，他尽量避免与明薇说话。

七月酷暑，四个月的拍摄后，白蛇、法海、仙翁的打戏开始了，也是这部电影的高潮戏。

打戏拍得慢，月中才拍到白蛇受伤、法海舍身相救那一幕。按照剧情，白蛇身受剑伤匍匐于地不能动，仙翁发出最后一击时，法海突然从一侧飞身而来，承接了那一击，白蛇保住一命，他却被当场震飞，撞到一块耸立的巍峨山石。

飞扑救人与撞石的镜头，武术指导建议使用替身，穆廷州却婉拒了，真身上阵。

穆廷州不喜欢用替身，业界闻名。

明薇有点担心，但她现在是白蛇，只能继续躺在地上维持状态。

穆崇先后与“影帝”儿子、威亚负责人沟通过，确认无误后开拍。

高温酷暑，穆廷州飞身救人的镜头拍了七次，撞头那一幕拍了五次，前后拍了两个多小时。明薇在地上躺着，听到穆崇终于喊“好”时，她高高悬着的心也终于落回了肚子，偷偷看向穆廷州。工作人员帮穆廷州解开威亚装置后，穆廷州背对她往前走了两步，就在明薇准备移开视线时，那熟悉的高大身影，却没有任何预兆地朝一侧栽了下去！

明薇蒙了，明明看到发生了什么，可这一刻，她的身体完全失去了控制，只能眼睁睁看着一群工作人员蜂拥而去，直到穆崇高声喊医护人员，明薇的听觉、意识才再次恢复，立即朝人群跑去。

然而太乱了，好心帮忙的工作人员、医护人员围了好几圈，明薇根本挤不进去。她很急，很想知道穆廷州到底怎么样了，可她什么都不能做，不能光明正大地以女朋友的身份请那些人让开……

穆廷州被担架抬走了，前往市医院。

肖照、穆崇也去了，离开前，穆崇宣布今天暂时收工。

明薇怔怔的，心早跟着穆廷州一起去了医院，小樱劝她先回保姆车，明薇没有思考能力，机械地跟着她走，走出几十米，帮她拎包的小樱突然将手机递给她，说有电话。明薇接过来，见是肖照，她立即接听。

"廷州是中暑昏厥，现在人已经醒了，告诉大家不用担心。"

肖照的声音低沉平静，夹杂着随行医护人员对穆廷州的询问。

明薇心有余悸，身上出了一层冷汗，知道肖照那边忙，明薇很快就挂了。

下午肖照又打了一个电话，说穆廷州身体过于虚弱，睡着了，建议明薇晚上来探班。

明薇"嗯"了声。

"我这么体贴，及时向你通风报信，怎么感谢我？"

明薇踏实了，肖照还有心情调侃她，看来穆廷州是真的没有危险。

"谢谢你。"明薇轻声说。

"叫二哥。"肖照低低道。

明薇下意识反驳："难道没有那层关系，你就不通知我？"

肖照笑："既然已经承认咱们之间有那层关系，为何不叫？"

明薇当即挂了电话。

晚上明薇与扮演仙翁的前辈一起去探班。穆廷州这一住院，媒体紧跟着大肆报道，医院外面围了一堆记者和粉丝。发现明薇二人，记者们立即将镜头转了过来。明薇戴着墨镜，神色严肃，与普通探望的同事无异。

进了医院，耳边清净了不少，肖照下来接他们，礼貌地代替穆廷州表示感谢，然后等前辈走过去后，肖照无声朝明薇做口型："妹妹。"

明薇假装没看见。

穆廷州还没醒，人躺在床上，脸庞苍白，但他眉骨英挺，依然凝结着几分冷傲。

他住的高级病房，肖照直接让明薇在里面坐会儿，然后请前辈去外面客厅喝茶。“仙翁”心里有数，笑着去了，明薇不好意思地低着头，余光悄悄跟随两人，瞥见肖照关门前，朝她比了个“OK”的手势。

明薇垂眸。

门关好了，明薇坐到床边，终于可以无所顾忌地打量男朋友了，见穆廷州额头冒了汗，她小心翼翼地帮他擦。

“微臣……”

刚擦完，男人喃喃出声，明薇惊讶低头，穆廷州嘴唇又抿紧了，眉也蹙着，好像只是说了一句梦话。明薇心疼，可想到男朋友竟然在睡梦里喊她的小名“薇薇”，不知做了什么样的梦，明薇心里就变得甜甜的了。

穆廷州确实在做梦，又好像不是梦，那一切陌生又熟悉，仿佛曾经真的发生过。

手突然被一只清凉小手握住，穆廷州陡然惊醒，大手本能地反握住对方。

明薇吓了一跳，一抬头，对上穆廷州那双深邃清冷的眼，对视几秒，他非但没有放手，反而攥得更紧了，弄得明薇有点疼。可明薇不在乎，脑袋凑到他面前，小声问道：“好点了吗？有没有哪里不舒服？”

穆廷州只盯着她，看了好久，他移开视线淡淡道：“还好。”

病人脸色都虚弱，明薇没注意到男朋友深藏的异样，关心地问：“要喝水吗？”

穆廷州点头，手却不松。

明薇好笑地提醒他：“松开啊。”

她笑容明媚，带着几分憨傻，穆廷州情不自禁地勾住她的脖子，仰头，轻轻亲在她的唇间，无限温柔。

穆廷州这个温柔无比的吻，并不在明薇的意料之中，等她回神，穆廷州轻轻含了含她唇，便躺下去了，黑眸平静又定定地看着她，如看珍宝，又仿佛情人久别重逢。明薇莫名害羞，先去给他倒水，等她转过来，穆廷州已经坐了起来，背靠床头。

“以后不舒服就说出来，别硬挺。”明薇坐在床边，小声教育男朋友，突然晕倒，快吓死她了。

穆廷州默默喝水，没有告诉明薇，他这次晕倒，中暑可能是一方面，另一方面，则是昏倒前他脑海突然出现了一些回忆，那些不时闪现的画面让他头疼，这才与高温同时造成他的体力不支。

明薇看着他喝了几口水，瞅瞅门口，她低声道：“我去跟肖照说一声。孙老师跟我一起来的，还在外面等着。”今晚并不适合他们聊天促进感情。

“等等。”穆廷州突然拉住她的手臂。

明薇疑惑地看他。

“辛苦你了。”对视几秒，穆廷州简单地说，他让她伤了很多神。

明薇不太懂，穆廷州生病，她几乎什么都没做，谈何辛苦？

穆廷州捏捏她的手：“去吧。”

扮演仙翁的孙老师在电影中小气吝啬，生活里却是个和蔼可亲的长辈，叮嘱了穆廷州很多注意事项。穆廷州客气地表示感谢，慰问了十几分钟，看出孙老师词穷了，明薇体贴地劝穆廷州好好休息。

“慢走。”穆廷州平静地道别。

明薇跟在孙老师后面，出门前她忍不住回头，视线与穆廷州的隔空相遇。明薇心里甜甜的，恋恋不舍地走了，回酒店路上，收到穆廷州的微信：明天见。

明薇不放心：不多在医院住几天？

穆廷州：我没那么弱。

明薇：是谁中暑晕倒了？

穆廷州：明晚见。

明薇：……

第二天晚上，明薇果然在自己的套房看到了大病初愈的男朋友，并且为了向她证明他的健康程度似的，穆廷州可谓生龙活虎，只不过，今晚穆廷州温柔多了，明薇说不清楚，但她能够感觉到他异于往常的热情。

事后，明薇窝在男人怀里，听着穆廷州强健有力的心跳，她特别安心。

前面几个月，明薇虽然主要精力都集中在拍戏上，但自从穆廷州因为太傅吃醋后，明薇就觉得穆廷州对她的态度发生了一丝改变。他还喜欢她，可他的喜欢中掺杂了一点点醋意，他没有幼稚地选择冷战，却再没有之前那样黏她了。

明薇知道穆廷州在吃醋，她也知道此时的穆廷州不再吃醋了，真好。

解开了心结，《白蛇》也顺顺利利杀青了，明薇与穆廷州马不停蹄地又开始了电影《青龙》的宣传。《青龙》去年九月杀青，定档今年暑期，这是明薇的第一部电影，她自然要卖力地配合各种宣传活动，穆廷州本来对这些没兴趣，但他喜欢陪女朋友。

七月底，剧组接受了一次媒体采访，明薇、穆廷州都到场了。明薇是指挥官周静的常服打扮，黑色长裤搭配白衬衫，长发盘在脑后，甜美的气质被大大削弱，换成了军人的利落干练。穆廷州一如既往的黑衣，只不过头上多了一顶网球帽，谁让他浓密的黑发还没长出来。

这种采访，CP 上演始终都是焦点。

主持人了解穆廷州的性格，那是说什么话题都能聊冷场的“影帝”，便打趣明薇：“廷州在《青龙》中大秀肌肉，每天面对一个行走的荷尔蒙，薇薇是什么感受？”

明薇在媒体面前一直都是大方从容的，看眼旁边的穆“影帝”，她笑着道：“说实话，《青龙》刚开拍时，我真的不太敢看他，视觉冲击力太强，毕竟我只是个凡人……后来拍着拍着就习惯了，好比一条青龙，第一眼稀奇，天天看，青龙也就那么回事，跟动物园里的老虎差不多。”

主持人笑，试着引穆廷州说话：“薇薇这么说，廷州觉得是恭维吗？”

穆廷州目不斜视，面无表情道：“不足五个月，青龙在她心中就能变成普通的老虎，我只觉得她可能是个容易喜新厌旧的人。”

明薇愣在当场，什么情况？采访就采访，他怎么突然人身攻击了？

“薇薇要不要反驳一下？”主持人善意地笑。

明薇当然要反驳，笑容灿烂地道：“也有可能是那条青龙魅力值不够。”

廖导连忙充当和事佬：“廷州演的青龙是条魅力值满点的青龙，薇薇也将女指挥的深情演得入木三分，当然我这是老廖卖瓜自卖自夸，大家还是亲自去电影院一探究竟吧，绝对是一场视觉盛宴。”

主持人也识趣地转移话题。

采访结束，明薇立即回了公寓。

晚上外卖小哥穆廷州不请自来，他有明薇公寓的钥匙，来之前也没打招呼，明薇洗完澡出来，突然看见沙发上坐着一个人，吓得差点尖叫。本来就在生穆廷州乱说话的气，现在明薇更气了，冷嘲热讽道：“我可能是个容易喜新厌旧的人，您还来做什么？”

穆廷州离开沙发，一步一步走向她：“我来验证，你成为那种女人的概率有多高。”

他一边说着，一边抬手解衬衫扣子，从领口第一颗开始，陆续往下。

明薇渴了，骨气告诉她应该马上转身，可眼看穆廷州露出的胸肌越来越多，她整个身体都失去了控制，目光离不开他，双脚也黏在地板上似的走不动，就连心跳也越来越快。当穆廷州解开所有扣子，脱下衬衫直接甩到地上，当他做出一手摘帽子一手去解腰带的动作，明薇嗓子眼都开始冒火。

“还没看腻？”身体逼近，穆廷州将她抵到房门上，扣着她手问。

“腻了，我这人喜新厌旧。”明薇脸红心跳，口是心非。

“既然如此，今晚咱们换一个。”目光逐寸扫过她红红的脸，知道她很满意他的身体，穆廷州低头，哑声在她耳边建议：“高阳公主与辩机和尚，如何？”

明薇脸唰地红了，她学文科，当然知道那位唐朝公主的风流韵事。

“公主，你脸红了……”嘴唇落在她脖子上，穆廷州闭着眼睛说。

穆廷州要玩花样，便真的做到了，整个过程，穆廷州都在唤她公主，调戏的邪魅的，怜惜的呵护的，公主公主，明薇如置身温泉，全身骨头都要被他低低的情语融化了。

“叫我。”他亲着她的眉说。

“穆廷州。”明薇攀着他肩膀。

穆廷州黑眸凝雾般看着她：“不对。”

明薇两眼茫茫。

“我叫你公主。”穆廷州哑声提醒。

明薇懂了，羞恼地抱住他的秃脑袋顶：“臭和尚……”

穆廷州狠狠亲了她一口：“不对。”

明薇便哼哼唧唧地换：

“高僧……”

“好和尚……”

“辩机……”

“穆廷州！”

“浑蛋……”

她喊了好几次和尚，可他都不满意，大风大雨的，明薇残存的理智被暴风雨毫不留情地冲刷，一会儿骂一会儿求，最后自己都听不清自己说了什么，只知道没一个是喊对的。

渐渐地，明薇耳边只剩一个声音：“公主，公主……”

公主的 CP 是谁？

理智消失，被她深深埋在心底的两个字自作主张地冒了出来：“太傅，太傅……”

这个管用，才喊三声，穆廷州就饶了她。

头不晕了人不晃了，明薇闭着眼睛，只剩喘气的份。

穆廷州埋在她的脖颈间，平复得差不多了，他蹭蹭她耳边的长发，哑声问：“刚刚叫我什么？”

明薇还在喘，闻言本能地回想，这一想，心底一冷，软绵绵的身体也僵了起来。完了，穆廷州一直把太傅当她的前男友看，现在她居然在跟现任翻江倒海的时候，喊出了前男友的名字，对恋人而言，还有比这个更尴尬的瞬间吗？

穆廷州察觉到了她的身体反应，不想吓她，撑起身来，皱眉对她道："你是不是跟我要过签名？"

没头没脑的问题，明薇一心琢磨喊错名字的对策，根本没细想，刚要否认，对上穆廷州疑惑的眼神，明薇突然记起了两人的初遇。那晚她以翻译的身份初遇穆廷州，闺密林暖托她要签名，她鼓足勇气要了，结果穆廷州不给她签。

可穆廷州从太傅变回"影帝"时，彻底忘了与她的所有记忆……

"你，你记起来了？"

明薇不喘了也不怕了，身体好像也突然有了力气，紧张地抱住穆廷州的肩膀。

穆廷州头疼般捏额："刚刚你喊我太傅，我脑袋里突然闪现一幕，好像是你跟我要签名，你真要过？"

明薇连连点头："是啊，林暖托我要的，我……"

话没说完，满眼都是自己男人的明薇，敏锐地捕捉到穆廷州眼里闪过一道不悦。两人床单滚了这么久，明薇多少能猜到穆廷州的想法，不由得撇撇嘴，哼道："幸好是帮林暖要的，如果我以你粉丝的身份被你当面拒绝，我得伤心死。"

"因为你是假粉丝，所以要不到签名。"穆廷州冷冷地强调因果关系，虽然当时他并未看出她是替别人要的。

明薇不想那个，兴奋地重复："你真的记起来了？"

穆廷州摇头，躺到一旁，沉默片刻道："如果要签名真的发生过，那基本可以说明，我那部分记忆可能要恢复了。"

明薇心花怒放，忍着腰间酸痛翻身钻到他怀里，紧紧抱住。胸口的激动平复了，明薇抬头劝他："明天去医院吧。"既然有了恢复的苗头，那么专业医疗介入后，穆廷州恢复得肯定更快。明薇喜欢穆廷州，就算他永远记不起太傅，她也不会介意，可她更想他记起，记起那段独属于他们的特殊经历。

“不去。”穆廷州果断拒绝，不想去，也没必要再去。

明薇不懂，忍不住晃了一下他的手臂：“为什么啊？”

穆廷州抱着她的腰往上提，直视她的眼睛反问：“你就那么想太傅？”

明薇：“……”

得了，又开始吃醋了。

这个问题明薇没法接，接了就容易打翻醋坛子。

“随便吧。”怎么说都不对，明薇抿抿嘴，准备从他身上挪下去，意兴阑珊的。穆廷州扣住她的腰也将她的小脑袋按回胸口，揉揉她的头顶道：“去医院媒体又要报道，以后，你可以多叫我几次太傅，或许能刺激记忆。”

明薇一惊，对着他的胸膛问：“你不吃醋了？”

头顶传来一声嘲讽的嗤笑：“咱们这样，我需要吃谁的醋？”

第二天穆廷州早起做饭，明薇懒洋洋趴在被窝里，刷手机。昨天《青龙》采访，她为了活跃气氛故意说穆廷州的胸肌看时间长了，在她眼里就没什么特殊的了，没想到这句话戳了穆廷州的自尊心，当场怼了她一回。

知道他们在恋爱的，肯定会嘲笑她与穆廷州厚颜无耻，公然秀恩爱，然而对于绝大多数不知情的粉丝来说，两人那番互怼就有了特殊意义，甚至成了两人私下不合的证据，理由是，穆廷州虽然高冷，但几乎没有当众给人难堪过，昨天他竟然指责明薇“喜新厌旧”！

好强有力的证据啊……

刷着那些乍一看很有道理的分析，明薇肚子都要笑疼了。

结果三天后，穆廷州再次在一次采访上语出惊人。

记者：“《大明首辅》《青龙》《白蛇》，算起来你与明薇连续合作三次了，不知道还有没有第四次给我们期待？”

穆廷州高冷脸：“如无意外，《白蛇》应该是我跟明小姐合作的最后一部影视作品。”

记者震惊脸："有什么原因吗？"

穆廷州露出一个深不可测的浅笑。

采访一上传，"廷薇"粉们纷纷表示遗憾，盼望穆廷州早点与明薇撇清绯闻的粉丝们却欢欣鼓舞，再次搬出明薇配不上穆廷州的那套理论。但明薇现在也有了一批死忠粉，一看到这种评论，立即怼回去，你来我往，别提多热闹了。

而据说私交不合的两大主角，一起参加了《青龙》的首映。

一部成功的电影，演员们的表演是关键因素，后期制作也必不可少，明薇拍完一场戏份能看到回放，但最终大荧幕上播放出来的效果，美得让她几乎都要认不出自己了。女指挥官动作戏剪辑得利落漂亮，青龙人身俊美高贵，龙身狰狞又威武霸气，不知不觉一个多小时过去了，当电影最后定格在青龙孤独游回碧蓝海洋的画面时，明薇心情激荡。

这是她的第一部电影，至少她很喜欢。

晚上她与穆廷州各回各家，电话沟通观后感。穆廷州是影视圈老人了，见过大场面，全是明薇在谈，谈精彩的地方，谈她觉得可以稍微改进的戏份，谈她遗憾被删掉的镜头。畅谈结束，明薇忽然意识到穆廷州过于沉默，尴尬地问："你没什么想说的？"

她可不想变成一个聒噪惹人烦的女朋友，如果穆廷州的回应表现出对她的长谈没兴趣，以后她就不找穆廷州倾吐兴奋了。

电话那头传来男人偏冷的声音："你很美。"

明薇傻眼，这算什么回应？

他继续道："电影是电影，现实生活，我会给你最圆满的爱情。"

明薇被甜晕了，原来她满心工作的时候，男朋友心里想的是她。

情场得意，事业进展也一路惊人。虽然有夸的也有喷的，但凭借媲美国际领先水平的震撼特效与导演、主演们的名气，《青龙》票房在暑期档一路领先，并成功打破了几项票房纪录，专业人士估测，明年电影颁奖节上，《青龙》定会大放异彩。

《青龙》爆红，明薇接到的片约也越来越多，这些明薇都交给经纪人沈素，她一心准备十月武侠剧的拍摄。两个月的密集武术培训后，明薇丢下热恋中的男朋友，随组去影视城了。武侠剧拍起来更累，每次明薇回到酒店都困得不行，简单与穆廷州聊几句便睡觉，穆廷州能想象她的辛苦，后来便改成睡前微信发个“晚安”。

明薇忙于新片，穆廷州没她那么忙，但最近过得也很充实，已经开始挑选他的导演处女作剧本了。元旦前夕，他放下剧本，正对着日历思索哪天去找分别两个月的女朋友最合适，突然接到一个电话，备注显示：明薇助理 - 小樱。

穆廷州立即接听。

“穆老师，薇薇进急诊室了……”

"影帝"的公主

第十八章

恋情曝光

演员这个行业其实也有一定的危险，每年都能看到几起明星受伤事故，这还是明星吸睛度高，明星之外，肯定也有很多小角色挂彩的案例，没被报道罢了。

明薇入行时间短，但小伤也受过几次了，这次拍跳崖戏，她运气不太好，下降时意外撞到石壁，撞得头晕眼花，左臂一抽一抽地疼。到了医院，医生们很快得出结论，她左臂轻微骨裂，要打石膏养三周左右，脑部暂且没发现问题，但需要二十四小时密切观察。

明薇有点上火，问导演："会不会耽误进度？古装袖子宽松，我先把文戏拍掉？"

如果她还在当翻译，受了这种伤，明薇肯定会安安心心养病，可现在她是一部戏的女主演，真耽误三周进度，她的心里过不去。

导演早就考虑过了，安慰明薇道："我先安排别人的戏份，十天后再看情况，这十天你好好休息，别有压力，十天后真得你上，那时候你想休息也不行。"

明薇松了口气。

剧组成员纷纷过来探望，半小时后病房才安静下来，只剩小樱守在旁边照顾她。

"刚刚你在急诊室，我给伯父、伯母、穆老师打了电话。"小樱一边帮明薇开机，一边心疼地看着明薇。她当时就在拍摄现场，亲眼目睹明薇撞的那一下，吓得她心都快跳出来了。

明薇听了，接过手机的第一件事，打给穆廷州。老爸老妈肯定会赶过来，多着急几分钟没什么，但明薇必须先联系穆廷州，确保穆廷州别来这边探望她。两人关系暧昧，她拍戏受伤媒体应该得到消息了，那她的绯闻男友穆廷州绝对会成为重点监督对象。

距离她进急诊室刚过一个多小时，应该来得及。

才"嘟"一声，电话就通了，速度太快，明薇突然不知道该说什么了。

"薇薇？"

亲昵的称呼，让明薇一秒泪崩，右手举着手机，她习惯性地想用左手擦眼睛，动了一下才记起那边打了石膏，不方便动。小樱见了，体贴地过来帮她擦眼泪，故意对着明薇的手机打趣道："我还以为你真那么坚强呢，原来在等着跟穆老师撒娇。"

明薇狠狠地瞪她。

小樱识趣地去了外面。

明薇想哭的委屈劲儿也过了，吸口气道："我没事，左臂轻微骨裂，养半个多月就行了，你别担心。"

尽管她掩饰得好，穆廷州还是听出了一丝哭腔。他的女人哭了，再看前面长得好像看不到尽头的车队，穆廷州的焦躁突然达到了顶点。堵车堵车，从他出门就开始堵，他新订的第二张机票都快作废了！

"那你好好休息。"猜到她单手行动困难，穆廷州平静地劝道。

明薇抿唇，听他那边好像有车喇叭声，她警惕地问："你在哪儿？"

穆廷州如实道："去机场的路上，堵住了。"

明薇又甜蜜又遗憾，她也想见男朋友，想朝男朋友撒撒小娇，可谁让他们在谈地下恋？

"别来了，媒体肯定在盯着你，而且我爸妈一会儿就该到了。"明薇小声地说。

穆廷州沉默，然后道："好。"

劝住了男朋友，明薇挂了电话，打给老妈报平安。明强夫妻也在路上，明强开把车开得飞快，得知女儿伤得不算太严重，明强才理智地减缓车速，安全驾驶。两个小时后，夫妻俩急匆匆进了医院，直奔病房。

明薇疼，看到最疼她的家人，忍不住掉了几滴金疙瘩。

明强心疼女儿，想去找剧组算账，被老婆女儿一起劝住，不许他去耍横。如果可以谁也不想出事故，剧组自然会处理失误人员，明强再闹，难看。明强只好忍气吞声，指着女儿胳膊上的石膏教训道："以后要么别拍戏，要么就用替身，再敢自己拍那么危险的戏份试试！"

明薇乖乖缩着脑袋。

明强还不解气，在病房走来走去，一手养大的宝贝女儿因为工作躺病床上了，看着就窝火！他不需要女儿赚大钱，也不需要女儿当大明星给他带来荣耀，他就希望女儿平平安安开开心心的，一辈子无病无灾。

正气着，瞥见小樱在门口探头探脑，暗暗朝女儿使眼色。

“有事？”明强没好气地问。

他浓眉大眼威风凛凛，小樱怕他，求助地看向明薇。

明薇奇道：“怎么了？”

小樱便在明强吃人的目光中，硬着头皮跑到明薇身边，凑在她耳边说悄悄话：“记者拍到穆老师下飞机的照片了，猜到他是来探病的。”拍摄基地附近就一个机场，穆廷州早不来晚不来，偏偏在绯闻女友受伤后第一时间过来，意思太明显。

明薇傻了，穆廷州不是答应她不来吗？

“又出什么事了？”见女儿神色不对，明强皱眉问小樱，以为是剧组那边有情况。

小樱低着脑袋，示意明薇做主。

明薇看眼太过紧张她的老爸，忽然一个头两个大，老妈应该挺喜欢穆廷州的，可穆廷州刚变成太傅时，想接她离开别墅的老爸曾经被穆廷州甩过脸色，然后就一直不喜欢网上关于她与穆廷州的绯闻，并多次告诫她别被穆廷州的男色骗了……

现在穆廷州来了，以她男朋友的身份过来，毫无准备的老爸会怎么做？

明薇不敢想象，更头疼的是，老爸老妈都在身边，她没机会给穆廷州通风报信啊！

高级 vip 病房配置了一个小厨房，江月准备亲手为女儿做饭，询问过护士女儿近期适合吃什么，她列个单子，让明强去买菜。

“爸，别光买我吃的，也买点你跟我妈爱吃的菜。”明薇躺着说。

女儿这么孝顺，生病还想着爸妈的口味，明强欣慰地出发了。

江月守在床边陪女儿。

明薇看眼窗外，默默计算时间，穆廷州来得巧啊，可能他到的时候，老妈刚好做完晚饭，前后差不了太多。到底是自己挑的男朋友，还不顾一切来找她，明薇当然也要关心关心他，不能让他一人面对两位长辈。

所以明薇决定，先帮穆廷州拉拢一个。

"妈……"明薇甜甜地叫了一声，甜软的吴侬软语，喊得江月骨头都要酥了，心疼地摸摸女儿的额头，"在呢，哪儿不舒服？"以为女儿是因为受伤想撒娇。

明薇脸红了，水润润的眼睛有些躲闪："一会儿饭菜你多做点。"

江月想到了女儿的助理，理解道："知道，小樱忙前忙后的，让她跟咱们一块儿吃。"

明薇："……"

怎么办，突然觉得好对不起小樱啊，辛辛苦苦给她当助理，结果她光想着男朋友，还不如老妈会疼人！

明薇垂下眼帘，脸热得可以摊鸡蛋了，小声嘟囔道："除了小樱的，还要多做一份。"

这回江月不懂了，好奇地问女儿："给谁吃啊？"剧组成员一个比一个忙，真来探班也是一批一批的，就算自家客气留饭，对方应该也不会答应。

明薇害羞极了，闭上眼睛，让老妈自己看微博，距离穆廷州离开机场已经快两小时了，以两人 CP 的名气，肯定上了热门话题。

女儿羞答答的，江月突然心中一动，飞快拿出手机，熟门熟路地找到热门话题了，一下子看到两个与女儿有关的话题，一个是女儿拍戏受伤住院，这个出现得早，她来医院路上就看到了，但此时此刻，这条居然被新出的一条压下去了：# 明薇住院，穆廷州探病 #

江月有点蒙，穆廷州来探病了？她就在女儿的病房，没看见啊！

江月正疑惑，手已经点了进去，然后就看到了穆廷州走出机场的视频。《白蛇》杀青小半年了，穆廷州又恢复了原来的短发发型，眉眼清冷，面对记者闹哄哄的围堵与追问，穆廷州不怒也不躁，直到上车。

江月呆呆地看着播完的视频，记者说穆廷州要来探望女儿，女儿又让她多准备一个人的饭……

作为一个资深的"廷薇"粉，江月粉丝的那一面竟然在此刻压过了她的母性，反应过来，她立即激动地问女儿："你们俩真在一起了？"

明薇一听老妈这兴奋劲儿，顿时有了底气，睁开眼睛，见老妈果然一脸惊喜，她就红着脸嗯了声：“去年十月开始的，沈姐说我刚入行，最好先保密……”

“你跟粉丝保密，为什么不告诉我？”江月嗔怪女儿，跟着开始八卦，满眼粉红泡泡地问女儿，“你们俩谁先追的谁？”

明薇嘟嘴，这叫什么问题？一般恋爱都会认定男追女，老妈这么问，是觉得穆廷州太好，她是倒追的？在老妈眼里，她的宝贝女儿就那么没有魅力？

江月确实觉得穆廷州挺好的，不是一般的好，那是男神级别的、传说中的人物。女儿没这种想法，可能是跟穆廷州打交道的次数太多了，她虽然早就被传成了“影帝”的岳母，可直到如今，她连穆廷州的人都没见过啊。

不过看女儿傲娇的小眼神，江月就懂了，忙夸女儿：“我们薇薇最漂亮最能干，连‘影帝’都被你迷住了。”

明薇扑哧笑了。

江月却开始紧张，起身把干净整洁的病房又整理一遍，然后想到自己，低头看看，担忧地问女儿：“我这身是不是太随便了？还有你爸，听说你出事，我们俩衣服都没换就赶过来了……现在去附近商场，还来得及吗？”

明薇是希望老妈站在她这边，一会儿好帮着缓和老爸与穆廷州之间的气氛，但看到老妈这么重视穆廷州，要见上级领导似的，明薇又不高兴了，撇嘴道：“他现在只是我男朋友，能不能转正还不一定，妈你这么紧张做什么？”

江月刚要说话，门外小樱突然敲门：“薇薇、伯母，穆老师到了。”

明薇惊呆脸，怎么这么快？

江月的紧张则猛地冲向巅峰，说到就到，她还没做好准备啊！

可是再紧张，待客之道还是要守的，江月瞪眼女儿，赶紧去迎客。

门开了，小樱早已让到一旁，只有穆廷州一人站在门口。江月夫妻来得匆忙，穆廷州也是得到消息就出发的，只穿着一身黑色休闲服，但他颜值高气质好，别看先后经过堵车、坐飞机、记者围堵等糟心事，现在出现在病房中的他，面容俊美衣衫齐整，如青竹美玉，看得让人移不开眼。

第一次近距离接触男神，江月就看愣了。

穆廷州礼貌地寒暄："伯母好，我是穆廷州，薇薇的男朋友，没打招呼就过来，给您添麻烦了。"

脸上不见多柔和，依然是常见的清冷，就像他在家人、明薇面前一样，但话说得很好听。

江月受宠若惊，略显局促地招呼："客气了客气了，这么远还赶过来，快进来坐坐。"

穆廷州颔首，抬脚进屋。

明薇偷偷瞄他，心里七上八下的，刚刚她跟老妈的对话，穆廷州听到了多少？

穆廷州首先看她的脸，忽略女朋友做贼心虚的表情，只观察她脸庞，确定脸和脖子没受伤，目光马上落到了明薇的胳膊上。中间一段打了石膏，石膏上面露出一段红色擦伤，与周围嫩豆腐似的肌肤相比，触目惊心。

很多话想说，但病房里还有一位岳母。

看出江月的紧张，穆廷州再次道歉："我跟薇薇恋爱，我家里已经知道了，二老都很喜欢她，薇薇这边，因为我表现不好，还在转正考察期，没能争取到让伯父伯母知晓的资格，这是我作为男朋友的失职，希望伯母别怪薇薇隐瞒。"

他脸色一本正经，语气也一本正经，但经常被明强言语调戏的江月，如何听不出穆廷州是在打趣女儿？江月情不自禁地笑，扫眼病床上恨不得找条缝钻进去的女儿，再看对面浑身散发着男神气息的"影帝"，江月依然兴奋，跟中了六合彩似的，却没有那么紧张了，笑道："薇薇乱说的，刚刚还提醒我做你那份晚饭呢。"

穆廷州听了，看向明薇。

明薇恼羞成怒，故意道："我是让你做小樱那份。"

江月瞪女儿："你就嘴硬吧。"

明薇冷哼。

穆廷州看着她笑，淡淡的笑容，透露出男人对自己女人的宠溺。

病房中顿时弥漫出不容忽视的暧昧气息，江月莫名跟着甜，体贴地对女儿道：“廷州大老远赶过来，你先陪他聊聊，我问问你爸到哪儿了。”顺便提醒老公多买几道菜，招待未来女婿，这第一顿饭可不能敷衍凑合。

“麻烦伯母了。”穆廷州彬彬有礼地送人，一直把岳母送出病房，还是江月随手带上了门。

明薇扭头看窗外，余光却时时刻刻关注着穆廷州，知道他在她身边坐下了，目不转睛地看她。

“不是说好不来的吗？”右手被他握住，宽厚温热的掌心让人贪恋，明薇终于不别扭了，慢慢转过来，嘴上埋怨他出尔反尔，一双清澈的眼睛却盈盈地望着他。这么久没见，好想他啊。

“看到我你很不高兴？”穆廷州俯身问，俊脸距离她只有一尺。

他好像要吻她，又可能只想挨近点说悄悄话，但看着他俊美的脸、偏薄的嘴唇，明薇不争气地动了一点小色心，脑海里冒出各种不和谐的画面，果然小别胜新婚吗？为了不让穆廷州看出来，明薇及时转移话题，发愁道：“这下肯定要曝光了。”

穆廷州讽刺地笑，盯着她的眼：“怎么，明小姐担心曝光了，以后不好甩了我？”

明薇头大，她安慰老妈的无心之语，他要不要这么酸？

“是啊。”明薇故意气他，叫他酸。

穆廷州黑眸危险地眯了眯，然后就在明薇准备说几句软话哄哄男朋友时，穆廷州突然亲了下来，亲得凶猛，却没忘了用一只手按住她的左肩，免得她受伤的胳膊乱动。明薇慌了，老妈就在外面，随时可能进来……

她使劲儿扭头，试图用右手推开他。穆廷州却将上半身都压在她身上，捧着她的脸深吻，热情如火。拍戏出意外，明薇其实一直都在后怕，突然撞到石壁，身体的痛苦是一方面，心里的阴影又是一层，家人来了，她安心了点，可心底还是在怕。

但现在，被男朋友霸道地压着亲着爱着，明薇的理智迅速被情感压下，忘了这是病房忘了老妈就在外面，她单手抱着他的脖子，随心所欲地回应。穆廷州满意了，明薇意乱情迷，他却记得这是哪儿，亲了一会儿，准备撤退。

明薇还没亲够呢，小手用力抱着他的脖子，不让他走。

穆廷州的火一下子就起来了，可起来也没用，该停还得停。

他恋恋不舍地抬起头，眸中跳跃着墨色火焰。

明薇瞅瞅他，意识到自己做了什么，害羞了，尴尬地闭上眼。

“看来你比较想我的身体。”穆廷州哑声说，不肯放过她。

“闭嘴。”明薇心慌意乱地呵斥。

穆廷州乖乖闭嘴，人也坐正了，大手却握着她的小手，拇指指腹不停地揉她的手心，静静地揉了十几分钟，外面突然传来一阵急促的脚步声。明薇赶紧收手，低声提醒男朋友：“你失忆时得罪过我爸，他不太喜欢你。”

穆廷州淡淡道：“你喜欢我就够了。”岳父喜不喜欢不重要。

明薇：“就你这态度，我爸打你我都不拦着。”

穆廷州笑：“不用担心，他打不过我。”

明薇气结，有那么一瞬，她都想投奔老爸打压女婿的阵营了！

穆廷州摸摸她的脑袋，气定神闲地起身，准备迎接买菜归来的岳父。

明强接到老婆电话的时候，正在超市水产品这边挑鱼，听老婆喜滋滋叮嘱他多买几道菜，理由是穆廷州来了，意识到这句话背后的含义，明强气得火冒三丈，随便指条活蹦乱跳的大鱼就走了，老婆让他加的菜，一样都没买！

车子开到医院，果然看到一片记者，不知多少是被穆廷州带过来的。明强更气了，这穆廷州肯定故意的，故意让所有人都知道女儿在跟他谈恋爱，好早点占住女儿男朋友的名分！

明强脚下生风，拎着几个购物袋噌噌噌上了顶层病房。

“怎么没买？”江月接过购物袋，不高兴地问。

明强见病房里面的门竟然关着，没理老婆，直接去敲门，手还没碰到，门忽然从里面打开了，露出一个一身黑衣的年轻男人。明强身高体壮，穆廷州没他那么肌肉发达，但身高却比明强高了几厘米，男人之间，个子一高，气势跟着就提了一段。

面对明强威风凛凛的虎眸，穆廷州神色如常，客气道：“伯父回来了。”

明强没理他，径自从穆廷州身边经过，沉着脸往里走。

病床上，明薇朝老爸挤眉弄眼，明强板着脸，递给女儿一个“秋后算账”的眼神。

老爸不肯主动说话，穆廷州也是个傲娇的，明薇只好当中间人，不太好意思地向老爸介绍：“爸，那是我男朋友，姓穆，叫廷州，职业演员，您可能在电视上看过他，演技一般，也就才拿过一次‘影帝’。”一开始不好意思，后面越说越顺溜，变成了嬉皮笑脸。

明强背对穆廷州瞪女儿。

老爸毕竟是岳父，没道理岳父先讨好女婿的，明薇就朝男朋友使眼色：“你不自我介绍一下？”还想不想转正了？

穆廷州想转正，而且明强明知薇薇不是他亲生的还那么宠薇薇，穆廷州也由衷地尊敬明强。

“伯父，听薇薇说，我失忆期间曾对您不敬，我很抱歉，希望您别放在心上。”穆廷州走到明强身侧，郑重道。

明强还是不说话。穆廷州说来就来，一点预兆都没有，突然过来跟他抢女儿，他很不爽。

“爸……”男朋友态度够了，明薇又来劝老爸。

明强看看女儿受伤的胳膊，想想穆廷州第一时间从帝都赶过来，这份心意还凑合，他稍微顺了点气，坐到床边，审犯人似的瞟了穆廷州一眼：“什么时候追到薇薇的？怎么不告诉我们？”

穆廷州从容道：“前年拍《大明》时开始追，去年十月薇薇才答应跟我在一起，我已经跟我家里说了，薇薇可能另有考量。”

明强吃了一惊，穆廷州追了女儿这么久？以穆廷州的颜值气质才干，女儿坚持了一年半，够可以了。

明薇更是震惊，拍《大明首辅》时，穆廷州追过她？她怎么不知道？胡说的吧？

明薇狐疑地盯着穆廷州。

穆廷州看她一眼，继续等待岳父出题。

明强不知道该说什么，没有应付女婿的经验，说狠了，女儿不高兴，可让他高高兴兴认了女婿，那也不可能。两方僵持，江月来了，笑着问女儿："薇薇，廷州喜欢吃什么口味儿？听说北方人爱吃辣……"

他们一家四口都喜欢吃清淡点的。

穆廷州立即道："伯母客气了，您随意做，我不挑食。"

江月不信，坚持看女儿。

穆廷州确实不挑食，只要菜好吃，咸辣甜淡他都吃，明薇对老妈的厨艺有信心，叫她放心做。江月懂了，接着对明强道："让他们俩说话，你来给我打下手，快点做好快点吃。廷州还没吃午饭呢吧？"

千里迢迢飞过来，应该没心情。

穆廷州确实没吃午饭。

可明强不想给穆廷州单独跟女儿说话的机会，外强中干地拒绝亲亲老婆："就几道菜，你自己弄。"鱼在超市已经收拾好了，给女儿炖个鱼汤，再炒一盘鸡蛋、一盘芥菜，真的累不到老婆。

江月生气了，不是气老公不帮忙，而是气老公存心要为难男神女婿，就又劝了一次。明强怕老婆，脑海里疼老婆与护女儿两种意念正在打架，忽听穆廷州道："伯母，薇薇总是拍戏，您跟伯父见薇薇一次不容易，你们多陪陪薇薇，今晚我做饭。"

明强难以置信地抬头。

江月也愣住了，跟着就道："不用不用，菜不多，你们一起陪薇薇，我自己弄。"说完就往外走。

穆廷州直接跟了过去，江月再三劝阻，穆廷州坚持要帮忙，并倚仗身体优势绕过岳母的阻拦，去厨房忙了。江月没辙，让女儿劝穆廷州。

明薇却知道这是穆廷州表现的好机会，反正是自己的男人，让他劳动一次也没什么。

“妈，他做饭挺好吃的，你就等着尝尝吧。”明薇笑容甜蜜。

女儿不管用，江月自己去厨房拉女婿。

明强不乐意了，穆廷州这招够聪明啊，娘儿俩一起讨好了，那他算什么？

明强也去厨房了，没一会儿，江月被两个男人撵了出来。江月不放心，守在厨房外面听动静。

明强：“薇薇爱吃我做的菜，你也出去。”

穆廷州：“我做鱼汤，其他两道菜您负责。”

明强：“换过来，薇薇爱喝我做的鱼汤。”

穆廷州：“好。”

跟着里面就没人说话了，只有洗菜切菜的声音。

江月偷笑，老公这是被女婿绕进去了，一下子就把两道菜的烹饪权分给了女婿。男人们没打架，江月放心了，让旁边偷笑的小樱去跟护士说一声，一会儿再给这边送菜来。

晚上六点钟，明薇的病房飘满了饭香。

小樱坚持不上桌，一个人在外面吃，屋里江月帮女儿夹好菜，放在女儿面前的小桌子上。明薇左手不能动，右手好好的，吃一口菜，偷偷看看穆廷州跟老爸，见两人各吃各的，井水不犯河水，一个比一个傲娇，明薇就觉得特别幸福。

父母疼她，男朋友也够体贴……

穆廷州的手机突然响了，明薇的一直关机，免打扰。

穆廷州拿出手机，朝岳母一家人说声抱歉，去外面接听。

明薇有点担心，等穆廷州回来，她试探地问：“工作上的事吗？忙的话你赶紧回去吧。”

穆廷州看着她道：“我最近很空，在这边订了一个月的房间。”

言外之意，接下来的一个月，他都会留在明薇的拍摄地。

不是情话，却让明薇瞬间红了眼圈。

江月欣慰极了，虽说她很满意穆廷州，可穆廷州的名气摆在那儿，江月隐隐担心女儿是这段感情中处于劣势的那一方，如今穆廷州又是亲自下厨给女儿做菜，又是不顾大红大紫的事业腾出一个月时间来陪女儿，这么好的男人，还用担心什么？

“既然廷州留下来陪你，我跟你爸后天就回去了，你爸店里忙，我那边也走不开。”江月柔声道。女儿大了，有她自己的感情与事业，当父母的得给女儿自由空间。她是女人，知道女儿现在肯定更喜欢男朋友的陪伴。

明薇不好意思地笑。

明强胸口堵得慌，嘴里的饭菜更没滋味儿了。穆廷州订了一个月的房，可医生说女儿伤势不重，两三周就能康复，那剩下的小半月时间，穆廷州会不会趁机占女儿便宜？身为一个男人，明强自然知道眼下是穆廷州讨好女儿的绝佳时机。

明强不放心。

“你去刷碗。”江月再次使唤老公。

明强扫眼穆廷州，抢着收拾碗筷端出去了，江月也去了厨房，给小情侣说悄悄话的时间。

“真不忙？”明薇拉住穆廷州的大手，目光柔得要滴水。

穆廷州反手握住她，放在嘴边吻：“有些琐碎，都比不上你。”

人活着是为了什么？钱，他有了，名，他也有，事业抱负，他亦有，后半生慢慢实现，但从他想清楚明薇对他的特殊意义的那一刻起，明薇便是他以后生活中最重要的一部分。现在他的女人受伤住院，陪在她身边，亲眼看着她彻底康复，才是他未来一个月最想做的事。

明薇心里暖暖的，示意他靠过来。

穆廷州俯身，以为女朋友要奖励他一个吻。

明薇却小声对着他的耳朵道：“表现这么好，给你转正了。”老爸老妈都认可了，只要以后不出变故，穆廷州便正式从明薇的男朋友升级成明家的准女婿了。

“谢谢。”吻没盼到，等来一句甜言蜜语，穆廷州轻声道，然后，低头主动索吻。

这一次，两人都没敢恋战，碰了碰就分开了，明薇脸颊红红的，甜甜地与他目光交缠。

“你的手机关机，刚刚肖照打我电话，说他现在没立场过来，让我帮他转达关心。”握着明薇的小手，穆廷州还是帮了肖照的忙。

明薇“嗯”了声。

厨房的水声停止了，穆廷州看看腕表，最后捏了捏明薇的手：“那你早点休息，我先回酒店。”

明薇继续“嗯”。

穆廷州正式向岳父岳母告辞，江月让明强去送送，明强不太情愿地将穆廷州送到楼层拐角就回来了。江月照顾女儿漱口刷牙，晚上明强睡外面沙发，她让护士加了一张床，跟女儿并排躺着。

明薇因为药物作用，早早睡了，江月偷偷刷微博。

“廷薇”吧炸了，全是在讨论女儿与穆廷州的关系，穆廷州急匆匆赶来探病，基本就是两人在交往的铁证了，但这毕竟是猜测，两个主角没有互动没有正式承认恋情之前，穆廷州的探病就也可以理解成好朋友的关心。

江月忍不住笑，今晚之前，她也是看热闹的，今晚之后，她就是知情人了。

江月特别高兴，女儿找了个二十四孝好男友，那男友还是她喜欢的男神演员，感觉下半辈子都更敞亮了，充满了各种期待。还想再刷刷女儿的微博，屏幕上突然跳出一条陌生号码的短信：薇薇还好吗？

江月的好心情立即变得复杂起来。

犹豫几分钟，她回了几个字：还可以。

陌生号码：抱歉，我对不起你们。

江月没再回复，删了短信，关机睡觉。陈年往事，她不恨不怨，也不想再提。

第二天一早，穆廷州又来了，这次他准备得很充分，带了花束与水果，水果全是明薇现在适合吃的，并亲手帮明薇削着吃。明薇心里甜蜜蜜，明强看了刺眼，本来老婆说明天走他还不太乐意，现在，他也想走了，不然看宝贝女儿眼里只有另一个男人，难受。

亲手养了二十多年的漂亮小白菜，真的被一头猪拱了。

又住了一晚，早上醒来竟然在下雨，赶上了暴雨，夫妻俩就决定多在医院住一夜。傍晚吃完饭，穆廷州要回酒店，这么大的雨，江月坚持送他到医院大堂，明强只好陪着，没想到三人刚下楼，就见几个护士推着担架匆匆跑了进来，有人高喊："车祸急诊……"

三人同时望过去，担架上的男人，脸上身上都是血。

明强夫妻没看清楚，穆廷州的脸色却陡变，几个箭步冲过去，低头一看，真的是徐修。

护士们推着担架进了急诊室，穆廷州僵在原地。

"是认识的人吗？"江月、明强凑过来，江月担心问。

穆廷州看看这对儿夫妻，目光在岳母脸上多停留几秒，却不知该怎么回答。说实话，岳母可能会失态，致使岳父猜到徐修便是薇薇的生父，让夫妻关系生出变数。可是不说，徐修伤得那么重，岳母现在走了，万一徐修……岳母会不会遗憾没能见徐修最后一面？毕竟是曾经的恋人。

江月与徐修之间只是阴错阳差的一晚，但为了母亲着想，明薇对穆廷州隐瞒了一些事。

这边穆廷州正犹豫，后面护士们又推了一个人过来，身上也有血，但人很清醒。担架从旁边经过，穆廷州没印象，伤者却认识他，激动叫道："穆先生，徐董出车祸了！我现在不方便，请你联系一下徐总！"

穆廷州立即看向岳母。

江月僵硬地立在那儿，脸色苍白。

"抱歉，我去打个电话。"穆廷州低声说，快步朝远处走去，留岳父岳母处理历史遗留问题。

"月月？"明强还以为老婆受到了惊吓，担心地扶住老婆，"没事吧？"

江月摇摇头，低着脑袋，心慌意乱。

明强劝她道：“你先上去，我在这儿看着。”出车祸的是穆廷州的熟人，自家既然撞上了，怎么都该有所表示。

江月六神无主，脑海里全是徐修一身血的刺目惨状。她对徐修没有任何男女感情，连普通的朋友都算不上，这么多年，她都把徐修当陌生人。如果没有女儿，徐修是死是活对她毫无影响，但徐修是女儿血缘上的亲爸爸，若徐修真挺不过来……

江月哭了，心疼女儿。她默默提防了徐修那么多年，除了当年徐修对她不够君子，江月没发现徐修有什么大缺点，徐家有钱，一直致力慈善事业，徐修也养了两个好儿子，其中一个还是女儿的好朋友。江月很清楚徐修是个有魅力的成功男人，也是一个好爸爸，女儿不肯接受徐修，主要原因是在替她打抱不平，但有肖照做润滑剂，只要徐修真心想认女儿，女儿早晚会接受他。

或者说，女儿现在其实有点傲娇，是在替她惩罚徐修，徐修好好的，女儿能心安理得地不理会他，可徐修真有个三长两短，女儿能不受影响？

江月害怕，怕徐修死了，怕女儿承受不了丧父打击，越怕眼泪就越收不住。

明强看出不对了，但他还没有想到那层关系，急着把老婆扶到角落，紧张问：“好好的，你哭什么啊？”

江月再也瞒不下去了，扑到老公怀里，哽咽道：“他，他就是那个人……”

明强如遭雷击，当年乘虚而入欺负他老婆害老婆一直不敢去帝都的人，就是出车祸的什么徐董？

明强不知道徐董是谁，人都伤成那样了，跟他一样五十多岁的老男人，明强暂且也没有心情计划如何替老婆教训对方。脑袋里乱了一阵，明强突然想到两件事，一是女儿知道了会怎么样，二是……

“你担心他？”明强抱紧老婆问，都是徐董了，家里肯定有大公司，老婆难道……

“我怕薇薇受不了。”江月心乱如麻地说。

明强松了口气，老婆没惦记那人就行。

不吃醋了，明强迅速冷静下来，帮老婆擦擦眼睛，沉着道："先别告诉薇薇，等那边情况稳定下来再说。你先上去，薇薇问起来，就说廷州回酒店了，我去超市买零食吃。"

有老公出主意，江月镇定不少，点点头，牵肠挂肚地走了。

明强去找穆廷州，穆廷州刚与肖照通过电话。

"薇薇知道了？"明强心情复杂地问，刚刚穆廷州不肯介绍徐修，肯定是女儿跟他说过。

穆廷州点头，沉默片刻，他补充道："谢谢这么多年，伯父对薇薇的照顾。"

明强怒了，瞪他："我养我女儿，用你谢？"

穆廷州立即闭嘴。

明强还不解气，转到穆廷州对面，一手扣住穆廷州的肩膀，咬牙切齿道："我再说一遍，薇薇是我女儿，以后除非她先甩了你，否则你敢对不起她，看我怎么收拾你！"别以为他这个岳父掺了一点水分，就不把他放在眼里。

男人手上力气很大，紧紧抓着穆廷州肩膀，穆廷州却神色如常，淡淡道："伯父放心，我跟薇薇会一起孝敬您与伯母，我们孝敬不动了，还有您孙子孙女。"

言外之意，明薇这辈子都不会甩了他，

言外之意，明强这辈子，都是他与明薇的爸爸。

明强愣住，琢磨出穆廷州这句话的意思后，他一半高兴，一半不爽，高兴穆廷州没想去认另一个岳父，但也不爽穆廷州嚣张狂妄的语气。什么孙子孙女，薇薇只是跟他谈恋爱，还没有进展到求婚订婚的地步，穆廷州哪来那么大脸。

"想得挺美。"冷哼一声，明强自己去一边待着了，远远观望形势。

两个小时后，徐修的司机先脱离危险，穆廷州过去了解情况。徐修是个说一不二的人，他让司机冒雨从上海出发来这边，司机便没问原因，只负责开车，没想到车子开到市区，突然被一辆违规驾驶的私家车撞了。

司机被蒙在鼓里，穆廷州却清楚。明薇受伤住院，徐修肯定是想过来探望，好天气不敢来，怕记者联想什么，故意选择记者休息的暴雨天，悄悄来再悄悄地走。离开病房，穆廷州继续去急诊室外面等，偶尔接下电话。

等肖照、徐凛兄弟俩匆匆赶来时，徐修已经进了重症监护室，全身多处骨折，脑震荡昏迷不醒。

徐凛面容冷峻，肖照摘了眼镜，一手捏着额头。

“薇薇怎么样？”打了几个电话，安排好公司与公关事务后，徐凛突然问穆廷州。

“轻微骨裂，需要休息三周左右。”穆廷州审视地看着他，徐修这次车祸，多少与明薇有关，他好奇徐凛兄弟会怎么看明薇。

徐凛点点头，叮嘱穆廷州道:“薇薇那边先瞒下来，让她安心养病。”并没有迁怒的意思。

穆廷州“嗯”了声。

徐凛兄弟在医院守了一夜，穆廷州也守了一夜，早上回了一趟酒店，换身衣服，再若无其事地去看另一间病房的女朋友。明薇这两天睡得都很沉，六点多还没醒，穆廷州在客厅向江月夫妻解释徐修的病情：“应该没有生命危险，但无法确定何时会醒。”

江月叹气，早知道那晚她该多回徐修几条短信的，好好解释女儿病得不严重，也许那样，徐修就不会冒雨过来看女儿。

“咱们再多住几晚？”明强跟老婆商量，徐家人离女儿这么近，他不放心。

江月拿不定主意。

穆廷州劝道：“伯父伯母先回苏城，等我准备告诉薇薇了，我会提前通知你们。”

江月看老公，明强沉默，过了几分钟才默许了。认不认徐修，注定是女儿这辈子的一个重要选择，明强想给女儿空间单独考虑，如果他一直守在旁边，女儿可能会顾及他的心情，委屈自己，那绝不是明强想要的。

夫妻俩陪明薇吃过早饭，由穆廷州送到楼下，回苏城了，自始至终，江月没有流露出想去探望徐修的意思，徐凛肖照兄弟俩也没来这边打扰她。

“走了？”男朋友回来了，明薇有些紧张地问，现在病房中就他们俩，穆廷州会不会情不自禁？

穆廷州点头，坐到明薇床边，看出女朋友的害羞，他虽然想跟她亲近，却不可能在这种时候动手动脚。

“吃水果吗？”穆廷州摸摸她的脑袋，轻声问。

明薇只想吃他，老爸老妈在的时候他还找机会亲她，现在可以肆无忌惮了，他装什么装？

她眼睛水润润地望着他，像馋鱼吃的猫，身为那条鱼，穆廷州只觉得是甜蜜的苦恼。喂她，隔几间病房女朋友的亲生父亲还在昏迷，不喂，又怕明薇胡思乱想。

穆廷州不想女朋友误会他的感情，扶明薇躺下，按着她左肩道：“昨晚，徐董来看你了。”

明薇震惊地张大嘴，徐修来了？在她睡着的时候来的？可昨晚老爸老妈一直在病房……

穆廷州亲亲她的额头，缓缓道：“他路上出了车祸。”

明薇心跳一滞，呼吸都停了，穆廷州后面说了什么，她根本没听清，好半晌才喃喃地问：“他现在……”

“没有生命危险，但还在昏迷。”穆廷州握住她的手说，密切关注明薇的情绪。

明薇脑海里一片空白。昨晚发生的车祸，现在徐修还没醒，因为来看她，徐修才出了车祸。

空白之后，明薇脑海里渐渐浮现一道西装笔挺的身影，五十多岁的男人，气度雍容。他不是个好男人，曾经欺负过她的妈妈，可同样是这个男人，经常假冒粉丝给她送花，每逢节假日都会发条祝福短信，夏天拍戏，他还会提醒她防暑……

明薇从来没有给过回应，反而拉黑过好几次，但拉黑一次他就换个号码，还笑她幼稚。

床边忽然传来“叮”的一声，打断了明薇的回忆。

穆廷州拿起手机，是肖照的微信，徐老爷子到了。

出车祸的儿子与拍戏受伤的孙女住在同一家医院，一大早就赶过来的徐老爷子，先去看了看儿子。徐修额头缠着纱布，脸上脖子上也有玻璃刺伤，足以想象当时的惊险，徐老爷子都快八十了，到老突然被沉稳懂事向来不用他操心的长子来了这么一击，甭提有多心疼。

问过病情，得知儿子最严重的情况会变成植物人，徐老爷子呆坐了半小时。

“爷爷，您别太担心，我爸身体好，一定能醒过来。”徐凛安慰老爷子道。

徐老爷子点点头，目光移到次孙身上：“薇薇住哪间？你带我去看看。”

肖照犹豫：“薇薇还不知情，您……”

徐老爷子什么都没说，直接站了起来，肖照只好带路，路上不放心地劝老爷子：“爷爷，这次车祸完全是意外，我爸醒了肯定也不会怪在薇薇头上，您……”

“我还没老糊涂。”徐老爷子目视前方，不咸不淡地说。

肖照讪讪地推了下眼镜，心中腹诽，老爷子表情那么凝重，他能不多想吗？

老爷子这边没问题，到了病房前，肖照先发穆廷州微信，很快，穆廷州便走了出来。

看到徐老爷子，穆廷州低声道：“薇薇已经知道了，我认为她现在需要一定的私人空间。”他不希望任何人给明薇压力，就算是江月夫妻，穆廷州原本的计划也是先告诉明薇徐修住院，隔一日再通知岳父岳母。

“薇薇不想见我？”双手拄着拐杖，徐老爷子平静反问，如山顶的老松，历经风霜雨雪，再不会轻易动怒。

穆廷州实话实说：“她并不知道您来了这边。”

徐老爷子便道：“那你去问问，她真不想见我，我再离开。”

穆廷州直视他眼：“您这是为难她。”明薇非常懂礼貌，得知老爷子来了，即便不想见，看在长辈一把年纪的分上，也会请徐老爷子进去。

徐老爷子看他一眼，淡淡道：“有些事，薇薇都未必理得清，你想保护她无可厚非，但那未必是她现在真正需要的。”

“你去问问。”肖照充当和事佬，往里面推穆廷州。

老爷子的话在理，穆廷州请两人先进客厅，他去里面问明薇。明薇心里很乱，但如穆廷州预测那般，她做不到将一个年近八十的老人拒之门外，就朝穆廷州点点头。

“一会儿别勉强自己。”穆廷州扶她坐好，轻轻亲她额头。

男朋友就在身边，明薇好像有了主心骨，柔柔地笑了。

穆廷州再去外面请徐老爷子。

明薇有点紧张，知道自己与徐家的关系后，明薇曾更细致地了解过徐家众人的资料。徐修是金融大亨，属于物质方面的巨人，徐老爷子却是国内著名的书法家，那是精神方面的巨人，见沈万三与苏轼，兴奋度能一样吗？

明薇不懂书法，但那不妨碍她敬重这门传承几千年的传统艺术。

房门被人推开，徐老爷子拄着拐杖领头走了进来。快八十岁的老人，短发全白了，脸颊偏瘦，依稀可见年轻时俊美的风采。年轻时帅气的男人，沉淀过岁月与数十年书法的清韵，老了就变成了仙风道骨，如幽静庭院中摆放的松石盆景，第一眼让人觉得与众不同，却又吸引人靠近，不会给人高不可攀的疏离感。

老人身后，穆廷州清冷如霜，肖照温润如玉，可此时此刻，两大男神都是徐老爷子的绿叶，有点像服侍太上老君的小药童。

受徐老爷子身上的平和气息感染，明薇渐渐放松下来，诚恳道：“让您老担心了。”

徐老爷子笑了。他一直不喜欢娱乐圈，真真假假的八卦太多，太浮躁，连亲孙子都因为这点被迫改名当了经纪人。但徐老爷子并不反感看电视剧，只看好演员，不去了解那个圈子，看的只是角色。明薇的演技还无法吸引他，可眼缘这种事没有任何道理，徐老爷子就是觉得明薇笑得好看，像亡妻年轻时候，因为这点，他很喜欢这个年轻的女演员。

得知明薇是他亲孙女后，徐老爷子才开始了解屏幕外的明薇，越了解越喜欢，喜欢明薇在公众场合的大方，喜欢明薇对妹妹的疼爱，喜欢明薇工作的认真，喜欢明薇秀气的签名。今天见到真人了，明薇只说了一句话，徐老爷子就又喜欢上了孙女的懂事。

孙女的开场白是“让您老担心了”，为她担心也好，为儿子担心也好，都很真诚，小姑娘若是说句“谢谢您老来看我”，假装不知道徐修受伤，虽然也能理解，却不够大方。再对比另一个孙女刁蛮任性的脾气，徐老爷子简直有种捡到宝的惊喜感。

“你们俩都出去，我跟薇薇单独聊聊。”徐老爷子朝孙女笑笑，回头打发两个小药童。

药童肖照很听话，药童穆廷州却先看向自己的小仙女。

仙女明薇点了下头。

药童穆廷州这才心甘情愿地退到了客厅。

徐老爷子坐到明微身边，明薇又紧张了，不知道该说什么。

她把徐老爷子当陌生人，徐老爷子却早把她当亲孙女了，自然无比关切地询问明薇手臂的情况。聊了几分钟，徐老爷子突然叹口气，看眼窗外道：“你爸爸从小就比别人家的孩子聪明，年轻气盛时都没让我操心，我还以为他不会犯大错，没想到他居然连自己有个好女儿都不知道，害我少了一个好孙女。”

这话说得忒亲热。

明薇尊敬老爷子，但她更爱另一个男人，垂眸道：“我爸爸叫明强。”

徐老爷子笑着纠正孙女：“你的好爸爸叫明强，坏爸爸叫徐修。”明强是个好男人，丈夫与父亲的身份上，自己的儿子比不上人家。

明薇眼圈红了，说不清是为了什么，也许是她有个坏爸爸的事实，也许是老爷子哄人的语气。

徐老爷子假装没看到小姑娘要哭的样子，继续叹道："你的心情爷爷理解，一个见都没怎么见过的男人，还是一个不负责任的渣男，凭什么突然跑出来让你喊他爸爸？你不喜欢他，爷爷支持你，但你不能因为他不好，就连我跟你的两个哥哥也不认，是不是？薇薇这么好，我跟你哥哥们想认你，有错吗？你爸爸犯了错，我们没有，是不是？"

明薇低着头，不知道该怎么说。

徐老爷子自顾自地道："你爸爸不中用，哄不好你，爷爷本来是想等你的哥哥哄好你，然后领你来见我，没想到你二哥也不顶用。好好的孙女却见不到面，爷爷急了一年了，直到今天才有借口过来瞧瞧。一年啊，爷爷错过了你那么多年，现在一把老骨头，还有几个一年可以浪费？"

明薇心里酸得慌："您别这么说……"

"我也是有感而发。你受伤的视频爷爷看到了，当时就吓了一跳，紧跟着你爸爸又出车祸。唉，你们都还年轻，不懂我们老人的心情，越老才越懂'珍惜'这两个字。就说你爸爸，如果他真的再也醒不过来，你会不会遗憾没能喊他一声？现在不遗憾，等你当了妈妈，明白父母对子女的感情了，那时候会不会遗憾？会遗憾就说明心里是想认的，既然想认，为何不珍惜越来越少的时间？父母总归要走在子女前头……"

明薇闭上眼睛，挤掉两串泪。

"你是大明星，身边大事小事记者都会报道，让你认我们，确实影响你们一家四口的生活。你爸爸早就跟我商量过了，当年是他对不起你妈妈，现在没脸再打扰她，他想先私底下跟你相认，将你放在遗嘱里，等你明爸爸跟妈妈百年了，他或是你哥哥再公开遗嘱。这话本该由他跟你说，可……"

明薇再也忍不住，一手挡住脸，扭头哭了。

她一直都觉得徐修很渣，一点都不考虑妈妈的感受，对一个女人来说，没有比被陌生男人侵犯更反感的事了，妈妈脾气好不记仇，明薇却无法接受这样的生父。但现在，徐修知道尊敬妈妈了，他真的改了，他真的想当个好爸爸，她却可能再也没有机会喊他一声。

“我不要徐家的钱，一分都不要。”明薇擦掉眼泪，捂着眼睛说，“你们真想认我，就别在遗嘱里写我的名字。”徐家人对她好，她狠不下心拒绝，但她不想与徐家产生任何金钱上的关系，她不需要。

徐老爷子挪到床上，摸着孙女的头道：“这个爷爷做不了主，你得跟你爸爸、哥哥们说。”

老人的手掌带着慈爱的温暖，明薇慢慢平复了下来，低头发了会儿呆，她小声道：“这不是我一个人的事，我要先跟我妈妈说一声。”

妈妈早就表示过不介意她认徐家，明薇真正要观察的是老爸，如果老爸表现出任何介意，她照样不会认徐修。生她的是妈妈，养她的是老爸，整个徐家加起来，也不如老爸重要。

二老刚回去，明薇想隔几天再叫他们过来，未料夫妻俩在家住了一晚，第二天就来了。

穆廷州识趣地让出病房。

明薇忐忑地看着老爸。

明强也忐忑地观察女儿，徐家那么有钱，女儿会不会嫌弃他？

父女俩一起忐忑，江月好笑：“一天不见，都不认识了？”

明强先破功，认命地问女儿：“有了亲爹，还要我不？”

明薇扑到老爸怀里，用完好的右胳膊抱住男人，抽噎着表忠心：“你才是亲爹！”

而就在她说出这句话的时候，另一间病房里，便宜爹徐修醒了。

当晚明薇跟妈妈说了很多话，这些话她不方便对老爸说，需要老妈从中转达。

明薇想过了，她虽然承认了徐家那边的亲人，但她不会与徐家频繁走动，最多一年探望几次老爷子，徐凛、肖照工作上能遇见就说说话，遇不到也不会刻意相聚。至于徐修，明薇还处在尴尬的阶段，短期内，她都叫不出口那个称呼。

然后就是徐、明两家，继续保持陌生家庭的关系，彼此不必来往。

“其实你爸爸没想那么多，他就希望你过得开心。”江月躺在女儿床上，搂着女儿道。因为徐修，她不安了二十多年，结果事情揭发了，明强在乎的只是他在她们娘俩心中的地位是否稳固，根本没考虑会不会被人嘲笑的问题。

"我爸那么好，妈你捡到宝了。"明薇由衷地说，在她眼里，老爸是天底下最好的男人。

江月刮刮女儿的小鼻梁，亲昵道："妈妈命好，薇薇更厉害，我看廷州真是把你当公主了。对了，你们俩打算什么时候正式公开？"

明薇想笑，穆廷州都在这边住下了，每天往返医院，表现得还不够明显吗？

"顺其自然吧。"明薇困了，打着哈欠道。

江月便关了灯，睡觉。

第二天江月夫妻走了，临走前明强去了一趟徐修的病房，在里面坐了五分钟左右，两人说了什么，没人知道。穆廷州一直将岳父岳母送到楼下，然后重新回到女朋友身边，及时汇报情况："伯父伯母走了，肖照说他二叔一家今天过来，那边还不知道你的身份。"

明薇对徐琳一家没兴趣，扫眼病房门口，她捂住穆廷州的大手，小声道："这几天辛苦你了。"堂堂"影帝"，千里迢迢来看她，又要忍受老爸的冷脸，又要帮她应付徐家那边，同时还得顾及她的心情，当了好几天素食和尚，普通的亲亲抱抱都没有。

"确实辛苦。"穆廷州倾身过来，一手撑床，一手抬起她下巴，目光一寸寸从她红润饱满的嘴唇挪到她水盈盈的眼睛上，"想得辛苦。"

从明薇那部武侠剧开拍，两人分开了近三个月，这几天明薇事情多，他克制自己不去想那些不该想的，但日思夜想的女朋友就在眼前，他管得住身体管不住心，想抱她，想亲她。

尾音尚未消失，两人的唇已经贴到了一起。

顾及她手臂的伤，穆廷州刻意放缓攻势，一点一点地亲，就这样，也把明薇亲得红唇微肿双眸起雾，用一副邀君采撷的模样望着他。穆廷州抵在她的肩头，如火的呼吸吹在她的耳朵上，明薇闭着眼睛，等待他更进一步。

穆廷州很想，时间地点都不是问题，可……

“我查过，你现在的情况，医生不建议夫妻生活。”穆廷州搂着她的腰，声音喑哑。

明薇：“……”

终于体会到什么叫欲求不满了。

既然不能吃肉，那就只能你看我我看你纯聊天了，聊一会儿喝口汤，一天竟然不知不觉过去了。晚上穆廷州想留下来，明薇怕医院护士误会两人会做点不纯洁的活动，硬是把穆廷州赶走了，让小樱陪她。

穆廷州晚上八点走的，才走不久，肖照推着徐修过来了。

明薇真没料到徐修会来，据说医生叮嘱徐修要卧床休养，不宜下地行动的。因为没有心理准备，突然见到徐修，明薇下意识垂下眼帘，心中百转千回。

“我劝不管用，非要过来看你。”肖照将轮椅推到病床前，无奈地道。

明薇没吭声，余光偷瞄轮椅上的男人，只能看见大腿以下，轮椅后面挂着点滴。

“你先出去。”徐修低声说，车祸那么严重，他的声音听起来倒与平时没什么差别。

肖照点头，不放心地提醒明薇：“医生说咱爸现在不能受刺激，薇薇你先委屈一下，有什么不满等他好了再发泄。”

明薇抿唇，肖照绝对是故意的。

肖照笑着去了客厅。

徐修看看女儿，浅笑道：“别听他胡说，我没那么脆弱，薇薇想说什么就说什么，只要你肯跟我说话，就是骂我，也比唱歌好听。”

明薇闲得没事骂他做什么？她扭头道：“有事以后谈，你先回去吧。”别把病情折腾严重了。

“你胳膊还疼不疼？”徐修就像没听见似的，反过来关心女儿。

明薇摇摇头。

徐修语重心长道："以后少接动作戏，为了拍戏受伤，不值得，你现在也不缺钱花，不用那么拼。"

明薇并不赞同，闷闷道："你做生意亏了一次，难道以后就不做生意了？"

徐修："不会。"

明薇绷着脸道："一样的道理。"

徐修笑了："所以说，你这脾气像我。"

明薇无语，伤成那样，竟然还有心情挖坑。明薇不想陪他胡扯，再次皱眉道："我要睡了，你回去吧。"

徐修知道女儿在担心他，故意装成嫌弃的样子罢了，既然已经看过了，亲眼确认女儿没有大碍，徐修点点头："好，我先回病房，薇薇好好休息，明天爸爸再来看你。"

明薇只叫肖照进来。

父子俩走了，明薇躺在床上，失眠了。徐修昏迷不醒，她确实有点不安，甚至害怕，现在徐修醒了，康复只是时间问题，明薇就不想离他那么近。她尊敬徐老爷子，喜欢与肖照做朋友，本身有好感，再接受两人做亲戚便没那么别扭，但徐修对她来说几乎就是陌生人，突然要做父女，明薇浑身不自在。

天亮了，穆廷州准时送来爱心早餐。

明薇跟他商量："我想出院。"

穆廷州看看她，没问原因，直接道："我去办出院手续。"

明薇笑着送了男朋友一个大大的香吻。

出院手续办好了，小樱留下来收拾明薇的行李，明薇动作麻利地随穆廷州进了电梯，一点都没惊动徐家那边。电梯速度放缓，电梯门打开之前，穆廷州帮明薇压低帽檐，顺势搂住她肩膀，大大方方跨出电梯。

医院外面，记者们已经摸清了穆廷州的行程，料想今天他也会在医院待到傍晚才出来，大部分记者都先去休息了，只有少部分继续守着，然后就是这几个记者，幸运地拍到了"太傅公主"同框的镜头。

最先冲过来的是个戴眼镜的男记者，一边对着两人拍摄一边问出最关键的问题：“廷州薇薇，请问你们现在是恋爱关系吗？”

明薇大半张脸都躲在帽子底下，好奇地等着听穆廷州如何回答。

记者比预想的少，没有推挤到明薇，穆廷州心情不错，简短地道：“是。”

“那你们什么时候确定关系的？”

“是不是已经见过双方家长了？”

“准备什么时候结婚？”

回答了一个，又有更多的问题冒了出来，穆廷州心思都在保护女朋友上，一句话都没再说，扶明薇坐到副驾驶位上，迅速绕到另一侧上了车，体贴地帮明薇系好安全带，这才驾车前往酒店。记者们争先恐后跟在后面，顺利拍到了两人同时进入一家星级酒店的珍贵视频。

没过多久，网上就冒出了一个引人想入非非的话题：#穆廷州明薇酒店开房#。

明薇看了十分尴尬，她与穆廷州确实在酒店不纯洁了很多次，但这次真的很和谐啊。

正无辜呢，老妈的电话来了，猜到老妈要问什么，明薇先朝端着水果走过来的穆廷州摆摆手，等穆廷州去了套房的客厅，她才红着脸接听。虽然是母女，但江月也挺保守的，结结巴巴绕了几个弯，才委婉地嘱咐女儿：“薇薇，你，你胳膊还没养好，晚上……”

老妈说得费劲儿，明薇耳朵都红了，轻声道：“我跟他一人一间房，你想哪儿去了。”

江月长长地松了口气，挂完电话，幽怨地瞪躲在一旁的明强：“就你会胡思乱想，廷州可比你正经多了。”

明强才不信，恨恨道：“男人都一个样，你等着吧，薇薇胳膊一好，他肯定露出狼尾巴！”

江月腹诽，就算穆廷州有那个心思又如何？那样的男人，女儿能睡到，她还替女儿高兴呢，反正男女谈恋爱，早晚都要在一起。

他们夫妻俩关心完了，医院病房里，肖照刷到这条爆炸性新闻，气得火冒三丈。穆廷州带着妹妹去开房了，让他怎么跟老爸解释？万一气出个好歹来……看眼病床上处于睡眠状态的老爸，肖照走出病房，悄悄给明薇打电话。

明薇好囧，难道肖照也要叮嘱她注意节制？

“你接。”明薇把手机递给穆廷州。

穆廷州看看屏幕，面无表情地接通电话，却没先吭声。

肖照语速飞快：“薇薇，爸要是知道你出院了肯定会联系你，如果他问了，你就说你回苏城了，千万别说自己在酒店。”他负责不让老爸碰手机刷娱乐新闻，明薇话里别露馅儿就行。

穆廷州挑眉：“为什么？”

好妹妹一秒变成了专门给他找麻烦的“影帝”，肖照登时火大：“因为我不想我爸知道他的好女儿被一头猪拱了。”

穆廷州毫不留情地挂断电话，一回头，对上笑得幸灾乐祸的明薇。

第十九章

当众求婚

身为一头天生就喜欢拱白菜的猪，穆廷州自制力还是不错的，既然医生嘱咐明薇好好养病，穆廷州便尽职尽责地发挥一个合格男朋友的作用，陪吃陪喝陪聊天陪散步，该做的全部承包，不该做的……尽量不做。

但人都有逆反心理，越是不让你干什么，心里就越痒痒。

明薇比穆廷州少吃了八年盐，自制力不如他便也能理解了，这晚两人并排靠在床上看电影，穆廷州看得很认真，明薇偷偷瞄他俊美禁欲的侧脸，老老实实坐了会儿，然后装作坐累了般，往他肩膀靠。

穆廷州盯着笔记本电脑的屏幕，抬起左臂给她靠。

明薇躺好了，脸庞贴着他的胸口，黑色毛衫下怦怦的心跳令人着迷。这部电影她看过，剧情对她已经没了吸引力，因病在房间休息多日百无聊赖的明薇，更想跟颜值、身材俱佳的男朋友做点不纯洁的事。

她在他怀里蹭来蹭去。

穆廷州看她一眼，暂停播放，低声问："不看了？"

明薇故意装成很疑惑的样子："不看？那做什么？"

穆廷州嘴角上扬，继续播放。

明薇老实了一会儿，接着蹭。

穆廷州右手扶住屏幕边缘，盖上笔记本电脑，电影戛然而止，演员的台词也断了，卧室只剩两人的呼吸声。明薇一动不动，穆廷州稍微侧身将笔记本电脑放到床头柜上，然后转过来，小心翼翼将明薇放平。明薇早就闭上了眼睛，脸蛋红红的，嘴角俏皮地翘着，像终于磨得主人喂她鱼吃的馋猫。

"狐狸精。"穆廷州俯身，咬她耳朵，他忍得那么辛苦，她不给，却明着暗着撩。

明薇不服，睁开眼睛，无辜地看着他："你先勾引我的。"谁让他长得那么好看。

穆廷州不屑跟她辩解，也不想，脑袋下移，堵住了她的嘴。

三个多月的空窗期，两个人都想，明薇觉得手臂没关系了，穆廷州却不敢冒险，半个小时后从被子底下爬上来，先裹好明薇，他再紧紧抵着她，埋在她脖颈间一动不动。明薇刚享受完一场"影帝"级别的星级服务，心满意足，蹭蹭男朋友的脑袋，舒服得犯困了……

“明天去复查。”听着她越来越均匀的呼吸，穆廷州哑声道。

明薇迷迷糊糊“嗯”了声。

穆廷州帮她盖好被子，一个人去洗澡。

明薇运气还算不错，那天撞得不算重，加上养病期间穆廷州饮食、心情照顾得都非常周到，休养了两周，明薇手臂上的石膏就拆了，接下来按照医嘱做康复训练就行。明薇松了口气，回头看穆廷州，男人幽深的眼眸简直在冒光。

明薇立即想到了之前数个荡漾的夜晚，心扑通扑通跳。

“穆先生、明小姐，好久不见。”

复诊结束，明薇、穆廷州直接走向电梯，刚来到大厅，右侧忽然传来一道完全不掩饰讽刺的声音。明薇想笑，转身就见肖照板着脸站在五六步外，金丝镜框也挡不住他眼里的火气。明薇礼尚往来，客气微笑：“肖先生。”

穆廷州万年不变的面无表情。

肖照看眼明薇的胳膊，淡淡地问：“好了？”

明薇点头。

旁边偶尔有病人、护士经过，肖照故意用不高不低的声音道：“谢谢关心，我爸恢复得还可以，走吧，我带你们过去。”如果老爸好好的，肖照不会用这种方式强迫明薇，但老爸现在病着，明薇既然来了，哪怕不说话，只是过去露个面，老爸肯定也会高兴。

穆廷州看明薇。

明薇犹豫一会儿，点点头。

肖照顿时懂了，明薇并没有表现出的那么冷情，不主动探病，应该还是尴尬为主，以后见面次数多了，老爸再自己加把劲儿，哄明薇叫声“爸爸”只是时间问题。

三人并肩去了徐修的病房。

徐修外伤已经养得七七八八了，正靠在床头看股市行情，病房门被推开，徐修随意扫了一眼，没想到这一眼就看到了狠心抛弃他跑去跟穆廷州住酒店的宝贝女儿。徐修气的是穆廷州，如今女儿来了，徐修精神瞬间比刚刚好了不少，惊喜道："薇薇来了，这边坐。"

明薇不想坐，只想让病中的男人高兴一下，留下来她根本不知道该说什么。

"不了，我还要去片场看看，您好好休息。"明薇客气疏离地说。

徐修猜到这只是借口，但女儿愿意看他他已经很满足了，便道："行，你去吧，胳膊刚好，别急着开工。"

明薇点点头，同穆廷州对个眼色，转身走了。

徐修笑着目送女儿，女儿彻底不见了，才顺便看了眼穆廷州。作为一个父亲，女儿还没哄好就被别的男人抢走了，徐修当然胸闷，可他不敢干涉，怕女儿看他更不顺眼了，幸好女儿目光不错，穆廷州还算优秀。

"真去片场？"系好安全带，穆廷州侧头问明薇。

明薇真想去。

穆廷州不急这一两个小时，定好导航，给女朋友充当司机。拍摄现场有特邀记者也有粉丝，看到他们两个，顿时爆发出一阵兴奋尖叫。明薇也是见过大场面的人了，在穆廷州保护的姿态下维持灿烂微笑，一路顺顺利利进了剧组专区。

新剧武打戏份多，拍起来慢，男主与配角们都能拍一阵子，这也是明薇能安心休息两周的主要原因。现在恢复得差不多了，跟导演商量后，明薇决定明天开始复工，先拍文戏镜头，胳膊彻底痊愈了再拍打戏。

工作解决了，明薇乖乖跟穆廷州回了酒店，才进门，明薇还没开始紧张呢，穆廷州突然从后面压了过来，直接将她抵在墙边，低头亲她的耳朵。明薇全身骨头都软了，下意识想反手抱他，穆廷州及时按住她的左臂，一边吻她的耳朵一边哑声道："你别动。"

你别动，我动就行。

只是三个字，便撩得明薇一身火。

穆廷州足够理智，搂着明薇在玄关亲了半小时，亲够了，这才抱起明薇走向卧室的大床，小心翼翼地将她放下，然后真如他刚刚所说，他什么都不让明薇做，帮她脱了所有衣物，帮她将发丝别到耳畔，再慢慢地喂她吃她肖想了三个月的“影帝”牌大鱼。

明薇最后是累睡着的……

穆廷州陪她睡了半小时，傍晚六点多，他叫醒明薇，一起洗个澡，随后他去买菜。

饥肠辘辘的明薇靠在床头刷微博。今天穆廷州陪她去片场的视频已经传到了网上，恋情确定了，粉丝明显分成了三派，一派是乐见其成的“廷薇党”，一派是单纯看八卦的中立党，最后就是反应比较激烈的反对党，穆廷州的粉丝对她挑三拣四，她的忠粉就负责怼回去，怼着怼着也开始挑剔穆廷州。

明薇越看越烦，决定再也不刷微博了。当明星最不好的就是这一点，什么事情都会被人搬到网上供人娱乐，再简单纯粹的感情，到了粉丝眼中，都成了可以任意置评的物件，好像她与穆廷州是两个商品，他们是否互相喜欢不重要，粉丝们觉得他们般配才是真般配。

想是这么想，然而没过两分钟，明薇又抓起了手机，打开微博，意外跳出一条艾特。

明薇好奇点开。

穆廷州：像不像你？@明薇。

附图是一只猫。

明薇住的这家酒店，一楼大厅中央摆着一个超级漂亮的圆柱浴缸，穆廷州的镜头中，不知从哪儿跑来一只毛茸茸胖乎乎的高颜值布偶猫，蹲坐在浴缸前，仰着脑袋盯着透明浴缸里的红鱼。穆廷州显然心情不错，应该是走到布偶跟前了，拍的近景，将布偶澄澈海蓝眼睛中的渴望拍得清清楚楚，明薇看得心都要化了。

这猫好漂亮，如果有一只猫用这种眼神看她，要啥给啥！

等等，穆廷州为什么说这只猫像她？

明薇随手转发了，问他：哪里像了？［茫然］。

穆廷州刚跨出电梯，看到女朋友的问题，他一边走向两人的套房一边继续转发：美。

明薇捧着手机等呢，刷出穆廷州的回复后，她突然心跳加快。

她知道穆廷州是想通过微博互动秀恩爱，但要不要秀得这么直接啊？

明薇脸红心跳，刚想看看粉丝们是怎么评论的，玄关那边突然传来开门声。明薇连忙放下手机，下床去接他。她小脸绯红，穆廷州神色如常，提高购物袋问："现在就做？"态度自然，好像他并没有在微博上夸她似的。

明薇低头，"嗯"了声。

穆廷州疑惑地走过来，没等他询问女朋友怎么了，明薇轻轻钻到他怀里，小声道："你不是不喜欢高调吗？"男朋友公开示爱，她很甜蜜，但又有点担心，她不想穆廷州为了维护她，做他并不愿意做的事，譬如应付粉丝。

"谁说我不喜欢？"穆廷州放下购物袋，一手扶她的左臂，一手摸她的头。

明薇哼哼："以前你拿奖，都没看你秀。"

穆廷州无语："好好演戏，每个演员都有机会获奖，不值得秀。"

明薇似懂非懂，仰起脑袋，下巴抵着他的胸口问："那我呢？"

穆廷州笑了，低头，轻吻她的红唇："你独一无二，只属于我。"

腊月剧组赶工，过年都不放假，全体剧组成员都是在影视基地过的。

明薇本以为自己也要跟同行们过除夕夜，没想到下午拍最后一场戏时，突然在一群熟悉的工作人员身后看到一张更熟悉的面孔，古铜肤色浓眉大眼，脖子上戴着"土豪"气满满的金链子，不是老爸是谁？

再看旁边，娇小的老妈跟大三放寒假的妹妹都在。

明薇高兴坏了，戏份一结束，立即丢下剧组，开心地跟家人去过节。

"你爸订的酒店，就在你现在住的那家，初二早上我们再回去。"明强开车，江月柔声对女儿说。自从知道徐修的身份后，明强对女儿更紧张了，平时不方便过来怕打扰女儿拍戏，但过年肯定要一家人一起过。

"我爸真好！"明薇歪头，朝开车的男人笑。

明强目视前方，嘴咧得大大的。

明薇坐在老妈与妹妹中间，身体靠着老妈，手拉着妹妹调戏：“桥桥谈恋爱没？你这种校花级别的美女，追你的人是不是特别多？”

司机明强悄悄竖起了耳朵，小女儿性格太冷，跟她妈妈都不怎么聊八卦，跟他更没话说。同样是读大学，以前明强给大女儿打电话能聊至少半小时，跟小女儿，哼，至今还没破过三分钟的纪录，就这还靠他绞尽脑汁想话题。因为太舍不得挂电话，有次女儿说“舍友要睡觉了”，他还一不留神犯蠢问女儿“舍友是男的女的”。当时明强都没反应过来，还是老婆提醒他的。

现在大女儿名花有主了，明强自然更紧张小女儿的感情生活。

明桥却淡淡道：“每次见面都问，能不能说点新鲜的？”

把明薇给噎得差点背过气去。

明强又专心开车了。

明薇撬不出妹妹的话，便去挠妹妹痒痒，姐妹俩紧紧挨着，笑声越来越高。江月在旁边看着，心想老公说得没错，徐家的事就不用告诉小女儿了，就让小女儿轻轻松松读书吧，他们这辈的事，说出来也没什么意义。

除夕夜吃了一顿大餐，然后一家四口聚集在明薇的套房，一边看春晚一边闲聊。

明薇早就通知穆廷州了，说今晚晚点视频，所以她放下手机，安心陪家人。明桥手机带在身上，隔几分钟就会振动一下。明桥拿出来看，大部分都是高中、大学同学的群发祝福短信，直到老爸老妈回楼下客房了，姐姐去洗澡了，她才收到一条来自曾经一位追求者的微信。

肖照：祝新年快乐，阖家幸福。

明桥淡笑了下，笑得有点讽刺。

其实她都不太确定，当初肖照是不是在追她。

前年姐姐陪她过生日，肖照、穆廷州半路加入，穆廷州为了讨好姐姐送了她一只萨摩耶，她没要，狗就由肖照养了。后来篝火晚会结束，姐姐上了穆廷州的车，她开车捎肖照，路上两人也没说什么，但接下来的二十多天，肖照多次来学校找她。

第一次，他劝她接收那只萨摩耶，说他太忙，没时间照顾一只狗。明桥拒绝。

第二次，肖照又来学校找她，碰巧遇见一个男生向她表白。明桥根本不用肖照帮忙，肖照却主动扮演她男朋友，不留情面地赶走了那个追求者，事后又厚颜无耻地赖了她一顿饭，饭桌上继续劝她养狗，明桥继续拒绝。

自此，肖照开始每天微信联系她，发萨摩耶的照片、视频，试图让她改变心意。萨摩耶太可爱，明桥确实心动，但她课程多没时间也没地方养狗，实在无法帮肖照。到了周末，肖照再次来了学校，说他要把萨摩耶送回原主人家，叫她一起去，理由是狗是她的。

明桥不想去，但肖照非常缠人，说要么两人一起去送狗以后再不用纠缠，要么两个人都不去，然后他会继续劝她养狗直到她答应那一天。明桥没办法，拉黑肖照的联系方式他还能找到学校来，她只能走一趟。

到了郊区，肖照在一片森林公园停车，理由，他再陪萨摩耶好好玩半天，外加帮她消除课业疲劳。

车钥匙在他手中，附近也不方便打车，明桥只能忍。

午饭是野炊，明桥安静吃饭，偶尔摸摸凑过来的萨摩耶。到了下午，肖照开车绕着景区逛了一圈，便直接往回开。明桥问他为什么不去还狗，肖照淡淡地说，他看出她真心喜欢萨摩耶，愿意勉为其难地替她养到大学毕业。

直到那时，明桥都没有多想，只觉得肖照近墨者黑，脾气与穆廷州一样古怪傲慢。

然而当晚，肖照发给她一条微信：谢谢二小姐，今天的约会，我回味无穷，期待下次见面。

明桥看着微信内容，回忆这段时间肖照的表现，突然意识到，肖照可能在追她，萨摩耶只是他的借口。但肖照语焉不详，明桥无法确定自己的猜测，自然也不知道该如何回应。关机睡觉前，明桥想，她对恋爱没兴趣，如果肖照真的说出来或是表现出暧昧，她会直言拒绝。

但那条微信，是肖照最后一次对她暧昧，消失多日，肖照终于在一个晚上打来电话，为之前半个多月的纠缠向她道歉，并承诺不会再有类似情况。肖照说到做到，过去的一年多，除了逢年过节发句礼貌性的祝福，一次都没有联系她。

明桥不想在意这个奇怪的男人，但肖照前后表现对比太明显，明桥直觉中间肯定发生了什么，她不在乎肖照缠不缠她，只好奇让肖照改变态度的原因。

可肖照不说，她也不会问。

“桥桥，你还不睡？”明薇洗完澡出来，见妹妹还在客厅坐着，意外地问。

“睡了。”明桥删掉微信，一边跟姐姐说声晚安，一边进了套房次卧。

妹妹一直都是冷美人，明薇没察觉妹妹的异样，关了客厅的灯，她回卧室与穆廷州视频。

视频中，穆廷州一头短发，穿着一件浅灰色毛衫，脸庞俊美，神清气爽得好像那边是早上。

“你们怎么过的节？”明薇抱着笔记本，笑着问。

穆廷州显然对这个话题不太感兴趣，机械回答：“吃饺子，看春晚。”很无聊。

穆崇、穆廷州都是高冷范儿，明薇小声打趣道：“伯母这么多年怎么过来的啊？都是她主动跟你们说话吧？”

穆廷州挑眉：“你想替她活跃气氛？”

这话大有深意，明薇撇撇嘴，聪明地不跳坑。

穆廷州看看她，低声道：“十三号晚上一起吃顿饭？我妈想见你。”

情人节《白蛇》全国上映，明薇要赶去帝都参加宣传活动，十三号下午到，十五号早上返回剧组。

虽然早就与未来婆婆见过面了，但想到要以准儿媳的身份去见窦静，明薇还是有点紧张，一紧张，一双大眼睛就变得更水润了，透过屏幕羞答答地望着他，看得穆廷州想把她抓到自己这边，抱着她亲。

“我去接机。”他继续道。

明薇慢吞吞点头，红着脸结束视频，甜丝丝地睡觉了。

十三号下午，穆廷州提前一小时抵达机场。他平时不喜欢穿西服，但今天却是一身笔挺西装，墨镜都没戴，就那么高调地出现在了所有人面前，一露面便遭到提前得到消息的记者与粉丝的围堵。

穆廷州心情好，破例多签了几个签名，然后拒绝其他合照、签名要求，一心等待女朋友。

五点多，帝都天已经黑了，明薇的航班终于降落。

“冷不冷？”一见面，明薇看着穆廷州身上的单薄西服，穆廷州看着她穿的米色风衣，异口同声。说完了，两人互相凝望，明薇先笑了，刚想回答，突然被穆廷州搂到怀里，护着她大步朝机场外走去。

人声鼎沸，尖叫连连，明薇戴着墨镜，眼里只有自己的男朋友。

穆廷州自己开车来的，机场外面都是记者，到了路上，穆廷州开车，幸好这是帝都，会堵车……于是每当车停下来，穆廷州便倾身压住明薇亲吻，亲到后面的车按喇叭，再意犹未尽地分开。

明薇就觉得，亲得这么频繁，车里都不用开空调了。

堵了一路亲了一路，到达穆崇夫妻的别墅时，都七点多了。

面对窦静的热情，明薇特别不好意思：“一直等到这么晚，伯父伯母早就饿了吧？”

准儿媳漂亮又懂礼貌，窦静越看越满意，虚扶着明薇的胳膊往里请：“一点都不晚，我们平时也这个时间吃饭，薇薇是不是饿坏了？先喝点热水暖暖胃。”这边刚将明薇按到沙发上坐，跟着又要替明薇倒水。

明薇连忙又站了起来，一边说着自己来，一边频频给穆廷州使眼色。

“这也是你家，不用客气。”穆廷州替明薇挂好风衣，直白无比地道。

明薇小脸唰地红了。

窦静笑：“就是就是，都是一家人，薇薇别客气。”傻儿子终于会说话了。

“谢谢伯母。”明薇硬着头皮接过杯子，脸烫烫的。

最初的窘迫过后，明薇渐渐放松下来，饭桌上与窦静有说有笑，至于穆家的两个男人，全程当听众。晚饭结束时已九点了，窦静还想多跟准儿媳待一会儿，穆廷州已经从红木衣架上取下明薇的风衣，淡然道：“明天有宣传，我们先走了。”

明薇恨不得堵上他的嘴，表面又得配合点头。

窦静是过来人，怎么会不懂儿子的真正心思，瞪儿子一眼，无奈送人。

路上明薇一句话都没跟穆廷州说，生他的气。

穆廷州专心开车，回到自己别墅，他将车开进车库。车停了，明薇想下去，却被他攥住了手。明薇扭头，对上穆廷州幽幽的黑眸，忽然懂了，憋了一路的小脾气顿时化成了小火苗，嗖嗖地从心底蔓延到全身。

“下车。”她口干舌燥。

“不急。”穆廷州关掉车灯，然后在车库陷入黑暗的刹那，不容拒绝地将明薇抱到他腿上。

明薇故意乱躲，蚊蚋似的刺他：“不是不急吗？”

穆廷州反剪她的双手：“下车不急。”

情人节，别的情侣都在约会秀恩爱，明薇、穆廷州却在一起加班，为今日上映的《白蛇》做宣传。去年暑假宣传《青龙》时，两人是地下恋爱，如今恋情早已曝光，这次的主持人便多了很多话题可聊。

“薇薇，廷州一人扮演许仙与法海，请问这两个角色，你更喜欢谁？”

明薇歪头看穆廷州。

穆廷州就坐在她旁边，目光相对，明薇露出一个他熟悉的狡黠微笑，穆廷州想的却是昨晚，她在车中、床上的妩媚风情。明早她就要回影视基地了，好好的情人节他们却在忙工作，穆廷州非常不满。因为这样忙碌的状态，不适合浪漫。

明薇看不出男朋友满脑的杂念，笑着回答主持人：“许仙过于书生气，跟他在一起少了几分安全感，法海……完全不是一个世界的人，我可不是白娘娘，不敢对高僧心存不敬。不过单论发型的话，我更喜欢法海的造型。”

穆廷州抿了下嘴角。

主持人善意地笑，转过来问穆廷州：“去年廷州说以后大概不会再跟薇薇合作影视剧，当时吓了我们一跳，还以为你们俩闹矛盾了，其实是你觉得情侣不适合频繁影视合作吧？担心粉丝没有新鲜感？”

穆廷州背靠椅背，双手并握，平静地给予否定：“我不知道粉丝们会怎么看，但与明薇拍戏，合作多少部我都不会缺乏新鲜感。”

情话突如其来，这让认真听他说话的明薇愣了一下，然后情不自禁就笑了，微微低头，笑得羞涩甜蜜，双颊泛起爱情的红润。主持人一手捂住胸口，做出受伤状：“情人节加班已经够虐了，为什么你们俩也要虐我？”

明薇已经恢复了从容，只是明亮的眸中依然泛着幸福的光芒。

穆廷州继续道：“不过我拍了二十多年的戏，最近想尝试自己拍电影，所以，接下来很长一段时间，我会转行做导演，至于将来是否会继续参演，我也没有准确答案。”

这是个大爆料，主持人惊讶地捂住嘴，然后成功扣题：“也就是说，《白蛇》既有可能是你与薇薇合作的最后一部电影，也有可能是很长时间内你最后参演的一部电影？”这个采访就是为了宣传《白蛇》，如果之前观众因为两个主演的恋情曝光或两次合作而对《白蛇》淡了兴趣，那么相信看过这次采访后，观众们一定会热情购票。

穆廷州点点头。

“薇薇你怎么看？”

明薇笑：“我很期待，他这人性格很冷，但凡是他感兴趣的事，他都会投以最大的热情。就像许仙这个角色，拍摄之前，我完全无法将穆廷州与一个温柔多情的文艺书生联系到一起，但事实证明，只要他想，他就能做到最好。”

主持人笑眼眯眯：“这算不算你对廷州的情人节告白啊？”

明薇呆住，脸红了，什么告白，她只是在实话实说好不好？

主持人却抓住机会怂恿穆廷州：“薇薇都告白了，廷州有什么话要对薇薇说？虐我吧，我已经做好了吃狗粮的准备。”

穆廷州斜眸看明薇。

明薇脸红得已经很明显了，假装看手腕上并不存在的腕表：“是不是可以结束了？”

主持人起哄：“廷州不告白，这期就一直不结束！”

明薇又害羞又想笑，同时也特别紧张，穆廷州确实说过一些情话，但那些情话都是很应景的，可以说是触景生情，现在主持人硬逼着穆廷州说，万一穆廷州说不出来，或是说得很尴尬怎么办？

就在她忐忑不安的时候，耳边忽地传来穆廷州低沉的撩人心弦的声音：“我对所有未知事物都有兴趣，但我最感兴趣并将投以一生热情的是个女人，她叫明薇。”

明薇的脑袋都要炸了。

情人眼里出西施，相信每个男人向心爱的女人说情话时，都会说“你最美”“我最喜欢你”这类的，这其实是一种对比，夸赞女友贬低所有其他女人，虽然其他观众都理解情话并且不会在意，但大多数情侣都会选择单独相处的时候，只说情话给另一半听。

所以，当这样盛赞女友的情话被当众说出来，对于脸皮薄的女人而言，幸福中又带着一定耻度，这种不好意思反过来又加强了听到甜言蜜语的幸福。

明薇脸皮不算太薄，可穆廷州夸得太厉害，这会儿她不仅脸红，耳朵根都红了，出名后第一次在媒体面前不知所措。

她在爱情的浪潮中晕乎乎的，穆廷州绅士地拉起她手，单手将她抱在怀里，侧身让明薇避开镜头，然后另一只手拿起话筒，敬业地对着镜头宣传道：“情人节，我与薇薇要去过节了，也祝所有观众情人节快乐，最后，希望大家多多支持《白蛇》。”

主持人捂着脸尖叫。

穆廷州放下话筒，礼貌地朝主持人点点头，然后拥着明薇离去。

话说得好听，事实上今天大部分时间两人都不能自由安排，忙完下午的宣传，晚上两人又按照行程去帝都一家电影院观看《白蛇》，电影结束，还有现场回馈粉丝活动，等一切忙完，两人回到别墅时都十点多了，夜深人静。

"累不累？"进了卧室，穆廷州抱住明薇，低头问。

明薇摇头，看着头顶的男人，她想到了电影中白娘子与法海的凄美爱情，想到了白天穆廷州在采访中对她说的情话。影片中有多遗憾，现实中就有多甜，宴会上喝的几杯红酒似乎发挥了作用，明薇手臂盘上穆廷州的脖子，踮起脚尖主动送吻。

穆廷州本来另有计划，可面对格外热情的女友，他一把抱起了她。

短暂相聚，明早又要分开，明薇如藤蔓般缠着自己的男人，随他沉沦。

零点过了，明薇累极睡去。穆廷州侧身躺着，看了足足半小时，他才放轻动作下床，去了隔壁房间。房间一片漆黑，穆廷州按下开关，灯亮了，现出满屋玫瑰，穆廷州苦笑，一手插在裤袋中，握着里面的小盒子转了又转，最后熄灯关门，去陪女朋友睡觉。

第二天，穆廷州亲自去送机。

下车前，明薇抱住穆廷州的脖子，小声道："再过半个月就回来了，别想我。"

穆廷州亲她的耳朵："不想。"

不想你走。

对于忙碌的明薇来说，半个月很快就过去了，吃完杀青宴，拐去苏城家里住了一晚，她便立即回了帝都。穆廷州说过要来机场接她，明薇戴着墨镜出来，下意识寻找男朋友，却意外发现穆廷州身边多了一个人：肖照。

有电灯泡在场，拥抱没了，见面吻也没了，上车时，肖照居然还抢了副驾驶位。

以前三人在一起，都是肖照开车，明薇跟穆廷州坐后座，现在肖照不肯当司机，穆廷州又是自己开车来的，那就只能由他开车，明薇一个人坐后面。明薇没那么饥渴，只觉得好笑，偷偷看驾驶座，穆廷州果然沉着脸。

肖照无视穆廷州的冷脸，歪着脑袋问妹妹：“昨晚老爷子给你打电话了？”

明薇心情复杂地“嗯”了声。三月二十二号徐老爷子过八十大寿，老爷子希望她去。

肖照今天就是来做确认工作的，向妹妹解释道：“这次家里大办，请了不少人，我跟廷州关系铁，你以他女伴的身份出席，不会引起任何怀疑。”拜明薇所赐，老爷子不那么反感娱乐圈了，他徐家二公子的身份也早在老爸出车祸时得以公开。

明薇尊敬老爷子，长辈八十大寿，她是该去，现在徐家安排好了，她便点头答应了。

“我没说要去。”

兄妹俩聊得很顺利，司机穆廷州突然冷冷地抛出一句。

明薇咬唇忍笑，肖照推推眼镜，不咸不淡地道：“可以，回头我挑几个与薇薇关系不错的青年才俊下请帖，再让明薇挑个最顺眼的当男伴人选，绝不劳穆先生大驾。”

穆廷州抬眼，透过车内后视镜看女朋友。

明薇喜欢肖照，但她更爱自己的男朋友，故意沉默一会儿，终于在穆廷州越来越幽深的目光中道：“这样啊，可我看穆先生最顺眼怎么办？还请肖先生好好哄哄穆先生，否则我也只能遗憾缺席了。”

穆廷州垂下眼帘，专心开车。

肖照恨铁不成钢地瞪明薇：“你就惯着他吧，将来他欺负你，别怪我当二哥的不帮忙。”

明薇刚要说话，穆廷州突然在路边停车，目视前方道：“肖先生，你可以下车了。”

他居然还有这一招，明薇再也忍不住，幸灾乐祸地笑出了声。

肖照冷笑三声，颇为有骨气地推门下车，再重重摔上车门。

穆廷州毫不留情，扬长而去，明薇吃了一惊，难以置信地往后看：“你真不搭他？”

穆廷州闻言，再次停车。

明薇松了口气，后面正要打车的肖照见了，改成给明薇打电话。

明薇一边下车一边接听。

肖照：“我已经打车了，你们不用等我。”

明薇望着远处肖照高挑的身影，犹豫几秒，还是说了实话：“肖先生误会了，他没想等你。”

肖照皱眉，跟着就见明薇朝他摆摆手，然后转身拉开了副驾驶位的车门。

豪车再次远去。

肖照：“……”

徐老爷子平时喜欢住四合院，但这次他的八十岁寿宴地点，定在了徐修的豪华别墅。

寿宴前一天，徐家一大家子都来了这边，再次确定明日的准备工作。

家庭会议开到晚上九点，一直保持沉默偶尔点点头嗯两声的徐老爷子突然想起什么，问肖照：“廷州来吗？我记得他不爱热闹。”

肖照扫眼堂妹，道：“您过大寿，他肯定来。”

徐琳听了，忍不住窃喜。

徐老爷子看在眼里，又问孙子：“我听人说，廷州跟一个女明星恋爱了？”

徐琳脸上的笑容顿时消失，低着脑袋，嘟嘴摆弄手机。肖照就跟没瞧见似的，笑道：“是，他女朋友叫明薇，以前是意大利语翻译，后来当了演员，演技不错，我爸也夸过，还说廷州运气好，明薇答应跟他恋爱是他的福气。”

明晃晃地把亲妹妹捧到了天上。

徐琳母亲二太太不爱听了，女儿喜欢穆廷州全家都知道，侄子这么夸明薇，简直就是在故意打她女儿的脸。二太太喝口茶，轻笑道：“什么福气，我看过报道，明薇读大学时便跟系里的外教不清不楚……”

徐修抿唇。

“没有证据的抹黑，二婶还是别盲从为好。”父亲不方便说话，徐凛沉声开口，嘴上奉劝二太太，目光落到了老爷子身上，“爷爷，我知道您对娱乐圈有偏见，但廷州是二弟的好友，明天明薇到了，您看在廷州的面子上，别给人家难堪。”

“还用你教我人情世故？”徐老爷子斜了长孙一眼，然后扭头，语重心长地劝徐琳，“爷爷知道你喜欢廷州，但廷州已经交了女朋友，你就别再往他跟前凑了，外面那么多优秀男人，你随便挑一个，能比廷州差多少？还有，明薇是你二哥的朋友，便也是咱们徐家的朋友，不许你找她麻烦。”

两个都是孙女，徐老爷子不求姐妹俩多亲近，但也不能自相残杀。

徐琳现在最不想听见的就是明薇的名字，什么都没说，气鼓鼓上楼去了。徐老爷子喊了两声，徐琳非但没停，反而走得更快，徐老爷子又气又无可奈何，只好转过来训斥二儿子夫妻俩：“琳琳的脾气都是你们惯的，明天你们仔细盯着点，别让琳琳闹笑话。”

他对二儿媳妇的人品没信心，所以不打算让老二一家知道明薇的身份，只能拐弯提醒。

上午十点，穆廷州准时来明薇的公寓楼下接人，通过电话后，他推门下车，西装笔挺地站在车前，耐心地等待女友。等了三分钟，人还没下来，穆廷州笑了下，取出手机消磨时间，习惯性地先去看明薇的朋友圈。

今天她没发，最新一条还是昨晚的。

手指划动几下，前面终于传来熟悉的脚步声，高跟鞋特有的韵律，扣人心弦。

穆廷州一边收起手机，一边漫不经心地抬头，然后那双平静如水的黑眸中，迅速浮现惊艳。

察觉男友毫不掩饰的欣赏，明薇有点小害羞，本能地抬起手，去别耳边并没有的碎发。高挑纤细的女人，穿了一条白底绣青竹的定制旗袍，旗袍完美展现了她玲珑的曲线，也更加衬托了主人古典优雅的气质。

窈窕淑女，羞涩低首，做出别头发的小动作，风韵十足。

穆廷州注意到了她微红的脸庞，注意到了她洁白手腕上翠绿的翡翠镯子，也注意到了她旗袍下的一双修长美腿。他早就知道明薇很美，他也无数次近距离甚至负距离欣赏、感受她的美，但每一次见面或约会，明薇都会带给他一点新的视觉冲击。

明薇不看他，穆廷州也没说话，只跟她一起走到副驾驶那边，绅士地替她拉开车门。

明薇笑了，低头进去前轻声道："谢谢穆先生。"

"明小姐客气。"穆廷州替她护着头顶，看着她坐好了，他再绕回驾驶座。系安全带时，不可避免地对上她匀称的美腿，穆廷州默默地看了几秒，终于还是没能忍住，出发前，他目视前方，右手却放在了明薇的腿上。

明薇按住他的手，幽怨道："穆先生，你这是做什么？"

穆廷州的掌心温热，沿着她的膝盖挪到她光洁的小腿上："帮你暖腿。"

男人耍流氓，明薇一把甩开他手，开始说正经的："你送什么礼？"她准备的是一方澄泥砚。

穆廷州收回手，把后座的礼物拿过来交给明薇后，开始开车。

"这是字还是画？很贵吧？"明薇摸摸礼盒中的卷轴，没有打开，猜测问。徐老爷子是搞书法的，穆廷州挑的字画必然是大师作品，不然很难入老爷子的眼。

"俗。"穆廷州一字评。

明薇冷哼，盖好礼盒放回后座，小声讽刺道："嫌我俗，以后别帮我暖腿。"

穆廷州笑："好。"

他不帮她暖，他只摸。

开了半小时，徐修的别墅到了。穆廷州走过去帮明薇开门，并屈起手臂等着，明薇心领神会，挽住他的胳膊，两人不紧不慢地朝里面走去。别墅大厅、院内已经聚集了一批宾客，当明薇、穆廷州正式登场时，立即吸引了所有人的视线。

徐凛三兄弟都在外面，看到明薇，徐凛、肖照同时上前迎客，只有二房的徐端愣在原地，目瞪口呆。上次近距离接触明薇，还是他陪王盈盈去跟明薇抢戏，那天明薇没有刻意打扮，他又被感情蒙蔽了双眼，竟然没看出明薇居然这么美。

那边徐凛兄弟已经跟亲妹妹说上话了，徐凛鲜少夸赞女人，现在却自然无比地道："薇薇今天很漂亮。"

明薇脸颊泛红，笑着道谢，没看徐凛的眼睛。

"可惜一朵鲜花插在了……"肖照也夸妹妹，夸得与众不同。

穆廷州置若罔闻，明薇毫不客气地瞪肖照："肖先生是不是忘了那天你是怎么被扔下车的？"

肖照淡笑："不是不报，时候未到。"

两人打哑谜，话里却透露出非同寻常的亲近，徐凛看着亲妹妹，有点羡慕，同时也很欣慰，有二弟牵线搭桥，妹妹早晚会对这个家产生归属感。

外面客套过了，肖照带明薇二人去客厅见老爷子。与院中资历浅的小辈们比，客厅中全是国内艺术界的重要人物，大牛们醉心文化，大多数不认识明薇这个娱乐圈新星，对穆廷州的印象也并不深刻。

然而让他们吃惊的是，三言两语打发其他小辈的徐老爷子，居然郑重介绍了一番明薇与穆廷州，特别是对明薇，那话夸的，不愧是文化人，无论两个字还是四个字的夸赞，都不带重复的，简直要把明薇夸成仙女了。

一屋爷爷奶奶辈分的，肯定不知道明薇与徐家的关系啊，既然徐老爷子夸了，他们便认为眼前这两个孩子真的特别好，登时也跟着表扬起来。聊了十几分钟后，穆廷州用他渊博的知识与广泛深刻的涉猎征服了一众前辈，明薇没有穆廷州的才华，但她大方懂事谈吐得体，加上漂亮小姑娘有天生的优势，很快也赢得了长辈们的真心喜欢。

徐琳在远处见了，心里酸溜溜的，酸穆廷州对明薇的贴心照顾，也酸亲爷爷对明薇的偏心，爷爷都没有在那群艺术家面前这么夸过她。凭什么啊，这是徐家，她是徐家唯一的大小姐，凭什么风头都被明薇抢走了？

徐琳羡慕嫉妒恨，明薇可紧张坏了，好不容易找个借口从长辈圈逃出来，她立即示意穆廷州去院子里待着，不然再被拉进那个圈子，她毕生的文化储备肯定要露底。与穆廷州聊了会儿，两人暂时分开，各自应酬。

徐琳一直在盯着明薇，终于等到明薇离开穆廷州的视线范围，她喊来侍者，端起一个高脚杯，直奔明薇而去。明薇正在同东影老板娘聊天，聊着聊着，对方突然低声提醒道："徐琳端着酒杯过来了，你小心点。"

徐琳喜欢穆廷州，这是圈内人人皆知的秘密，东影老板娘也不例外。

明薇笑笑，尽量自然地回头，果然看见徐琳笑靥如花地徐徐走来，眼睛看着别处，好像并不知道她在这边似的。然而就在明薇准备不着痕迹地避开时，两道人影突然闯入她与徐琳中间，一个是徐凛，挡在徐琳面前不知道在说什么，另一个，正是她的男人。

"护花使者真多啊。"东影老板娘低声调侃明薇，识趣地走开，把明薇留给穆廷州。

明薇稍微歪头，恰好对上徐琳愤怒的眼神，恶意满满，人却朝另一个方向走了。

警报解除，明薇多看了徐凛高大挺拔的背影一眼，这才笑着问穆廷州："你来做什么？"

穆廷州一手插着口袋，一手举着酒杯，目光掠过明薇旗袍上的青竹刺绣，他淡淡道："品竹。"

他不说实话，明薇也不拆穿，只在心里甜，有人想欺负她，却有更多的人维护她。

宴席结束，明薇坐在穆廷州的车上给徐凛发短信：谢谢。

徐凛：应该的。

简练偏冷的回复，明薇却觉得暖暖的。

谢完同父异母的兄长，自然也要谢男朋友，只是旗袍被穆廷州扯开的那一瞬，明薇莫名想笑，捂住领口，美眸促狭地望着他："旗袍给你，你去客厅品竹？"

穆廷州的火早被她挑起来了，他拉开她的手举到头顶，俯身亲她的耳朵："现在，我只想赏花。"

一句话，撩得明薇娇花颤颤，任他予取予求。

武侠剧杀青了，徐老爷子的寿宴也吃了，暂时轻松下来的明薇，目前只需准备一件事——四月初国内某项重要电影节颁奖典礼。

《青龙》是去年国内扛鼎的特效电影大制作，主演明薇、穆廷州都有提名，但沈素、肖照提前分析过，两人拿个人奖的概率都不大。《青龙》大红大紫，票房打破各种纪录，可这毕竟只是一部商业片，演员展现演技的空间远远逊色文艺片，曾经拿过"影帝"的穆廷州不可能凭借一个特效片再次获奖。而明薇，无论是从她的演技还是她的影视经历，拿影后的概率几乎都等于零。

明薇很清楚，她也没想那么多，参演的第一部电影能大获成功，她已经很自豪了，这次纯粹陪剧组凑个热闹，别的不说，《青龙》至少能拿一项影片奖，她作为主演，与有荣焉，况且与业内演技最精湛的前辈们共聚一堂，本身就是一项荣誉。

夜幕降临，典礼现场星光璀璨，记者们守在红毯两侧，咔嚓咔嚓拍个不停。

又一辆豪车停在了红毯前，车门打开，穆廷州一身黑色西装亮相，气度非凡，面对记者的镜头与尖叫，穆廷州淡然从容，转身走到车门一侧，然后俯身，朝车内伸出手。镜头紧随而至，一只白皙纤细的玉手轻轻搭在了穆廷州的手心，穆廷州马上握住，脚步后退，牵出来一位穿黑色修身抹胸长裙的美人。

"薇薇你好漂亮！"有人吹口哨，大声起哄。

明薇灿烂一笑，明眸皓齿，脖子上的钻石项链流光溢彩。

大大方方走完红毯，两人开始接受红毯主持人的采访。

"薇薇第一次参加电影颁奖典礼，是不是很兴奋？"

明薇笑着点头："有点，因为这两年一直在跟他合作，都没机会认识更多同行朋友。"

她与穆廷州合作过于频繁，"廷薇粉"们喜欢，但也有一些粉丝在喷她这点，觉得明薇完全是靠穆廷州走红的，《大明首辅》《青龙》《白蛇》大火都是穆廷州的功劳，明薇只是花瓶，一旦两人分开，明薇肯定不行。

而明薇刚刚的回答，也算是一种幽默的回应了。

主持人 get 了这个点，笑着嗔怪明薇吃着碗里的看着锅里的。聊完明薇，主持人又问穆廷州："廷州在《青龙》中有很多突破，这次有你心仪的奖项吗？"

穆廷州微笑："有。"

主持人眼睛一亮："你想拿什么奖？"

穆廷州突然搂住明薇的小细腰，看着明薇笑："刚刚已经拿到了。"

明薇脸红，这人怎么好像越来越会当众秀恩爱了？一点准备都不给她。

主持人被这突如其来的狗粮虐惨了，各种羡慕明薇，缠着两人要合影，直到新的明星到来。

"是不是提前设计的？"前往席位的路上，明薇小声问穆廷州。

穆廷州头微微往她那边偏，目光落在她胸前的项链吊坠上，低低道："临场发挥。"

明薇半信半疑。

入了场，明薇专心应酬，在场许多前辈她都只在屏幕上见到过，现实里并不认识，好在她现在是当红明星，又有穆廷州这个实力"影帝"男友陪着，在一群老戏骨里面也算游刃有余。应酬之余，作为一个后起之秀，明薇也倍感压力。

走到今天，到底有多少是她自己的成绩，又有几分是她借穆廷州的光？

落座时，看着前面富丽堂皇的舞台，明薇有些恍惚，如一个自认好学的小学生第一次跨进一座恢弘的图书殿堂，既震撼天下图书之多，又突然意识到自己的渺小。怔怔出神之际，忽然有人握住了她的手。

明薇偏头，穆廷州探究地看她：“怎么了？”

明薇靠近他哼道：“我在想，不知什么时候我才能追上你。”追上他，与他并肩，名副其实。

穆廷州默默与她对视几秒，然后捏捏她的手指，笑道：“不是已经被你追到了？想当初，你只是一个错失我签名的透明粉丝。”

明薇的“追”是指事业，现在穆廷州居然乱扯，好像她当初做翻译时是替自己要的签名，好像她这个“透明粉丝”真的追求过他似的。明薇不由得瞪了穆廷州一眼，刚要反驳，穆廷州头往外偏，示意明薇看转到他们这边的镜头。

明薇秒速变脸，大方微笑，等镜头转向别人，再丢给穆廷州一记眼刀。

与会人员都到齐了，颁奖典礼准时开始。

主持人风趣幽默，演出节目新颖别致，获奖明星男帅女靓，颁奖嘉宾们也不遑多让，现场气氛热烈。明薇看得津津有味，旁边穆廷州突然凑过来，耳语道：“我是下一个奖项的颁奖嘉宾，先走了。”

明薇意外，穆廷州是颁奖嘉宾？他之前怎么没告诉她？下个奖是什么奖？

在脑海里过了一遍节目单，明薇的心跳突然加快。女主演当然轮不到她，但她这次有个“最佳新人奖”的提名，节目组安排穆廷州颁奖，有什么特殊意义吗？她刚拍第一部电影，虽然女指挥官周静获得了很多粉丝的肯定，但那毕竟是商业大片啊……可，如果获奖人不是她，节目组为什么要安排她的男朋友颁奖？

明薇的心跳越来越快，眼看台上的乐团已经进入了歌曲尾声，她攥紧出汗的手心，默默准备获奖词，以防万一。

演出结束，主持人欢送走几位乐团成员，再热烈请出颁奖嘉宾，果然是穆廷州，还有一位漂亮的女演员。正式宣布获奖人的名字时，女嘉宾笑着请穆廷州宣布。

明薇的腿都隐隐发抖了。

台上，穆廷州看眼卡片，抬头，视线准确地锁定了台下的女友："……得主是——明薇。"

在场明星纷纷鼓掌，明薇捂着嘴站了起来，一旁的廖导看出明薇激动得在发抖，便绅士地送给明薇一个鼓励的拥抱，抱的时间比较长。主持人见了，抓住机会活跃气氛："廖导廖导，廷州在这儿看着呢，你注意影响。"

众人哄笑。

明薇也笑，这一笑，人便没有刚刚那么紧张了，与其他剧组人员拥抱后，仪态优雅地走向舞台。

明薇临时准备的获奖词很简单，加上人太激动，少说了两句，后面还忘词了，就干脆来了个谢谢。她的感谢词短，就留下了闲聊的空间，女颁奖嘉宾识趣地绕到主持人另一旁，由主持人调侃这对小情侣。

"廷州，明薇拿奖是喜事，你有什么话想对她说吗？"

明薇水眸盈盈地看着男朋友。

穆廷州取下话筒，在满场同行含笑的注视下走到明薇面前，眸色温柔："首先，恭喜你获奖，其次，希望你保持平常心，继续脚踏实地地演戏，别辜负评委与粉丝们的期待。"

一本正经的，像个老前辈。

明薇认真点头，边点边笑："谨遵穆老师教诲。"

穆廷州罕见地咳了下："我决定改行当导演，你知道吧？"

明薇困惑，他都公开声明了，她当然知道。

就在她茫然的目光中，穆廷州上前两步，高大身体与她只有半步之遥，然后他低下头，黑眸专注地看着她，只看她一人，仿佛此时现场只有他们两个。看得明薇都要害羞了，穆廷州才握住她手，慢慢单膝跪在她面前，用他低沉清越的语调说："明小姐，我想集毕生精力拍部戏，高质高糖，请问，你愿意做我的女主吗？"

明薇张大了嘴。

穆廷州神色认真，大手握着她的手，无声等待，视线与她痴缠。

台下有克制的躁动，似乎也在屏息等，直到明薇用力点头，全场才报以最热烈的掌声。

掌声持续了很久，明薇被穆廷州这场高调的求婚弄得晕晕乎乎的，下台时穆廷州主动握住她的手，她也毫无知觉，到了席位上，她依然心神荡漾，获奖的喜悦被穆廷州求婚的甜蜜挤得没有容身之地，直到别人获奖明薇准备盲从鼓掌时，一抬手，才发现手还被穆廷州握着。

她悄悄看他，穆廷州一针见血："回神了？"

明薇："……"

男朋友，不，未婚夫老是嘴欠该怎么办？

晚上回到别墅，明薇一下车，便被穆廷州竖着举高高了，明薇习惯性地抱住他的脖子，两条长腿也盘住他腰，树袋熊似的挂在他身上。

"什么事这么高兴？"看着他的眼，明薇明知故问。

晚风和煦，夜色迷人，穆廷州突然不想进屋，直接将她抵在门柱上，吻："有未婚妻了。"

明薇笑，扬起脑袋，厚着脸皮问："看你高兴的样，你未婚妻是不是很美啊？"

穆廷州嘴唇下移，亲她的脖子："美，不穿衣服更美。"

明薇耳根发热，捏他的耳朵："低俗。"

穆廷州顿了顿，重新去亲她红润的脸颊，在她耳边道："其实，台上说的求婚词，并不是初稿。"

明薇心动，甜丝丝地问："初稿是什么？"

穆廷州看看她的眼，忽地将她放到地面，再次单膝下跪。

明薇伸手给他，心都要甜化了。

穆廷州托起她白皙的小手，揉了揉，然后在温柔的晚风中，在璀璨静谧的夜空下，郑重地向他认定的女人求婚："我想集毕生精力拍部戏，高糖高 h，明小姐，你愿意做我的女主吗？"

明薇有点怀疑自己的耳朵，高糖高啥？

穆廷州一直在观察她，眼看明薇脸红了瞪眼睛要发火，他笑，一把扛起明薇，大步回房。

求婚都当众直播了，婚礼还会远吗？

别人家都是父母催婚，轮到明薇与穆廷州，穆崇夫妻不干涉两人的计划，明强夫妻巴不得女儿晚点出嫁，但万万没想到，徐老爷子却扛起了催婚的大旗，理由——希望明薇早点给他生个重外孙，他要教重外孙练字学书法。

明薇特别心动，她最崇拜老爷子的一手好字，自己的儿女若能学到老爷子的几分风骨……

看出未婚妻的“贪念”，穆廷州便正式将婚礼搬上日程，最后定在第二年四月，春暖花开。

穆廷州问明薇想要西式婚礼还是中式的，明薇觉得两个都可以，穆廷州再次做主，定为中式婚礼。婚礼细节有高薪聘请的策划师安排，明薇只需要提供尺寸配合礼服的制作便可，于是在策划兢兢业业为他们夫妻操心时，明薇赶在婚礼前一个月，完成了两部电影的拍摄。

工作忙完了，明薇一心投入到了自己的婚礼筹备中。

四月二十八号，“影帝”穆廷州与当红女星明薇的婚礼，正式在京郊某个知名山庄举行。

穆崇是导演，穆廷州是“影帝”，父子俩的交际圈便囊括了一众明星演员，明薇这两年也结交了几位女明星闺密，两边宾客加起来，可谓众星云集。婚礼尚未开始，新娘还在休息室化妆，外面的会场却已开始觥筹交错。

肖照是伴郎，也是今日唯二出现在明薇婚礼现场的徐家人，另一位，是徐老爷子。

徐修是生父，但在明薇心里，明强才是最重要的爸爸，她绝不希望爸爸来参加她的婚礼还要面对曾经欺负妈妈的人。徐修显然很清楚女儿的想法，早早给明薇打了电话，说他最近忙，就不来了，一来给自己一个台阶，二来也不想让明薇有一点点为难。

明薇回送了一盒喜糖。

同几位老朋友打过招呼，肖照一路朝新娘休息室走去，手机振动，他取出手机，是老爸的微信，催他发妹妹的视频。肖照笑着回复：刚到，还没看见人。

老爸：嗯。

肖照收起手机，一抬头，不远处的休息室突然走出来一个人，她穿着一袭白色抹胸伴娘礼服，平时总扎成马尾的长发现在盘在了脑后，平时光洁的耳垂现在也戴了一对珍珠耳环，平时素面朝天的清冷脸庞，现在化了淡妆，眉目如画，红唇淡抿，冷冽中添了令人心动的艳丽。

肖照再也挪不动脚。

他知道，今天他肯定会遇见明桥，遇见那个他暗暗关注了三年却不敢去见的汽车工程系大学生，为此，肖照提前做了无数心理准备，却没料到她出现得这么突然，没料到她会这么美，美得他明明知道该移开视线，身体却不受控制，近乎贪婪地盯着她看。

明桥也看见他了，那个穿黑色伴郎服、西装笔挺的俊美男人，但她只看一眼便移开视线，仿佛不认识肖照似的，淡然自若地往前走，手里握着手机，随时准备接听电话。

她眼里没他，冷淡依旧，肖照强迫自己露出一个公式化的微笑，在明桥距离他只剩几步时笑着道："二小姐，好久不见。"

手机铃声突然响起，明桥低头，细不可闻地"嗯"了声，便与肖照擦肩而过。

肖照怔在原地，面朝前方，耳边却是她嗒嗒嗒的高跟鞋声，那声音不缓不急，毫不留恋。

肖照抬手扶住眼镜，好半晌，他才往上推推镜框，笑着去找他的亲妹妹。

明薇是新娘，宾客们陆续过来祝福，她应接不暇，因此没有注意到妹妹与肖照之间的微妙关系。

拜天地，拜双方父母，夫妻交拜，看着身旁一身大红新郎长袍的穆廷州，她满心欢喜。

宴席结束后，天黑了下来，在宾客们的祝福声中，在父母欣慰的注视下，明薇与穆廷州一起上了车，目的地，穆家名下的四合院，也是今晚两人的婚房。一个小时后，车停了，穆廷州却没有急着下车，而是取出一个锦盒，递给明薇。

明薇打开，盒中是一方红盖头。

她莫名脸红。

穆廷州取出盖头，就着她羞涩低头的姿势，轻轻帮她盖上，然后他牵着她下车，再将她打横抱起，一步一步稳稳地走向两人的新房，最后停在铺着绣龙凤喜被的拔步床前，小心翼翼地将他的新娘放在床上。

明薇穿着大红嫁衣，戴着红盖头，紧张得一动不动，只有一双白皙小手偷偷地并在了一起。

她甜蜜地等了一分钟，穆廷州也无声地看了她一分钟，然后才伸出手，慢慢挑开盖头。

明薇抬眼，明眸似水。

穆廷州目光幽幽。

明薇突然很不好意思，心慌意乱地看向别处，后知后觉地发现这间新房竟然是清一色的古风装修，一水儿的古典红木家具，床前还摆着一座八幅的牡丹花屏风，简直比她拍《大明首辅》时的公主卧房还要更像古代。

这……

心底隐约冒出一个猜想，明薇难以置信地看向她的新郎。

穆廷州看着她笑，忽而退后一步，缓缓地跪了下来，双膝触地跪在明薇面前。

明薇捂住脸，眼中浮动泪光。

单膝下跪是“影帝”式求婚，双膝下跪……

望着她，穆廷州肃容道：“微臣穆廷州，跪谢公主下嫁之恩。”

明薇破涕为笑。他明明记起来了，却不肯自称太傅之名，这是“影帝”在吃太傅的醋吗？

穆廷州也笑了，低低问她：“还用磕头吗？”

明薇擦擦眼角，哼道：“当然。”

穆廷州毫不迟疑：“好。”

说完，他突地攥住明薇的手臂，跟着俯身，一头磕进他的公主新娘怀里，柔软，温暖，芳香怡人。

“影帝”的公主

番外

肖照 & 明桥

“行了，我在开车，周末回家再听您说。”

华灯初上，大雨瓢泼，肖照一边开车前往会所，一边取下右耳耳机，老爷子的声音却好像还在耳边回荡，不知第多少次要为他安排相亲。身为一个三十二岁的大龄剩男，肖照表示他很理解老爷子的心急，但……

脑海里闪过一张清丽冷艳的脸，肖照目光柔和下来，转瞬化为无奈。跟着穆廷州在娱乐圈混了十来年，肖照什么样的美人没见过，唯独对明桥动了心。那时她才读大二，虽然冷漠却还单纯，他用一只萨摩耶就换取了与她来往的机会，可惜就在他计划进一步展开追求时，忽然得知明薇是他同父异母的妹妹。

他与明薇同父异母，明桥与明薇同母异父。绕来绕去，其实他与明桥没有任何血缘关系，但老爸与明家关系尴尬，他与明桥根本没有可能。

理智让他及时收手，可是，心好像落在了明桥那儿，不知何时才能收回。

微信声响，是今晚约见的小鲜肉，说他路上堵车，可能会迟到。

肖照回复：没关系，我也在路上。

穆廷州转行幕后，他的工作少了很多，肖照想让自己忙碌，忙到没有时间烦恼感情，便接受了穆廷州的推荐，要在今晚与那个颜值、演技并存的小鲜肉谈谈，若是合适，以后他就要多带一个人了。

回完微信，肖照放下手机，视线无意扫过窗外，看见一辆黑色豪车停在路边，有个穿黑长裤白衬衫的女人冒雨推开车门，“砰”地关上，头也不回地往前走，衣服被雨水打湿，露出高挑纤细的曲线。

一个西装笔挺的男人跳下车，举着伞去追女人，追上了，男人拉住女人的胳膊，被女人狠狠甩开。道路拥堵，肖照慢慢地开着车，百无聊赖，干脆欣赏路边的闹剧。看这情形，八成是情侣吵架……

正想着，路边的男人拉劝不成，大概也很生气，举着伞回到车上，开走了。

肖照摇摇头，这男人太没有风度了，这么大的雨，便是女人有错，也不该让一个女人冒雨独行。出于好奇与同情，车子经过女人时，肖照偏头看了眼，恰好那女人抬手将黏在脸上的湿发别到耳后，灯光之下，她脊背挺直，脸庞白皙，眉目……

肖照难以置信地瞪大了眼睛，她怎么会是明桥？

震惊过后，肖照立即将车停在路边，透过后视镜见明桥距离他还有十来步距离，肖照急着找伞，然而找了一圈，车里居然没放伞。眼看明桥已经走了过来，肖照只好推开车门，坐在驾驶座大声喊她的名字："明桥！"

明桥扭头，认出车里戴着金丝眼镜的俊朗男人，目光微变，却被大雨遮掩。

短暂注视后，明桥继续往前走，三四百米外，有个公交站点，她想去那里避雨等车。

肖照怔了下，明桥漠然离开的那一刹那，叫他记起了明薇婚礼上两人的重逢。那时明桥也是这样，疏离得仿佛两人只是陌生人，但明明他们也曾近距离地相处过，他去学校找她，在她被人追求时故意冒充她男朋友……

明薇说过，明桥并不知道明、徐两家的关系，那么，一定是他做了别的什么，惹怒她了。

但当务之急，是拉她上车。

肖照下车，冒雨追了上去，明桥走得快，他跑得更快，没几步就拦在了明桥身前。

明桥早已浑身湿透，单薄的白衬衫紧紧地贴在身上，里面的白色胸罩无处遁形，虽然小……却依然让肖照口干舌燥了一下。这是他喜欢的姑娘，肖照想看，但他不是流氓，不想乘人之危，随手脱了外套，要为她裹上。

明桥避开了，抬头看他，目光清冷。

"谢谢二小姐，今天的约会，我回味无穷，期待下次见面。"

这个男人，曾经对她死缠烂打，发完一句暧昧的微信，过了几日，突然一声抱歉便消失了，叫她困惑许久，直到决定彻底忘记，只当从未结识。既然从未结识，现在她也不需要肖照的帮忙。

“先上车。”见她拒绝外套，肖照尴尬地收回手，改口劝道。

“不用，我去前面打车，你走吧。”明桥绕过他，准备离开。

“你这样怎么打车？不怕司机动坏心？”肖照扫一眼她的胸口，想象明桥会被别的男人看到，他突然拽住明桥的胳膊，不顾她反抗地将外套套在了她身上，然后抱住明桥的肩膀推着她朝座驾走去。

“放手！”明桥冷声道，满脸怒容。

“我与你姐姐是朋友，不管你，我良心过意不去。”她假装两人之间没交情，肖照便也不扯旧事，拿明薇当理由。

明桥试图挣开他：“我不用你管，放开我，再不放我报警了。”

“随你，我先送你回家，再去警察局自首。”肖照毫不客气地将人塞进车，怕明桥从另一边跑了，肖照攥着她的胳膊将她推到副驾驶位，他紧跟着上车。锁了车门发动之后，肖照将外套丢了过去，目视前方道：“我不想看到不该看的，怕长针眼。”

这话太毒，一下子就堵住了明桥想说出口的拒绝，她若不穿，岂不是成了故意刺他的眼？

“你可以放我下车。”明桥抖搂开他同样湿透的外套，盖住肩膀以下，语气冷硬。

肖照淡笑，反击道：“然后给你姐姐骂我的机会？”

明桥抿了抿嘴唇。

“回学校？”肖照看着前方问，知道她今年读大四。

“我姐家。”明桥垂眸说。她开始实习了，因为实习公司离姐姐家更近，姐姐就把房钥匙给了她，但明桥每周都会回学校住两晚。

肖照记得明薇家的地址，等红绿灯时，想起小鲜肉，肖照拨通对方电话：“我这边临时有事，非常抱歉……嗯，你定个时间，我请客……好，再见。”

说完挂了电话，专心开车。

车里很安静，明桥视线偏转，看到男人白皙俊美的侧脸，嘴角不知为何微微翘起，似乎很是愉悦，鼻梁上架着金丝眼镜。鬼使神差地，明桥记起了穆廷州粉丝对肖照的评价，说肖照是“斯文禽兽”的典型容貌，温文尔雅，偶尔笑起来，又带着一丝狐狸的痞气。

而她确实见过肖照那样笑，笑着骗她去郊区还萨摩耶，其实只是带她兜了一圈风。

雨水打在窗上，一朵朵水花蔓延开来，也在年轻女孩心里激起了涟漪。

明桥还是想不通，当初肖照那一番似有似无的撩拨，为何而起，为何而收。现在，他又因为她取消了与朋友的见面，仿佛她比电话那头的朋友重要。

她低垂着眼帘，肖照暗暗看了一眼，她发梢还在滴水，乌黑的发衬得她小脸苍白，活脱脱偶像剧中遭遇情伤的美丽女主，可怜巴巴惹人怜惜。平时那么高冷的一个丫头，居然伤心到这般境地，肯定是用情至深吧。

想到这里，肖照情不自禁攥紧了方向盘，胸口各种情绪翻滚，后悔刚刚没仔细看看惹她伤心的男人长什么样，记住了他好替她教训回去，但更多的还是一种陌生的酸溜溜的感觉，酸得他必须说点什么。

“跟男朋友吵架了？”肖照揶揄地问，光明正大地看着她。

明桥皱眉，什么男朋友？

肖照还以为自己猜对了，方向盘顿时握得更紧，嘴上却轻松地调侃道：“小年轻就是小年轻，还喜欢玩浪漫刺激，换成我女朋友无理取闹冒雨下车，我才不会去追，有那工夫，还不如回家多陪陪我的大白。”

大白就是他当初帮穆廷州送明薇却被明薇拒绝的生日礼物——萨摩耶。

明桥没吭声，不承认也不否认，只盯着窗外看。

肖照急了，他想知道对方到底是不是明桥的男朋友。

一计不成，肖照笑道：“回去我给你姐打个电话，你这种小丫头，没有大人盯着，谈恋爱容易出事。”

“我没谈。”他居然想去姐姐面前搬弄是非，明桥不得不解释，冷冷斜了肖照一眼，“我现在在实习，那个是我部门主管，刚刚他送我与另一个同事回家……”

“他见色起意，车上对你动手动脚？”肖照沉着脸猜测，除了这个，想不出别的理由。

明桥默认。

肖照脸色铁青，差点就要训斥她乱坐别人的车，可瞥见明桥滴水的头发，肖照满腔怒火又变成了心疼。她一个大学没毕业的姑娘，哪会提防那么多，已经被人欺负了，这种时候，他只需要给她安慰。

“换家公司，别去那家了。”肖照低声道。

明桥“嗯”了声。

“如果你愿意，我可以推荐你……”

“谢谢，我还是自己找吧，不麻烦你。”明桥平静拒绝。

肖照没再说话。

车子开到明薇家楼下，雨还在下，明桥脱了肖照的外套，再次说声谢谢，便头也不回地下了车。肖照坐在驾驶座，看着她单薄的背影消失在夜色中，他仰头，亲眼看见高层某扇窗内灯亮了起来，肖照贪婪地望了会儿，继续坐了几分钟，开车离开。

一周后。

肖照随意换了一身便装，然后揣着老爷子硬塞给他的两张电影票，出门相亲去了。

不去不行，大哥有了女朋友，穆廷州更是结婚了，有亲哥哥、好友对比，老爷子对他的逼婚已经到了令人发指的地步，肖照能推的尽量推掉，实在推不掉的，只能去敷衍一番，陪女方吃顿饭客气客气，饭后再明明白白地拒绝。

电影票是晚上八点的，下午六点，肖照先到了相亲餐厅。

女方姓关，叠字雅雅，是老爷子故交的一个孙女，容貌打八分，穿衣打扮，一看就是出身优渥的大家小姐，二十四岁，属于年轻可爱的年纪。肖照心里有人，对关雅雅自然没有兴趣，碍于两家交情，只能和颜悦色地陪吃饭陪聊，准备看完电影送关雅雅回家的路上，再说清楚。

七点多吃完饭，肖照带关雅雅去了电影院，距离开演还有十几分钟，外面排了一列长队。

“二哥，我想吃冰激凌。”关雅雅双手交握，小声地朝肖照，也是徐家二公子撒娇。肖照有家产有事业，长得更是不输大明星，关雅雅没见到真人时，就对肖照一百个满意了，这会儿基本就把肖照当男朋友看了。

肖照是个绅士，这点小要求还是愿意满足相亲对象的，点点头，去服务台买冰激凌。就在他转弯时，四个女大学生欢声笑语地前去排队了，其中一个神色淡淡，似乎对什么都不感兴趣，好在其他三个都知道她的脾气，照旧亲昵。

好巧不巧，四个女生正好排在关雅雅身后。

还要再等几分钟才能入场，明桥低头玩手机，身影被两个聊天的朋友遮挡，刷着刷着，忽然听到一声甜甜的“二哥”。明桥没在意，胳膊却被同寝四年的一个舍友抱住，兴奋耳语道：“桥桥快看，那是不是你姐夫的经纪人？”

肖照只是经纪人，辨识度不高，但明桥舍友们都认得穆廷州、肖照。

明桥意外地抬起头，果然看见肖照从对面走来，穿了一件白衬衫，手里举着一个冰激凌。四目相对，肖照错愕地停下脚步，眼里飞快掠过惊喜与懊恼。

“谢谢二哥。”关雅雅毫无所觉，幸福地接过了肖照手中的冰激凌。男的高大俊朗，女的小鸟依人，怎么看都是一对甜蜜的情侣。

不知为何，明桥觉得有些刺眼，默默低头，继续玩手机。

肖照烦恼极了，想跟她打招呼，身边却有个相亲对象，不打招呼，更担心明桥误会他与关雅雅真的有什么。左右为难之际，影院开始检票，看一眼不知有意还是无心躲到舍友们身后的明桥，肖照无声叹口气，硬着头皮去排队了。

他与关雅雅走在前面，先落座，坐好了，肖照忍不住想看看明桥坐哪儿了，一偏头，竟见明桥四女朝他们这排走了过来。什么叫心跳加快？肖照向来自诩老男人，然而看着越走越近的明桥，肖照忽然觉得自己好像变成了一个十七八岁的少年，紧张得心扑通扑通跳。

明桥也发现了他，瞅瞅手中的票，居然就在肖照旁边！怎么会这么巧？

明桥皱眉，想与舍友们换票，回头一看，呵，三个女人都坐下了！

现在再换太过刻意，没办法，明桥只好坐了过去，低着脑袋玩手机。

影院昏暗，肖照注意力都在明桥身上，关雅雅与他说话，他声音不高不低道："要放映了，禁言。"

关雅雅失望地嘟嘟嘴。

肖照戴好 3D 眼镜，靠着椅背，一副专心看电影的样子。

电影是太空科幻题材，对于看过太多电影的肖照来说，这片子只是中庸，没什么亮点，索性借着眼镜掩饰，偷偷观察身旁的明桥，心底有丝异样。短短一周，他竟然遇见她两次，是单纯的巧合，还是冥冥中自有注定？

肖照不信缘分，但坐在偷偷关注了三年的女孩身边，肖照突然想信一次。

一个多小时不知不觉过去了，电影结束，众人同时起身离席。

肖照跟在明桥身后，眼里只有她，根本没管后面的相亲对象。两侧走廊狭窄，人潮拥挤，身后忽然传来关雅雅的一声"二哥"，肖照正要回头，瞥见明桥似乎被人撞了一下，眼瞅着朝后倒了过来！肖照顿时忘了关雅雅，上前一步，稳稳扶住明桥！

盛夏时节，明桥穿的是短袖，突然被一双温热大手攥住，她刚要挣扎，耳畔却响起熟悉的声音："小心。"话音未落，男人及时松开了她。

明桥抿抿唇，终究还是没有回头。

曲终人散，明桥与舍友们回了学校，肖照送关雅雅回家，表明无心恋爱后，关雅雅委屈地红了眼睛，幽怨地望着他。肖照再次抱歉，然后驾车离开，一眼都没往后看。回到他的别墅，肖照疲惫地躺在沙发上，举起手机刷朋友圈，明桥没有任何新动态。

肖照抓了抓头发。主动解释，会不会是另一种暧昧？会不会让她察觉他的心？可不解释他不甘心，他已经无法追求喜欢的姑娘了，为何还要让她误会他有了别的约会对象？

半小时、一小时，刷了无数遍，肖照猛地坐了起来，发微信给明桥："二小姐，回家了？"

明桥刚洗完澡，看到熟悉的"二小姐"，面无表情地上床后，简单回了个"嗯"。

肖照发了一个"狗带"的表情，解释道："今晚我奉老爷子之命相亲，电影票都是老爷子塞给我的，没想到撞见了二小姐。上次二小姐与流氓上司闹不快，我守口如瓶。这次我相亲的事，也请二小姐替我保密，别告诉你姐夫，我可不想被他嘲笑。"

原来是相亲。

明桥盯着屏幕，脑海里又冒出了新的疑问，既然是相亲，结果如何？

但她没有问，回了一个字："好。"

肖照揉揉额头，这女人怎么一点八卦之心都没有？

她不问，肖照只好拐弯抹角地澄清道："又一次相亲失败，我都要绝望了，二小姐身边有年轻貌美的妹子介绍吗？最好成熟点的，别跟我要冰激凌。"

明桥轻笑，原来肖照没看上那个穿白裙子的美女，理由还是嫌弃对方要冰激凌。

"没有，我睡了。"明桥不想跟一个不熟悉的男人深更半夜扯俏皮话。

肖照看完回复，跌回沙发，重重地叹了口气。

怎么会没有？她就是啊。

肖照心情不好，打开电视机，胡乱地跳着台，跳了一圈没找到感兴趣的节目，又回到了最初的偶像剧。就在肖照打算关掉电视时，男主肩膀上突然跳出一只毛茸茸的白狐狸，扯着男主的耳垂骂道："赶紧去追啊，傻看着有什么用！你们俩一个月内偶遇三次，摆明了是命中注定的缘分，再不追，小心打一辈子光棍！"

男主捂着耳朵喊疼，演技拙劣，有点娘气，肖照恶寒地关掉电脑，耳边却不停回荡白狐狸的话，一个月内偶遇三次，就是命中注定的缘分？

脚被什么蹭了下，肖照低头，看到自家萨摩耶蹲坐在地上歪着脑袋朝他卖萌，雪白的毛发，有点像刚刚的白狐狸。

肖照看着萨摩耶乌黑的眼睛，许久许久，慢慢攥拳。他喜欢明桥，碍于两家尴尬的关系才强迫自己屈服于理智，但如果明桥真是他命中的另一半，那他不会再放手，至于如何确定……

肖照偏头看向窗外。这个月，他已经偶遇明桥两次了，接下来，他不会刻意去找她，但如果这样还有第三次偶遇，他就追定了她。

接下来的半个月，肖照真的没有刻意去容易偶遇明桥的任何地方，然后，他也就真的没有遇见明桥。这半个月，对肖照来说简直度日如年，可当时间流水般转到月底，一月之期的最后一天，肖照又突然气愤，气为何时间走得这么快。

在别墅过了一上午，越过越烦躁，肖照开车出门。

只要不直接去找明桥，其他形式的遇见，就都算偶遇。

肖照先去了穆廷州的别墅。穆廷州、明薇刚度完蜜月，去孝敬穆崇夫妻了。这里没人，肖照又去了明薇的公寓，在楼下白白等了一个小时，下车拦住一个戴红领巾的小学生，请他帮忙按明薇房间的门铃，确定里面是否有人。

十几分钟后，小学生下来，朝他摇头，明薇家中无人。

明桥不在这边，就算回来也要等晚上，而且可能会回宿舍。守株待兔没有意义，肖照再度出发，这次去了明桥的学校。故技重施，肖照又请一个女生帮她确认明桥在不在宿舍，女生去而复返，说明桥不在，并且不知明桥去了哪儿。

肖照看着手机上明桥的微信头像，最终还是放弃了。

他已经一退再退，真的直接找她，就不是偶遇，就不算命中注定的缘分，就不足以抵消明、徐两家的尴尬关系。

来来回回，肖照开始往返明薇的公寓楼与明桥的校园，一次又一次，夜幕悄悄降临。盛夏的帝都，天气说变就变，轰隆一声雷响，暴雨突至。

肖照坐在车中，雨刷摇摇摆摆，却刷不走远方的雨雾，天地之间到处都是白茫茫一片。肖照呆呆地看着，看着看着，眼前忽地浮现明桥被雨淋湿的狼狈样子。今天她带伞了吗？会不会又搭了别人的车，会不会又被人欺负了？

肖照抓起手机，按下拨号键之前，却又迟疑。

这样就是刻意了……

但刻意又如何？他想明桥，奔波了一日，现在只想见她！什么狗屁缘分，他喜欢明桥，他想要明桥，他不信缘，只信自己。当初是他顾忌这顾忌那逃跑了三年。三年，他试过了，还是放不下，既然如此，为何还要躲？

肖照狠狠地按下拨号键！

“嘟……”

肖照攥紧手机，死死地盯着屏幕，此时若有人从旁经过，往车里望望，就会看到一个戴着金丝眼镜的男人低头捧着手机，如捧珍宝。

嘟嘟几声后，电话通了。

肖照心跳骤停，捧着手机，紧张得说不出话。

“肖先生？”短暂沉默后，手机里传来明桥的疑问，伴随着哗啦啦的雨水杂音。

久违的清冷声音拉回了肖照的魂，他喉头滚动，举起手机问：“你在哪儿？”

明桥愣住，看一眼左手边的宿舍楼，一手撑伞，一手拿着手机讲电话：“有事吗？”

“有事，你在哪儿，当面说。”肖照渐渐冷静下来，准备发动汽车，去找她。

明桥想不通肖照能有什么事，但男人语气太郑重，甚至沉重，明桥便道：“我在学校……”

肖照闻言，皱眉看向车外的宿舍楼正门。他在这儿守了那么久，怎么没看到她……

刚疑惑，肖照突然想到什么，猛地推开车门，整个人都站在了雨中。倾盆暴雨，不要钱似的往他身上砸，肖照举着手机，透过雨雾，看到一个人站在前面百米之外，一动不动，面容被雨伞挡住，只露出下巴。

肖照攥紧手机，声音发哑："明桥，你举高伞。"

明桥下意识照做，雨伞抬高的那一瞬，远处有人穿破重重雨雾朝她奔来！

明桥震惊地张大嘴。

百米距离，肖照转眼便至，不顾一切地抱住她，紧紧地勒着她的腰。明桥手里的伞掉了，手机也掉了，不受控制地踮起脚，做梦似的被他提着。男人扣住她的后脑，忘情地在她耳边唤她，一声又一声，声音沙哑炽热，如失而复得。

"你……"

明桥想问他到底怎么了，话未出口，他突地堵住她的嘴，明桥大惊，立即推他，肖照不管，不管周围是否有学生经过，只紧紧地搂着深深想念了三年的姑娘，深深地吻她。他狂热如同岩浆喷发，再大的雨水都浇不灭，明桥推拒他胸膛的手越来越软，最终选择闭上眼睛，乖顺地承受。

亲了十分钟、半小时，还是更长？

明桥不知道，肖照也不知，或深吻或浅尝，暴雨渐弱，肖照的唇也终于离开了她。

"明桥，我爱你。"肖照埋在她耳边，喃喃地道，情深如现实不可得，只能在梦中拥着她低语，"明桥，我爱你，早在三年前我就爱了。"

明桥靠在他的肩膀上，双手抓紧了他背后的衬衫。

换成今日见面之前，她不会信，但他从大雨中跑来，那样用力地吻她，明桥信了。

她喜欢肖照吗？明桥说不清，可如果不曾动心，她为何执着了三年，只想要个明白？

"为什么？"她闭着眼睛问。

肖照手一紧，但这次他不想再躲避，紧扣她的手，目光坚定道："车上说。"

明桥犹豫几秒，到底还是跟着他走了。

肖照帮她打开车门，看着心里的女孩终于坐在了他旁边，肖照笑了，意气风发。

最难的一步已经跨出，往后他什么都不怕了。

三个月后，肖照靠一片真心赢得了岳母江月的首肯，江月都答应了，明强反对还有用吗？

旁人家都是女儿出嫁，胳膊肘往外拐，肖照却是偏心岳父岳母，平时得空，就陪明桥回苏城，轻易不去徐家。徐老爷子眼馋孙媳妇，偏偏无可奈何，谁让儿子徐修当年混账呢？现在赔了女儿又倒贴了一个儿子给明家，就当还徐家欠江月的吧。

算来算去，孩子们幸福，才是最重要的。

板栗子
/著
只因当初在饭桌上多看了你一眼
嘤嘤嘤，
总裁大大，求轻虐.
只因当初在饭桌上多看了你一眼
板栗子
八线纯洁小明星遇上
言不合就开车的总裁
一个
扶白貌美
大长腿
×
一个
有钱任性
颜值高
表小鲜肉的他竟是个
潜在的腿控?!
板栗子高能甜宠文来虐狗!
江苏凤凰文艺出版社
JIANGSU PHOENIX LITERATURE AND ART PUBLISHING, LTD